D1601145

Seis formas de morir en Texas

Marina Perezagua

Seis formas
de morir en Texas

EDITORIAL ANAGRAMA
BARCELONA

Ilustración: © Yossi Lemel, Israel

Primera edición: septiembre 2019

Diseño de la colección: Julio Vivas y Estudio A
© Marina Perezagua, 2019

© EDITORIAL ANAGRAMA, S. A., 2019
Pedró de la Creu, 58
08034 Barcelona

ISBN: 978-84-339-9883-5
Depósito Legal: B. 17959-2019

Printed in Spain

Liberdúplex, S. L. U., ctra. BV 2249, km 7,4 - Polígono Torrentfondo
08791 Sant Llorenç d'Hortons

A mi padre, que daría mi vida por la suya

Ceux qui regardent souffrir le lion dans sa cage pourrissent dans la mémoire du lion.

Aquellos que miran sufrir al león en su jaula se pudren en la memoria del león.

RENÉ CHAR

1. Los moradores

Algunas de las historias más singulares que suceden entre los muros de una prisión no pueden ser contadas. Algunas de las historias más extraordinarias que suceden entre las lindes de un continente, tampoco. Pero de todas las crónicas, ninguna entraña tanta dificultad a quien intenta comunicarla como la que sucede dentro de los límites del ser humano. Yo, que cuento la historia que leerán a continuación, puedo distinguir a vista de pájaro las grandezas y las ruindades de las mentes que la pueblan. Allí donde el lector ve solo una frase a mí se me despliega la panorámica de las conductas, las consecuencias de los actos, e incapaz de descifrar el rostro de lo moral –ese fantasma marciano– contemplo sin suspicacias el principio y el final de lo que estoy viendo, todo integrado en un solo cuerpo que corre en la forma de una liebre sin memoria ni temor. Aprecio los paisajes íntimos, no someto a análisis sus pigmentos, y puedo y quiero entender a cada uno de los moradores de estas páginas, por medio de palabras que intentarán ser un reflejo objetivo y templado de decisiones acaso irreversibles.

Tres personas protagonizan esta historia, tres personas unidas a una misma suerte y a un mismo corazón, pero no busquen aquí esas metáforas que hacen de los corazones el mapa donde los enamorados de imaginación mermada suelen ubicar el amor sublime, su total ausencia, la crueldad o hasta el mismísimo infierno. Aquí el corazón es, antes que nada, el músculo que desde la cavidad torácica bombea la sangre. Aquí el corazón es el término que se define en un manual de anatomía o un diccionario, y no el cubículo donde anidan los perezosos que por no saber decir algo verdadero perpetúan vaciedades, repitiendo torpezas amatorias en nombre de un órgano cuya perfecta función mecánica es ya de por sí tan excepcional que no requiere de los arrítmicos y tornadizos sentimientos de los amantes. Y es por eso, porque en estas páginas el órgano central recupera su función primigenia de perpetuar la vida, por lo que yo puedo ponerme en el lugar de todos aquellos que ven en él algo tan trascendente y a la vez tan simple como seguir latiendo.

La muerte o, mejor dicho, la ejecución del primer corazón que nos concierne en esta historia ocurrió el 2 de febrero de 1984 en el patio central del centro penitenciario de Guangzhou. Un hombre de cuarenta y cuatro años está arrodillado de cara al muro con una venda en los ojos. Un uniformado se acerca por detrás y a escasos centímetros dispara en el lado derecho de la espalda, tal vez en el pulmón, lo importante es conseguir que el hombre caiga sin morir al instante, pues un corazón extirpado de un cuerpo vivo tiene mayores posibilidades de éxito al ser trasplantado en el cuerpo que lo está esperando, y que, en este caso, se encuentra en el hospital más próximo.

El cuerpo vaciado de Zhou Hongqing le fue entregado a su único hijo, Linwei, una semana después, junto con una factura: el coste de la bala que le dispararon. Y este fue el comienzo de un gran viaje, que iniciaría Linwei a la edad de veinticuatro años.

Linwei saldó rápido y sin queja alguna el coste de la bala, pero el vacío en el cuerpo de su padre le resultó algo más complicado de aceptar. Según la tradición budista y de manera especial según la creencia familiar, para que la muerte sea final tienen que darse dos condiciones: que la persona no muera en el ámbito deshonroso de un centro penitenciario y que el corazón haya ofrecido su último latido, pues es en este órgano donde reposa el *shen* o espíritu. Si bien Zhou Hongqing no había muerto en el patio de la prisión de Guangzhou, su corazón seguía latiendo. Consideraba pues el hijo de Zhou Hongqing que la muerte de su padre no se completaría, ni su alma llegaría a descansar, hasta que su corazón, latiendo ya en otro pecho, se detuviera en manos de la familia. Y aquí radica el eje de esta historia: la búsqueda del corazón de Zhou Hongqing para su descanso último.

Podría, para aderezar este relato, embarcar al señor Linwei, siempre en búsqueda del corazón de su padre, en una odisea de indagaciones, inframundos, hidras y ciclones nacidos para hacer al héroe merecedor de su victoria, pero no haría honor a la verdad, porque lo cierto es que Linwei no fue más que un muchacho corriente obsesionado con el paradero de un trozo de su padre en unas condiciones sociales que no hacían difícil el poder averiguarlo, pues los órganos eran de quienes los pagaban. Llegar al receptor podía resultar un proceso lento y muy tedioso, pero no complicado, con la debida astucia y disciplina. Así pues, el señor Linwei no había cumplido los veinticinco años cuando supo que el corazón de su padre había logrado sobrevivir el salto de cuerpo a cuerpo y de un continente a otro sin que se produjera un rechazo del órgano o su tejido. Lograr la ubicación exacta le tomó unos años más, con lo cual durante ese tiempo siguió alimentándose de la energía de su misión personal, esa que en sus ensueños le llevaba a desenterrar el órgano del cuerpo equivocado, de la carne farisea, y traer de vuelta a casa el corazón de su venerable padre Zhou Hongqing, que en esos momentos palpitaba a unos catorce mil kilómetros y, más

16

concretamente, en el pecho de Edward Peterson, un hombre que nació y acabaría pasando toda su vida en Austin, Texas.

El señor Linwei dedicó su trabajo y todos los días de lo que le quedaba de existencia a ahorrar para tal propósito. Se esforzó sin descanso, jamás se permitió un pequeño lujo y, cuando ya estaba en posición de emprender el viaje, fue él quien falleció de manera inesperada. Sin embargo, la magnitud de su empresa era tan grande que, como buen previsor, ya se había encargado de orientar a su hijo hacia su mayor y única ambición, que le dejó en testamento: concluir la búsqueda del corazón, junto con una cantidad: los ahorros destinados para tal cometido.

El señor Linwei había sido padre el 7 de mayo de 1981, y le había dado a su hijo el nombre de Xinzàng, que, por azares de la vida o inexplicable presagio, en chino mandarín quiere decir «centro», «núcleo», «corazón». Tras la ejecución de su padre solía sentarse en la cama del pequeño Xinzàng para dormirlo, y le contaba cómo por las noches el *shen* o espíritu, compuesto en parte por el *shen* de sus ancestros, se retira a dormir en el corazón. Le aconsejaba relajarse para no molestarlo, para no alterar el ritmo acompasado del sueño, de manera que al levantarse le brillaran los ojos, pues es ahí donde se refleja el bienestar del espíritu. Los corazones que no descansan –le advertía– se manifiestan en miradas vacías, dignas de un tonto, de un loco, de un enfermo y, en el peor de los casos, de una persona infeliz. Y así el pequeño Xinzàng se arrulló de noche en noche en la necesidad de arrullar, a su vez, al durmiente espíritu que debía descansar en él.

En uno de sus primeros dibujos el niño se pintó a sí mismo mientras dormía, y en su pecho un círculo donde parecía reposar otra pequeña vida; por eso, el día que el señor Linwei consideró apropiado contarle la historia de la ejecución, el hasta entonces inocente Xinzàng comenzó a perder la serenidad propia de la infancia, pues le resultaba difícil aceptar que el espíritu de un hombre extranjero y tan ajeno a la familia pudiera descansar cada noche en el corazón de su abuelo. Ni siquiera sabía dónde estaba Texas, y, aunque era incapaz de ponerlo en palabras, sí sentía que no podía haber violación mayor que la de invadir el lugar de descanso que corresponde solo a quien por derecho de nacimiento le ha sido entregado. Con la intuición certera de un niño que crece, consideraba que abrir el cuerpo de un hombre para extraerle un órgano debía de ser mayor sacrilegio que el cometido por esos piratas de los cuentos, que abrían tumbas para robar unas joyas con las que, al fin y al cabo, el muerto no había nacido.

El señor Linwei murió cuando Xinzàng tenía veinte años, y solo dos meses después –y con el propósito de cumplir esa promesa que ya era también un juramento para sí mismo– el buen hijo aterrizó en el aeropuerto de Houston, con poco inglés, mucha ira y la herencia que le había quedado después de que su padre pagara los trámites que le llevaron a conocer la identidad del receptor del corazón de Zhou Hongqing; aunque, a decir verdad, si bien estos trámites fueron largos el gasto no fue excesivo, pues los mismos engranajes de ilegalidad que habían hecho posible el trasplante forzado permitieron conocer los datos del trasplantado. Con sorpresa supo que había muerto, después de vivir con el corazón de su abuelo durante dieciséis años, y con cierta confusión acogió otro dato: Edward Peterson no murió sin sucesor, tal como las fuentes que su padre consideró fiables le habían asegurado, sino que dejó un hijo, que también vivía en Texas, James T. Peterson.

Aunque el deseo expreso de Linwei fue que el corazón de Zhou Hongqing reposara junto a los restos de sus antepasados, Xinzàng podría haber valorado lo más importante, y esto era que el corazón de su abuelo, que durante tantos años había mantenido el aliento de Edward Peterson, ya se había detenido, que lo había hecho por muerte natural, como hombre libre, lejos de cualquier sistema de ejecución penitenciaria, que había recibido sepultura y su espíritu –cansado no por el trabajo de una vida, sino de dos– podía al fin descansar.

Pero conociendo el dato adicional de que Edward Peterson había tenido un hijo, su tarea habría quedado incompleta, pues si bien el órgano de su abuelo en efecto había entregado su último latido, una parte de su *shen*, una parte de ese espíritu que había pasado a Edward Peterson por medio del trasplante, ya estaría habitando en el corazón de su hijo James, pues, como correspondía a la creencia, el *shen* se transfiere y anida en los hijos, y en los hijos de los hijos, de manera cíclica y recurrente, tal como el cariño de los padres imprime sus huellas invisibles en nuestro destino emocional. Por tanto, parte del *shen* de su abuelo, el mismo *shen* que habitó su corazón extraído en las cercanías del centro penitenciario de Guangzhou en 1984, debía de seguir activo, pero en la línea genealógica equivocada. Es por ello por lo que Xinzàng consideró a James T. Peterson como último propietario ilícito del ancestral pálpito de su familia. Retomó la cólera que le había llevado hasta allí y reactivó la esperanza de cumplir la petición de su padre: restituir el *shen* de su abuelo a las tierras, vientos y árboles de su país. Esto hizo que la búsqueda no pudiera darse por concluida en aquel momento. Y es por ello por lo que esta historia tampoco puede detenerse, como el *shen* que teje las fibras de una familia, de generación en generación.

Zhou Hongqing fue uno más de los casi once mil ejecutados cada año durante la década de los ochenta en la

República Popular China, país que ha disminuido algo estas cifras hoy en día. Once mil ejecutados al año equivalen a más de novecientos ejecutados al mes, suma que supera las muertes de muchos países en guerra. Su nieto Xinzàng podría haberse convertido en uno de esos activistas que una vez que salen de China exponen en las plazas de las grandes metrópolis fotografías de las torturas y ejecuciones por parte de su gobierno, pero al pisar suelo norteamericano su potencial individualista pareció activarse: solo quería recuperar lo que le habían quitado a su abuelo, y no llegó a pensar mucho en ese sistema que en contra de innumerables voluntades había trasplantado tantos otros miles de órganos.

No acababa Xinzàng de hacerse a los nuevos sabores de la comida norteamericana en un Chipotle de Austin cuando una joven invidente de dieciséis años, tras la ingestión de un cóctel de alcohol y metanfetaminas, regresaba a la caravana en la cual vivía sola desde hacía unos meses. Al parecer la tóxica mezcla no fue suficiente para evitar que la joven frunciera el ceño al extrañarse de encontrar la puerta abierta. En el preciso momento en que a una camarera con trenzas y delantal colorido se le cayó el vaso de soda que debía servirle a Xinzàng, Robyn resbaló en la entrada de la caravana. Había un charco junto al sofá. Como su cabeza estaba tan abatida como su cuerpo tuvo que hacer un esfuerzo para pensar dónde tenía las toallas. Gateó por el charco espeso hasta una caja que hacía las veces de gaveta, con las manos mojadas tanteó el interior y sacó una sábana. A medida que secaba el suelo fue percatándose de que todo lo húmedo era sangre, y siguió el rastro hasta el cuerpo de su madre en el sofá. Más tarde sabría que había muerto tras recibir once cuchilladas, que el arma del crimen no llegó a encontrarse, y que tampoco se encontró su corazón. Pero en ese momento, en ese lim-

20

bo narcótico, lo único que hizo fue tenderse junto a ella, no hubo ni gritos ni sorpresa ni miedo, solo unas ganas profundas de dormir a su lado, hasta que despertó con las luces del día y la realidad. Entonces sí, al encontrarse con el escenario que ya no recordaba o tal vez no llegó a registrar, gritó, salió de la caravana, pidió ayuda, y, tras una media hora, se dejó esposar sin oponer resistencia.

Después de dos días de interrogatorios ininterrumpidos en los que Robyn aseguraba no recordar nada, sin abogado, sin tutor presente y privada del sueño y de comida, la joven firmó la confesión de haber matado a su madre mientras esta dormía, a cambio de la promesa de su liberación inmediata. Totalmente exhausta, habría creído cualquier cosa. Pasó esa noche en una celda de aislamiento, lugar donde la recluyeron durante los siguientes seis meses antes de su juicio, seis meses en los que fue tratada como culpable. El acta del jurado ratificó esa culpabilidad, pero ni Robyn ni la defensa esperaban que el juez llegara a pronunciar las temibles palabras: a pesar de tratarse de una menor, el juez la condenó con el mayor castigo que el estado de Texas puede ofrecer, la pena capital. Robyn regresó a la misma celda de donde la habían sacado, esperando ser transferida de prisión, pero con la sentencia de no volver a salir viva.

Con dieciséis años se quedó sin libertad, y después de dieciséis años en el corredor de la muerte decidió escribir, como testimonio y como despedida, la primera de una serie de cartas con el relato de sus vivencias, dedicada, tal como se verá a continuación, a su padre. También, pero desde algunos años antes, Robyn escribe al hombre que ama sobre los asuntos que se leerán en algunas de aquellas cartas, que asimismo conforman esta historia.

9 de septiembre de 2017
Unidad de Mountain View
2305 Ransom Road
Gatesville, Texas, 76528

Querido padre, creo que ya puedo decir que *esta ha sido mi vida*. Qué extraña sensación, tener la certeza de que a mis treinta y dos años podría escribir mis breves memorias con la seguridad de que no dejaría nada del futuro por contar, que este ha sido mi libro y ya se ha cerrado. Los mejores abrazos, los besos más necesarios me los han dado en sueños, y aunque hace mucho que se me anunció el día de mi ejecución, debo reconocer que la conciencia de haber vivido durante tanto tiempo encerrada se me presenta hoy y más que nunca como una aparición, por sorpresa, y que ahora mismo me resulta tan absurdo como tender partituras al sol para que las canten los pájaros, como vomitar arena o pedalear pendiente abajo. Claro que en estas comparaciones hay elementos agradables: pájaros, arena, bicicletas, pero en mi historia todo eso ha sido solo imaginado: no conozco el mar, y las bicicletas y los pájaros me parecen ya tan distantes como un insecto atrapado entre paredes de ámbar.

Tenía dieciséis años y dos meses cuando el juez, tras leer el acta del jurado que me declaraba culpable, me precisó que tenía derecho a elegir mi método de ejecución, si bien el procedimiento estándar en Texas era la inyección letal. De este modo, y delante de toda una sala llena de gente, pasó a detallarme el

23

modo exacto en que tenía derecho a morir: el tiopental sódico me haría perder el conocimiento, el bromuro de pancuronio me paralizaría el diafragma; a partir de ahí ya no podría respirar, aunque seguiría viva hasta que el cloruro de potasio acabara por pararme el corazón. Tenía, insisto, dieciséis años. La ley establecía que por ciertos crímenes los adolescentes debíamos ser tratados como adultos. Dieciséis años. No me cansaré de esa cifra, a veces me da miedo, y a veces me da una especie de paz:

Dieciséis
Mis formas de mujer terminaron de desarrollarse en una celda
Dieciséis
Desconocía aún muchos olores y sabores
Dieciséis, una cachorra que buscaba caricias
Dieciséis, un tercio de mi cuerpo y la mitad de mi alma me eran desconocidos
Dieciséis, aún me inquietaba mi periodo
Dieciséis
Mi estación preferida era la primavera, pero no recordaba más que las tres últimas
Dieciséis: una vida de apenas tres primaveras.

He olvidado muchos detalles del día de la sentencia. Recuerdo que me había vestido especialmente elegante gracias al apoyo de la Coalición Nacional para la Abolición de la Pena de Muerte, que me facilitó un vestido con un estampado de pequeñas flores amarillas. Tras las palabras del juez lo siguiente que recordé durante mucho tiempo fue verme ya en la celda vestida con el mono blanco que he llevado durante estos últimos dieciséis años.

Solo mucho más tarde me vino a la memoria otro detalle, y es que me habían puesto pañales, acaso tratando de ahorrar-

24

me al menos una de las humillaciones: que por los nervios y el miedo se me aflojara el vientre o la vejiga al conocer mi condena. O a lo mejor –y creo que esto es lo más probable– lo hicieron solo para que no manchara nada que no fuera yo misma. No recuerdo si llegué a mojar los pañales. No recuerdo siquiera quién me los quitó ni quién me puso el mono blanco. Y aunque no logro recordar nada, estoy convencida de que no hubo para mí una palabra de compasión.

Siendo la situación como es, ha llegado la hora de empezar a escribir mi despedida. No imaginas cuántas cosas tengo que decirte. Pero quisiera, antes de nada, que mientras me lees tengas presente que, por encima de todo, te estoy agradecida. Por ello te pido que más allá de las emociones –con seguridad contradictorias– que te suscitarán algunas de las cosas que voy a contarte, sientas el eco permanente de este agradecimiento:

Gracias a ti hace ya seis años que puedo ver.

Quién me iba a decir que por medio de tus ojos volvería a abrirse para mí ese mundo de luces que se cerró cuando a los siete años me sobrevino, como un alud de alquitrán, la ceguera. Corría el año 1992 y un viejo conocido de mi madre me invitó a llevarme a la ciudad en un Grand Cherokee, el primer todoterreno con airbag que salió al mercado. Recuerdo la confianza que me daba ver los demás coches desde esa altura. Iba orgullosa, me sentía protegida por el vehículo, pero en el camino de regreso el dispositivo de seguridad cuya existencia yo desconocía, esa bolsa agazapada frente a mí, se activó por una colisión, quemándome ambos ojos.

Según los médicos que me examinaron entonces, mi ceguera era irreversible. En cierto modo me alegro de que no supieras de mi existencia en aquellos años, porque no me habría gustado que me vieras así. Estaba inconsolable, y durante los primeros meses sin vista comencé a vivir como una niña topo, soterrada, con miedo a salir de ese túnel en el que

25

se había convertido mi habitación. Recuerdo especialmente que no quería levantarme por las mañanas y mi madre tenía que hacer grandes esfuerzos para sacarme de la cama mientras yo chillaba que no me levantaría hasta que saliera el sol. Pero el sol no salió en días, en meses, en años, hasta que tú me lo entregaste. Ahora, padre, sé que me iré de este mundo sabiendo cómo será el amanecer de mi último día, el día en que el alguacil vendrá a mi celda para anunciarme que ha llegado mi hora, esa pena de muerte que el estado de Texas regala a sus ciudadanos para escarmiento máximo de criminales e inocentes.

Como sabes, la fecha de mi ejecución está fijada para el 11 de diciembre. Faltan tres meses y dos días. Ya tengo pensada mi última voluntad (aunque quién sabe si la cambiaré), y creo que podrán concedérmela: quiero ver el amanecer de ese día, aunque sea por la ventana de cualquier celda fuera del corredor de la muerte. Si para ello tengo que hacer algún sacrificio, si por ejemplo tengo que renunciar a elegir mi última cena, renunciaré; si tengo que renunciar a mi última llamada telefónica, renunciaré; si tengo que renunciar a decir mi última declaración, renunciaré. Todo a cambio de ver ese amanecer último, y de verlo, además, con tus ojos. Cómo no voy a estar agradecida, y no solo a ti, sino a ese sol que sale para todos los hombres del mundo, también para mí. Mientras estaba ciega yo no sabía de la generosidad de este planeta. Es imparcial. No entiende de colores de piel, de economía o de condenas. He sido condenada por la ley de los hombres, pero la ley de los astros me sonreirá con la visión de la aurora, al igual que los gallos de una aldea cantan para todos los vecinos, y no solo para los que pueden oír.

Recuerda:

Deseo que por encima de la crudeza de algunos de los hechos que leerás aquí, por encima también de la amabilidad extrema de otros misterios, y más allá del rencor o menosprecio que a veces manifestaré hacia tu persona, sepas tener presente que quiero que permanezcas en el equilibrio sereno de mi agradecimiento.

Robyn

2. La ceguera

13 de septiembre de 2017
Unidad de Mountain View

Me pregunto si te arrepentiste, aunque fuera por un instante, de haberme donado tus córneas. Ya sabes que te lo he preguntado en algunas de tus visitas, pero nunca me has dado una respuesta, tan solo has bajado la cabeza como en un largo y lento parpadeo, un parpadeo que aún ignora lo absurdo de su función: no tiene ojo que lubricar. También me pregunto cómo te sentiste tras despertar de la anestesia y saber que en cambio ya nunca despertarías a la luz. En lo que a mí respecta, nunca te he contado lo que sentí justo después del trasplante. Cuando vienes a visitarme es siempre por poco tiempo y la vigilancia de los guardias no ayuda a la ya de por sí difícil labor de hablarte sobre sensaciones agradables. Esta es una de las satisfacciones que me quitó el ingreso en prisión: la posibilidad de comunicar vivencias hermosas, pues aquí todo está ideado para que nuestros días sean míseros, una se acostumbra a esa negrura y acaba por pensar que el recrear momentos felices puede ser tomado –y seguramente así es– como un acto de subversión, con su consiguiente castigo.

Permíteme que te cuente entonces mis sensaciones tras la operación. En realidad las primeras horas que sucedieron a la retirada de las vendas fueron confusas, no podría definirlas como especialmente alegres o positivas, pero la valoración ge-

31

neral, y sobre todo ahora, desde la distancia, equivale a uno de los momentos más felices que recuerdo.

Lo primero que vi cuando me retiraron los apósitos fue lo que solo al cabo de unos minutos pude identificar como luces y siluetas de personas: la del rostro del doctor que me hablaba sobre mi cabeza y las de dos enfermeras que se asomaban sobre mi pecho, desde ambos lados de la cama. Todo estaba aún demasiado difuso, borroso, sin profundidad, sin volumen, por eso no puedo decir que fuera, ni por un segundo, una sensación satisfactoria. Aunque ya me habían avisado de que mis primeras visiones me resultarían extrañas, por algún motivo pensé que el simple hecho de salir de la oscuridad me emocionaría. Pero no fue así. El caos me pareció peor que la oscuridad, y me puse a llorar. No recordaba que las lágrimas entorpecen la visión, de modo que al darme cuenta de que todo se tornaba aún más borroso pensé que volvía a perder la vista, y entonces deseé recuperarla, preferí el caos a la oscuridad, ya no sabía, tenía miedo. El médico me decía cosas y yo no reconocía las palabras. Era como si el hecho de recuperar la vista me hubiera disminuido la capacidad de entender, de escuchar, incluso de hablar, porque tampoco fui capaz de articular una frase durante la primera media hora.

Conservaba recuerdos del mundo que nos rodea, pero al tener siete años cuando dejé de ver, esos recuerdos no solo eran vagos y escasos, sino que en mi cabeza se habían desvirtuado. Cuando pude levantarme de la camilla me asustó la altura de la enfermera que me sostenía el brazo. Obviamente había palpado la altura de otros adultos, pero era como si de golpe me hubiera desligado de las percepciones que había adquirido mientras estaba ciega, y de un instante al otro volví a ser la niña que era, regresé a los recuerdos de infancia temprana, cuando sí podía ver y los mayores me parecían gigantes, y de este modo, la enfermera, al tener una altura muy similar a la de la niña que yo había vuelto a ser, me asustó, pues temí que mi salud pudiera estar en manos de una niña de mi edad, pero con formas de vieja. Luego empecé a temer por otros detalles: ¿serían mis formas también así? Yo tenía veintiséis años, pero ¿la edad nos hace feos? Y si ese es el caso ¿cuándo comienza la edad que nos hace feos?, ¿tendría yo la cara deslucida de la enfermera o ella sería mayor? Cuando uno reconoce a las personas palpando sus facciones, recorriendo con los dedos y la palma de las manos sus pequeños huecos, sus arrugas, la comisura de los labios, nada resulta viejo, y mucho menos feo. Las texturas de cualquier superficie, ya sea un rostro o una pared, siempre son más atractivas que la tersura. Recuerdo haber acariciado muchas veces la cara de mi abuelo y siempre pensé que si algún día me enamorara de un hombre desearía que se pareciera a él, porque su rostro me resultaba el más cautivador del mundo. Pero ahí estaba yo en un universo totalmente distinto, frente a un entorno que se iba revelando como opuesto a muchas de esas percepciones a las que me había aferrado hasta el momento del trasplante.

En la mesita de al lado de mi cama había un jarrón con flores. Me estiré como pude para mirarlas. Los recuerdos que tenía de las flores de cuando era niña también eran distintos. Los atesoraba como algo placentero. Cuando me quedé ciega seguí apreciándolas por su olor, pero el ramo de flores en mi habitación también me asustó, porque me parecía que todas estaban desordenadas, no ya unas respecto a otras, sino que cada flor individual, en sí misma, me resultaba un cuerpo anárquico, cada rosa un desacierto estético, con muchos de los pétalos desiguales, lánguidos o con pequeñas manchas, y hasta el olor dejó de agradarme. Creo que cuando estaba ciega, en mi cabeza lo bello había ido transformándose hasta adquirir formas más bien geométricas, seguramente porque así me resultaba más fácil organizar mis recuerdos, y porque acababa visualizando como una maraña sin atisbo de simetría todo lo que no entendía o me contrariaba. Así, mientras que la idea de

33

una paliza o el sonido de un grito eran una madeja de lana deshilachada, una caricia resultaba en una espiral de perfección infinita. Y aparte de las flores en la habitación del hospital, estaba la comida, que una enfermera empezó a traer ya desde el segundo día. Habría deseado que me alimentaran siempre en vena y que no me hicieran comer esos trozos de carne que me parecieron trozos de cadáveres, y sí, en realidad son trozos de cadáveres, pero el problema es que antes no los veía y ahora esos trozos parecían exactamente lo que eran: carne muerta. Yo también estaba compuesta de carne. Me miré partes del cuerpo. Mis manos aún borrosas me resultaron indiferentes, las piernas desenfocadas me gustaron (aunque no contaba con otras referencias), pero tenía pánico de verme la cara. Me dijeron que había un espejo en el baño, pero no quería mirarme. Todo fue miedo y decepción durante los primeros días. Y nostalgia. Nostalgia de la oscuridad, nostalgia de la geometría, y nostalgia de mis recuerdos de infancia, ahora desdibujados para siempre.

14 de septiembre de 2017
Unidad de Mountain View

Es curioso, padre, que estando ya en el corredor se me permitiera ser sometida a un trasplante de córneas. Al principio no podía explicarme ese único acto de humanidad y además sin precedentes jurídicos por parte del sistema que me castiga, pero alguien de quien te hablaré más adelante me esclareció los motivos. No sé si alguna vez te dijeron a ti las razones, seguramente sí porque tú mismo tramitaste la petición de trasplante durante varios años, o a lo mejor incluso ya te las dije yo misma y lo he olvidado, pues al estar cercana la fecha de mi ejecución insisten en darme unos ansiolíticos que por breves instantes a lo largo del día me hacen perder la memoria. El caso es que no está permitido ejecutar a nadie que esté enfermo, por eso antes de la ejecución el recluso debe pasar por un examen médico que certifique que se encuentra en buen estado de salud. Puede resultar una contradicción, pero el sistema es perverso en cada átomo, y se basa en el hecho de que cuanto más vivo esté el vivo, más viva, más hiriente, más incisiva será su muerte. Me contaron que poco antes de llegar yo una reclusa había ido guardando a escondidas esos ansiolíticos que nos dan durante los últimos meses y se los tomó todos de un golpe para no tener que pasar por el terror de la ejecución al día siguiente. Cuando se dieron cuenta de que estaba inconsciente la sacaron de la celda, se apresuraron a someterla a un lavado de estómago y, horas después, cuando ya la habían salvado, la ejecutaron.[1] Digamos que el corredor es el lugar donde se mantiene con vida a los presos para poder matarlos.

Por lo visto yo presenté algunos inconvenientes al sistema desde mi entrada aquí, y es que, aunque ciega, mis ojos supuraban cada cierto tiempo, y muy a menudo se me infectaban y me subía la fiebre. Varias veces tuvieron que trasladarme a una clínica cercana, y cada traslado de un reo del corredor supone un coste desmesurado, pues nos custodian en una furgoneta acompañada por un convoy de tres vehículos de seguridad. Por otra parte, aún me quedaban muchos años en el corredor, y se sabía que mi abogado podría conseguir alguna moratoria, si además de eso me enfermaba los días previos a mi ejecución definitiva tendrían que volver a aplazarla, y cada aplazamiento supone un gasto considerable que los ciudadanos de Texas —muchos de los cuales ya están celebrando mi último día— saben que tienen que pagar mediante sus impuestos, por lo que en estos casos se exigen explicaciones. Creo que el trasplante solo fue posible por una cuestión económica. Para exponerlo en cifras, el coste medio de un prisionero regular en las prisiones de Texas es de unos 47,50 dólares al día, unos 700.000 dólares por una pena de cuarenta años. Sin embargo, se estima que el gasto generado por un caso de pena de muerte desde la sentencia hasta la ejecución ronda 1.200.000 dólares.[2] Al parecer se evaluaron los gastos hospitalarios frente a los gastos médicos y judiciales de uno o más aplazamientos y se decidió concederme lo menos costoso, el trasplante, para mantenerme sana. Soy una ternera a la que Inspección Veterinaria examina antes de llevarme al matadero, solo que en mi caso mi muerte no engordará los cuerpos de nadie, sino sus almas. Eso dicen los familiares de las víctimas tras presenciar las ejecuciones, que se sienten más aliviados, más ligeros, que han encontrado *la paz*. No seré yo quien los juzgue, pero imagino que sí tengo el derecho de decir que no lo entiendo. Es uno de los pocos derechos que no me han quitado, el de *no entender*, seguramente porque también ese *no entender* implica una confusión que incrementa mi sufrimiento, una confusión como el caos de las flores que me aturdió cuando recuperé la vista.

Tras el trasplante que haría de mí una mujer lo suficientemente en forma para ser ejecutada, el tiempo de cicatrización sería de unas tres semanas, pero solo pasé una en el hospital. Estaba custodiada día y noche por una pareja de policías que no se separaba de la puerta, pero como estaban a varios metros de mi cama y yo aún no podía girarme hacia ellos, no los veía. Creo que por la mañana estaba siempre la misma pareja, y luego llegaba la otra en el relevo de las ocho de la tarde, sabía la hora porque era cuando me daban la cena. Ninguno de los cuatro hablaba conmigo o siquiera entre ellos, solo saludaban al doctor y a las enfermeras. Las únicas palabras que se permitieron el último día las utilizaron para decirme que en un par de horas volverían a esposarme y regresaríamos a la Unidad de Mountain View. Solo hice una pregunta: cuánto tiempo duraría el viaje, esperando que el tráfico, o una tormenta, o cualquier otro motivo lo hiciera más largo de lo que había sido el trayecto de ida. Pero no. El tiempo, me dijeron, sería el mismo, unas tres horas y media.

Aquellas tres horas que pasé en la camioneta constituyen mi única visión adulta del mundo exterior a mi celda, y por tanto ese fue y será, padre, el viaje más largo de mi vida en la tierra.

15 de septiembre de 2017
Unidad de Mountain View

He revivido muchas veces la travesía desde el hospital al corredor. Sentada en la parte de atrás de la camioneta, con unas oscurísimas gafas de sol que llevaba por mandato médico, miraba cómo nos desplazábamos por lo que hoy sé que es una autopista. Antes también lo sabía, pero al no haberla visto, nunca llegué a hacerme una idea de sus dimensiones, y tampoco es que me importara tanto. Las carreteras que yo recordaba eran mucho más estrechas, y además siempre viví en los extrarradios de Vidor, en una zona granjera donde la mayoría de los caminos eran rurales y solían generarse por medio del paso de vehículos pequeños, motocicletas, tractores o caballos. Recordé aquellos campos de mi infancia a la caída de la tarde. Sus colores eran hermosísimos. El azul del cielo pasaba en un instante a un rojo encendido como el hierro en una fragua. Me pregunté si en el cielo hay granjas, o mataderos. Tal vez en el cielo y a esas horas estuviera teniendo lugar una matanza, y quizás viví mi niñez bajo la influencia de miles de masacres. O tal vez los atardeceres rojos sean el lomo marcado a fuego de un dios que, por ser mucho más grande, nadie puede ver por completo, más allá de esa marca incandescente –los colores del sol cuando se está poniendo–. Un dios que en cada atardecer se hace en la carne una señal a hierro para recordar su existencia a los hombres sin tener que mostrar su cuerpo incomprensible y dolorido. También me sorprendió la velocidad con la que íbamos dejando atrás las líneas de asfalto. Ahora que era capaz de ver y reconocía la rapidez con que nos movíamos, no podía dejar de pensar que lo que estaba dejando atrás era mi propia existencia en este mundo, y de la manera más veloz posible, sin obstáculos, sin curvas, sin cambios de sentido. Esa autopista era la línea de la vida de mi mano izquierda, y eso no era una metáfora, eso era la realidad, pues, como sabes, desde el momento en que comencé a ver con tus ojos yo misma apresuré la sentencia de mi muerte. Pero esa es otra historia que merece un capítulo aparte, y ahora te estaba contando sobre aquel viaje.

Debido a lo reciente de mi operación aún no podía advertir la presencia de cosas pequeñas a lo lejos, pero sí distinguía los colores, el movimiento y los objetos a partir de cierto tamaño. A ambos lados de la carretera había grandes vallas publicitarias, y yo no sabía leer, pero podía identificar las fotos de las hamburguesas, agigantadas, como si las hubieran puesto ahí para que yo, con mi vista aún disminuida, las pudiese ver y cayera en la cuenta de que, a excepción de mi estancia en el hospital, no solo hacía seis o siete años —desde la única vez que nos otorgaron ese privilegio en el corredor— que no probaba la carne, sino que probablemente jamás volvería a probarla, salvo que me concediesen la elección de mi última cena. Lo que nos dan en el corredor como sustituto de la carne es proteína de soja prensada, que por lo visto arruina la próstata de los hombres en el corredor masculino, al menos algo de lo que nunca he tenido que preocuparme. El caso es que en aquel momento, en la parte trasera de la furgoneta, pensé lo que quería comer en mi última cena: una gran hamburguesa con patatas. No tenían por qué denegármela, al fin y al cabo a las pocas horas no sería más que el contenido del estómago en un informe de autopsia, aunque en realidad tampoco estaba se-

39

gura de si a mí me harían la autopsia, como suele ser habitual en el resto de los ejecutados, y por paradójico que parezca. Recuerdo que me pregunté si el precio de la hamburguesa supondría un problema. Había oído que en Florida concedían últimas cenas por un valor de hasta cincuenta dólares; en Oklahoma, en cambio, no podían superar los quince. Pero nunca quisieron decirme el presupuesto que nos permitían en Texas. Lo preguntaría de nuevo a su debido tiempo, aunque no tenía idea de cuánto costaría una hamburguesa como la del póster gigante. Antes de entrar en el corredor debían de ser baratas, porque yo me alimentaba de eso, y de niña también. Mi madre las traía al salir del trabajo y las dejaba en la encimera de la maltrecha cocina mientras avisaba a voz en grito: ¡La comida está en la mesa! Pero la comida nunca estaba en la mesa, porque no teníamos mesa donde comer, ni mi madre esperaba en el espacio que hacía las veces de cocina, con lo cual no he conseguido recordar de qué se alimentaba. La mayor parte de las veces mi madre era la voz de un cuerpo que ya no estaba en el lugar donde yo la oía, algo así como ese fenómeno que se conoce como *eco;* mi madre era un eco, como una anticipación de lo que yo estaba por sufrir a los siete años: oír los objetos sin llegar a verlos.

Cuando mi madre me gritaba lo de la comida yo acudía sin demora y me subía a una silla para alcanzar la altura de la encimera, cogía mi hamburguesa y me la llevaba a comer afuera, donde me entretenía viendo cómo las hormigas se llevaban cualquier miguita que caía al suelo de ese descampado en el que di mis primeros pasos. Pero te estaba diciendo que aquel día en la autopista fantaseé con las posibilidades de mi última cena, y como puedes ver no deseaba ninguna de esas cosas sofisticadas que la gente imagina que pediría si estuviera condenada a muerte: caviar, langosta, un entrecot de alta calidad. No, no quería nada de eso. Cuando uno ha estado tantos años sin probar proteína animal, alimentándose únicamente con esa soja procesada que lo único que tiene de albóndiga o hamburguesa es algo parecido a la forma, solo sueña con carne de verdad, y eso es carne con grasa, con azúcares, con hormonas, carne barata, la que contiene todos esos ingredientes que excitan el cerebro del ser humano que no ha tenido tiempo de registrar que ya no vivimos en cavernas, y que la mucha grasa es innecesaria y se acumula, y que el azúcar mata. En el corredor de la muerte los condenados volvemos al Paleolítico, y la hamburguesa con queso y beicon más grasienta del mundo vuelve a tener sentido: protegernos del frío, darnos la energía que ni siquiera podemos tomar del sol, e incluso mantener nuestro cerebro con su peso correcto, formado por un sesenta por ciento de grasa, la misma que cubre sus fibras nerviosas, algo –esto último– que aprendí en uno de los libros de nutrición que me trajiste, padre.

No continuamos mucho más tiempo por la autopista, sino que nos metimos en una carretera estrecha rodeada de pasto a ambos lados y, cada ciertos tramos, árboles, muchos árboles. Podía oler el verde, pero sobre todo podía verlo, el verde, hacía tanto tiempo que no lo veía que había olvidado que su apariencia era aún mejor que su olor. Las hojas de los árboles, que aún no podía apreciar por separado, se agitaban como una sola, tal como la vela de un barco henchida por el viento, y no recordaba la última vez que había sentido una paz semejante. Si en ese preciso momento hubiera podido escapar, creo que, al sentir el contacto con la hierba, me habría paralizado, o quizás habría preferido cambiar una vida de huida por unos instantes revolcándome en la tierra como un ternero que recupera la libertad de la primavera tras meses de encierro invernal.

También pasábamos, cada cierto tiempo, por pequeños lagos, hábitats acuáticos que no podía dejar de seguir con la mirada hasta lo que el corto alcance de mi vista me permitía. Pensé en el mar. No podía hacerme una idea de cómo sería, e imaginarlo me resultaba casi imposible, era como topar con una especie de muro. No conseguía pensar en el mar sino por partes, desde la pequeñez, porque cuando trataba de visualizarlo al completo me resultaba excesivo para mi capacidad imaginativa. Era como cuando trataba de imaginar lo que habría más allá de mi muerte, resultaba imposible, no podía concebir las dimensiones de la no existencia, una suerte de pampa más vasta que los océanos. Luego pensé qué distintos serían ahora mis días de pesca en el pequeño lago en que solía pescar con mi primo Kye. Si tan solo me hubieran concedido una hora con una caña en uno de esos lugares... Jamás pude ver lo que pesqué. Cuando sentía que la caña vibraba, recogía el sedal y a tientas llegaba a la presa, que se retorcía y resbalaba en mis manos mientras yo trababa de evaluar su tamaño. Si la consideraba pequeña le pedía a Kye que la desenganchara del anzuelo, y entonces la liberaba. Me gustaba oír el ruido del pez al romper la superficie tranquila del agua. Teniendo en cuenta que hay carpas que viven hasta sesenta años, no puedo alejar de mí el pensamiento de que algunas de las que liberé me sobrevivirán. Cómo podría haber imaginado que liberaría a un pez que llegaría a vivir más que yo.

Aquel trayecto me fascinó por la visión de tanta vida. Tras los pequeños lagos, pasamos por otro enorme. Oí que uno de los guardias se refería a este como al lago de Livingston. Con el curso de los años supe que es el corazón del Parque Estatal Livingston, una reserva natural para osos, antílopes, pumas, cocodrilos, serpientes, y a cuyos pies se extiende la conservación de la muerte: el corredor de la Unidad Polunsky, el equivalente para hombres a la Unidad de Mountain View que esperaba mi regreso. No sabía si pasar por allí era casualidad o parte de un estudiado protocolo de transporte que obviamente yo desconocía, pues había oído que, puesto que el traslado de los reos constituye la parte más delicada de su cautiverio, los agentes estaban obligados a cambiar la ruta de vuelta. El caso es que tuve la oportunidad de ver por primera vez el exterior del complejo que comprende mi corredor gemelo, ese lugar destinado a los hombres, como vería mi propio corredor poco más tarde, también por primera vez desde el exterior, pero sobre todo por dentro, después de haberlo sentido en todo su peso y oscuridad durante los últimos diez años.

Al llegar a la Unidad de Mountain View, sin montaña ni vistas a pesar de su nombre, con un paisaje de cemento armado, de reserva innatural, de cementerio de vivos, de zombis, de emparedados, acabó mi viaje más largo, padre. Mis ojos, los tuyos, solo vieron el mundo exterior durante poco más de tres horas. El resto sería todo interior, luz artificial, paredes blancas. En el corredor estamos confinados en solitario durante veinticuatro horas al día, excepto dos días a la semana, que lo estamos *solo* durante veintitrés: son los días de la ducha. Se considera que uno de los máximos castigos para un preso regular consiste en ser enviado a una celda de confinamiento solitario durante un par de días, y cada vez comienza a hablarse más de que este castigo debe ser considerado, de hecho, como tortura. Esta tortura es rutina para los que habitamos el corredor. Lo que algunos presos regulares no llegan a aguantar ni tres días sin agredirse a sí mismos o sin perder la noción total de la realidad, nosotros tenemos que soportarlo durante años. O enloquecemos, o no.

Casi todo lo que hay que ver en mi celda se puede ver con un golpe de vista: un minúsculo catre a la derecha de la puerta, un lavabo a sus pies, sobre él un pequeño espejo en el que aún no estaba preparada para mirarme, y un retrete metálico en la pared opuesta al catre. Esto hace un total de cuatro objetos, y sin embargo, durante las primeras horas, no fui capaz de identificarlos, a excepción del espejo, que ya había aprendido a vigilar de soslayo para esquivarlo en el hospital. Podría haber intuido lo que era cada objeto por su ubicación en el espacio, pero entrar de nuevo en la celda me dejó tan aturdida que sentí que los habían cambiado de lugar, que yo era un satélite

43

que giraba en torno a un planeta distinto a cada segundo. Había cosas inequívocas: los árboles, los lagos, no sé si estos permanecieron inalterables en mi memoria porque eran grandes, porque estaban vivos o porque eran libres. Pero fueran lo que fueran aquellos bultos en mi celda, me producían tanta fascinación que no me cansaba de mirarlos. El trasplante mereció la pena desde el primer momento, y el precio que he tenido que pagar por él, también. Sé que no te sientes culpable, pero de todas maneras quisiera decirte que no lo eres. Más adelante hablaré de ese evento que tanto nos ha afectado a los dos; pero precisamente por esta razón, porque ese evento requiere mención aparte, lo dejaré para cuando me sienta con fuerzas para tratar lo más grave. Ahora solo quiero escribir sobre la nueva vida que mi mirada me abrió. Los ojos son tuyos, padre, pero la mirada solo me pertenece a mí.

19 de septiembre de 2017
Unidad de Mountain View

Es difícil olvidar mi miedo inicial a los espejos, quizás por eso hoy me he despertado recordando que no fui capaz de enfrentarme a uno hasta dos meses después del trasplante. Durante esos dos meses esquivar mi imagen fue una de mis principales obsesiones: no solo me las había ingeniado para evitar el que había en el baño del hospital, sino que conseguí sortear cualquier tipo de reflejo en el trayecto desde el hospital al corredor y, por último, rehuí del pequeño espejo que había en la celda. La posible aparición de mi rostro por un descuido se me hacía aterradora.

Hacía diecinueve años que no veía mi cara, la última vez que la vi era una niña. Como había pasado con las formas de tantas otras cosas, el recuerdo de mí misma se había ido transformando en algo esquemático. Al igual que los pájaros eran líneas diagonales ascendentes o descendentes y de diversos colores, yo recordaba mi cara como un óvalo cuyo color no podía elegir, sino que cambiaba cada vez que me venía a la memoria. Este cambio era marcado por los tonos de mi humor en cada momento, como si mi estado de ánimo hiciera de mí uno de esos higrómetros en forma de gallo cuyas plumas cambian de tonalidad dependiendo de la humedad atmosférica, que en mi caso indicaba casi siempre una

45

climatología inclemente: color violeta, tempestades externas, naufragios internos. Antes de enfrentarme al espejo me senté en el camastro tratando de prepararme mentalmente para lo que iba a ver. Había escuchado que los trasplantes de cara resultan muy difíciles desde un punto de vista psicológico, porque a los pacientes les lleva mucho tiempo comenzar a reconocerse en su nueva apariencia. Yo sentía algo parecido, pero más acentuado, pues no solo tendría que acostumbrarme a mi propia imagen, sino a la de muchos otros objetos que ahora me resultaban excesivamente complicados. Mi trasplante implicaba el trasplante de muchas de las formas de mi entorno. No dudaba, por ejemplo, de la belleza de los pájaros que surcaban el aire, pero la variedad de plumajes, de movimientos, de tamaños me desconcertaba. Digamos que en mi mundo anterior, en mi ceguera, las formas eran más fáciles, abstracciones producidas por mi propio cerebro para poder abarcarlas, tocarlas, y, sobre todo, comprenderlas. Pero era consciente de que yo me componía de un cúmulo de células en un organismo bastante sofisticado, y temía que mis facciones se me presentaran como imposibles de descifrar. Uno entiende, aunque sea a un nivel inconsciente, que las pequeñas arrugas que surcan los labios se han ido cincelando a base de risas, llantos y palabras. Entendemos nuestros surcos, entendemos nuestro color, entendemos los párpados caídos porque cada vez que estamos cansados se nos caen, aunque luego y tras un placentero descanso vuelvan a alzarse antes de entrar en esa época de flaccidez ya permanente que también entendemos, porque ser viejo es estar cansado. Pero en todos esos años yo no había podido ver en mi rostro la ley de la causa y el efecto, y no solo temía no entenderlo, sino ni siquiera ser capaz de abarcarlo todo, como la rémora que, pegada al vientre de un cetáceo, solo ve un espacio gris como el cemento.

Sin saber de qué manera, saqué el ánimo que necesitaba y

46

con la cabeza baja me acerqué a ese pequeño espejo que devolvería mi imagen. Me pregunté cuántas mujeres antes de mí se habrían mirado en él, todas ellas tristes casi siempre, y todas ellas muertas. Recordé el cuento de Blancanieves, pero lo apliqué a mi situación: «Espejito, espejito, ¿quién es la más desventurada de este reino?» Sentía que yo podía ser perfectamente la más triste de todas. Los cuentos que escuché cuando era niña tomaban cuerpo ante mí de las maneras más inverosímiles. Tal vez no era Blancanieves, sino el sapo que solo cuenta con el beso de la muerte para transformarse en princesa, pero princesa muriente:

Yo: El sapo.

La muerte: Mi príncipe.

Cuando por fin logré liberar algo mi pensamiento de la obsesión, del miedo a mirarme y ser vista por mí, respiré profundamente unos segundos, levanté la mirada y abrí los ojos. «Así que esa era yo.» Este fue mi primer pensamiento. Era yo por primera vez y, sin embargo, no me afectó ningún tipo de sorpresa, de emoción, no sentí nada particular o, lo que es igual, sentí lo mismo que si viera a otra persona. Esta desconexión de mí misma hacía que el espejo se trocara en una suerte de lámina cortante, la hoja de un sable que me escindía a mí de mi propia imagen. Entonces yo no era sino otra persona que me miraba, y no solo eso, sino que me observaba tan minuciosamente que parecía que me estuviera juzgando, y luego temí que fuera a agredirme, pues ya el mero hecho de mirarme de esa manera me resultaba un acto de violencia. Cerré los ojos y volví a verme tal como me había visualizado los años anteriores, el alma me volvió al cuerpo, me acaricié la cara y sentí cada pequeño músculo reaccionando a la caricia, como si en esa reacción, en esa respuesta al pequeño placer, estuviera la fuerza que volvía a recomponerme. Pero abrí los ojos otra vez y en el espejo seguía ella, la otra, la yo extraña de mí. Cerraba los ojos y existía, los abría de nuevo, y la que debía ser yo era otra. En pocos segundos una gran ola de calor se me agolpó en la cabeza, y lo próximo que recuerdo es encontrarme en el suelo con una sensación húmeda en la sien. Me levanté, volví a mirarme en el espejo, que devolvía la imagen de una cara atravesada por un hilo de sangre. Al tocarme la cabeza y ver la sangre en mis dedos supe que la del espejo era yo. Así me ajusté a mi imagen, así entré en mi cuerpo. Así me reconocí: sangrante.

Diez años antes de que Robyn comenzara a escribir las páginas anteriores, la vida marchaba en Norteamérica tal como lo hace en estos momentos: los ciudadanos en libertad se paseaban ajenos a la cercana existencia de miles de personas encerradas en cajas, ambos grupos con sus rutinas específicas y ambos dándose la espalda. Concretamente en San Francisco, en el número 1131 de Grant Avenue, se ubicaba el Yee's Restaurant. Aunque Xinzàng ya ha saldado algunas deudas imprevistas de su padre y las suyas propias, pagos mediante los que sobornó a quienes le llevaron a conocer los detalles más específicos del portador del *último* corazón, aún tiene dinero de sobra para permitirse un restaurante más caro, pero el menú del Yee's ofrece comida tradicional cantonesa de la que no se encuentra en la mayoría de los restaurantes chinos norteamericanos. Es por tanto uno de los pocos lugares que retrotraen a Xinzàng a los olores y sabores que desprendían las cacerolas de hierro de su infancia. Acaba de cumplir veintiséis años y está dispuesto a festejarlos con los vapores de la ilusión de haber vuelto, siquiera a través de los sentidos, a su tierra natal.

Mientras Xinzàng mira el menú para decidir lo que

pedirá, ignora que a unos mil quinientos kilómetros del Yee's una muchacha de veintidós años lleva una semana sin ingerir alimento. Se trata de Robyn que, tras meses de profunda depresión, se ha declarado, junto con otras dos reas, en huelga de hambre. Robyn no ha dado explicaciones del porqué de esa huelga, si bien las otras dos compañeras aseguran que lo hacen como protesta por las continuas vejaciones que sufren por parte de los guardias. La noticia ha llegado a la prensa y algunos periodistas merodean por los alrededores de Mountain View.

Xinzàng mira a los comensales de la mesa de al lado, una pareja de ancianos humildes pero bien vestidos que comparten unas gachas de sangre de cerdo. Le resulta apetecible, pero una vez más se decanta por el plato estrella del restaurante: ganso asado con arroz.

Robyn, en cambio, no puede mirar nada, aún es ciega. Dos guardias le piden que saque las muñecas por la ranura de la celda, la esposan, abren la celda y la llevan a la enfermería. Allí la sientan en una silla que por sus dimensiones y su estructura recuerda al diseño de la silla eléctrica. A pesar de la debilidad, Robyn intenta resistirse, llora, grita, pero pronto es sometida: con los tobillos encadenados, mientras un guardia le ciñe las muñecas a los brazos de la silla con gruesas correas, otro la amarra por la cintura al respaldo, y un tercero acaba de llegar para sujetarle la frente al cabezal.

En ese preciso momento en Ginebra un portavoz de la Organización de las Naciones Unidas vuelve a denunciar como tortura la administración forzada de comida por vía nasogástrica. Los asistentes le aplauden mientras en Mountain View uno de los guardias introduce en el orificio izquierdo de la nariz de Robyn una sonda de seis milímetros de diámetro. Robyn empieza a sangrar pero uno de los guardias dice que está bien, que el suplemento nutricional va llegando al estómago, aunque ahora que lo piensa quizás deberían haber escogido una sonda de diámetro menor. No importa. En Ginebra aún resuenan los aplausos tras el discurso que denuncia dicha tortura, aplausos que poco a poco se desvanecen mientras que en el Yee's Restaurant Xinzàng mastica la piel tostada del ganso, su parte preferida.

Los comensales de la mesa vecina a Xinzàng han pagado la cuenta y se van. Xinzàng se queda solo sin sospechar que una muchacha está siendo alimentada como una oca. Y la muchacha ahora vuelve a gritar, y un guardia le pone una máscara para contenerle la mandíbula. No hay una sola parte del cuerpo que Robyn pueda mover. Los guardias tienen poder sobre sus intestinos, estómago, digestión.

Por una cuestión de libre albedrío, en 1975 también la Asociación Médica Mundial se manifestó en contra del uso de la fuerza para alimentar a quienes por voluntad propia y en su sano juicio se declaran en ayuno. Han pasado más de treinta años desde aquella declaración, y el procedimiento nasogástrico de Robyn ha durado dos horas. Llevan a Robyn a una celda de observación para asegurarse de que no vomite. Es un cubo de cristal, a la vista de todos. Una hora después la devuelven a su celda. Robyn se siente mal y acaba vomitando. Sabe que si lo descubren volverán a llevarla a la enfermería para atarla a la silla y reanudar el proceso. Recoge el vómito con las hojas de un libro y lo arroja al retrete. Vuelve a tener el estómago vacío.

Como postre Xinzàng pide un *guilinggao* dulce: un líquido negro y gelatinoso que se sirve en un cuenco. Se considera que tiene propiedades medicinales por una meticulosa mezcla de hierbas, aunque su ingrediente principal es el caparazón molido de un tipo de tortuga del sur de China, en grave peligro de extinción..., pero esto no atañe ni al estómago satisfecho de Xinzàng ni al de la muchacha vacía que se balancea de dolor y tristeza a mil quinientos kilómetros de él, porque aún no sabe que en poco tiempo conocerá a una persona por la que le valdrá la pena seguir alimentándose a pesar de su encierro, y escribir cosas como las que siguen.

5 de abril de 2015
Unidad de Mountain View
2305 Ransom Road
Gatesville, Texas, 76528

Mi querido Zhao, la gente repite necedades hasta que estas acaban adquiriendo un tinte de verdad. Se suele decir, por ejemplo, que los ciegos miramos a través del tacto, y uno inmediatamente nos visualiza palpando cosas o rostros como repentinos zombies que buscan exasperados la ubicación de su vida anterior o de otra vida posible. No es del todo cierto, en realidad nos valemos también de otros sentidos para crear volúmenes. Si quieres imaginarme cuando yo era ciega y trataba de hacerme un lugar en los espacios, no me imagines tropezando con trastos; eso solía pasar, pero también sucedía que me desplazaba sin bastón, sin perro, sin guía en lugares desconocidos, y lograba sortear obstáculos con la naturalidad con que un delfín utiliza la ecolocalización para llegar a su destino. De alguna manera, y aunque esto me resulte difícil de explicar, los objetos encuentran el modo de avisar su presencia, es como si emitieran sonidos, pero sonidos mudos, sordos. Sin embargo, desde que puedo ver, las cosas ya no me hablan, ni siquiera cuando cierro los ojos. Al principio me costó acostumbrarme al silencio de lo inanimado, mientras que el griterío de vidas complejas —personas, perros, pájaros— me resultaba grosero y de un volumen insoportablemente alto. Hoy puedo decir que estoy acostumbrada a los ruidos del corredor, a las voces desabridas de los guardias, a los ladridos o cantos que a veces consiguen colarse entre las celdas como regalos para el ánimo, pero imagino que si me pusieran en el centro de una gran metrópolis me aturdiría, y para tranquilizarme me tendría que tapar los ojos, ser ciega otra vez, para que callara el mundo animado y tal vez volviera a susurrar el inanimado.

Aunque el tacto no fuera mi único medio de localizarme en el mundo, durante la adolescencia sí sentí que este debía de jugar un papel prioritario en todo lo que se refería al desarrollo sexual y a la visualización de otros cuerpos. A los trece años esperaba ávida el momento de mi primera experiencia sexual, porque tenía bien claro que sin tocar el cuerpo desnudo de un hombre nunca podría verlo. Pero el tiempo transcurrido entre mi primera experiencia y el día que entré en el corredor fue de un par de años, insuficientes para contar con una verdadera práctica en los volúmenes del cuerpo, en las variaciones del sexo, y pienso en ello ahora que te escribo porque creo que el detalle de un pene que se eleva es el símbolo que con más frecuencia me lleva a ti: el deseo de tu sexo, pero también tu sexo como un viaducto que me tiendes cuando las palabras que te envío o las expectativas de volver a verme te excitan. Amor mío, esto es hermoso, crear puentes de libertad a partir de la excitación, ese ardor del que brota mi flujo, tu semen, que corren mezclados como un río bajo nuestro puente. Si nos permitieran siquiera un encuentro íntimo, elegiría tirarme de ese puente antes de que estos estúpidos me maten. Te haría inundarte de placer mientras yo me dejaría ahogar de placidez allá abajo, en las espumas de tu cascada tibia.

Mi amor, único en tu sexo, esta idea de los puentes me lleva a pensar en el puente de Zhao. Dentro de esta carta que escribo ahora me he querido poner a cuatro patas y a tus pies. Imagíname así, a cuatro patas, sin grilletes, a tus pies, y por supuesto desnuda. Voy a intentar no pensar demasiado en mi realidad fuera del folio, y te pido que tú hagas lo mismo. Ven

54

aquí, no no no, no te agaches, déjame que te bese a partes iguales los tobillos mientras tú los ajustas a mis sienes ahora que estoy bocarriba, tumbada en el suelo, mi cabeza entre tus piernas, yo anclada entre ti, horizontal y fina como un charco, líquida. Nuestras coordenadas son como siguen: al este de mi cabeza, tu pierna este; al oeste de mi cabeza, tu pierna oeste; al sur mis pies y al norte mi pelo. Sur y norte son irrelevantes, pero sí importa que sobre mi rostro, a más o menos un metro de altura, se aparece la visión de tu sexo como un cirio ámbar que inmediatamente, conforme te humedezco los tobillos, comienza a elevarse, elevarse, elevarse hasta que la fuerza de su atracción me levanta también a mí: yo Robyn, yo tu mujer, yo tu amante, ahora de rodillas me declaro la maga que hará desaparecer y aparecer tu sexo, tu puente, el puente de Zhao, hasta que, ya relajado, ya destensado, repose primero en mi lengua, y luego será libre también de mi boca, como la pieza transformable de un hombre erótico llevado a las máximas consecuencias de su energía y de su descanso. ¿Recuerdas cuando el mago bengalí P. C. Sorcar hizo que se desvaneciera, frente a miles de espectadores, el Taj Mahal? Yo no necesito espectadores, pero sí quisiera especializarme en hacer desaparecer el puente de Zhao a base de frotación y saliva, tal como desaparece a través de los siglos la roca en el mar. *Badabín Badaboom*, tu sexo ha desaparecido, pero como todo el mundo sabe, la magia es una ilusión, y la pregunta en sus trucos no es el *cómo* se ha hecho, sino el *cuándo,* y da la impresión de que he hecho desaparecer tu sexo porque nadie se preocupó por ver cuándo lo hice crecer dentro de mí, como esas botellas que contienen frutas maduras, perfectas y más grandes que el cuello cristalino del envase. Yo soy el cristal húmedo y rosado ocupado por ti cuando creces como un fruto que deja su semilla para volver a crecer dentro de mí, entre las formas estrechas de mi cuello uterino, de cristal siempre candente.

Y ya que estamos, del mismo modo, *Badabín Badaboom*, haría desaparecer ese paradigma de monumento humano, bronce y cagadero de palomas: la seriedad. Cuando nos imagino no hacemos el amor seriamente, nada de eso que te cuentan en algunas novelas, donde uno encaja con el otro acoplando siempre las mismas piezas. ¿O es que es así como realmente se hace?, ¿a eso llaman *comunión?* Para mí la comunión está en el titubeo, en la oscilación por la cual dos sexos se olfatean y reconocen en los olores que los distinguen. ¿Hacer el amor es un juego de encaje perfecto? No puedo creer que lo sea, porque un cuerpo nunca está acariciado o lamido del todo, cuando se acaricia una parte, otra parte del cuerpo reclama la caricia como si esta ya no hubiera pasado por ese tramo de piel, y cuando se moja una parte, la que antes estaba mojada se seca, de modo que siempre aparecen nuevos fragmentos, aunque sea simplemente porque han cambiado de posición y de estado. Mi cuerpo es una sombra sin memoria y hambrienta, por más que me alimentes siempre reclamaré más caricias, más nutrientes, más saliva y fricciones, como si lo que me otorga tu cuerpo pudiera darme materia de hoja perenne, pasar de ser sombra que reclama a ofrecer sombra silenciosa, tal como el olivo sin edad que cobija al labriego. Pido de nuevo más. Mira mis nalgas de perfil, y míralas qué distintas son ahora que estoy de nuevo a cuatro patas, irremediablemente entreabiertas por esa escisión en la que también eres bienvenido a hacer desaparecer el puente de Zhao. *Badabín Badaboom.*

No, hacer el amor no puede ser juntar piezas de lego, yo lo imagino, más bien, como un juego de movimientos infinitos, piezas variables. Si tú y yo estuviéramos en una cama, o bajo ella, o en una silla junto a la luz natural, te pediría que no me acariciaras seriamente, porque la seriedad es cosa de los arrogantes, de aquellos que piensan que no necesitan ensayar múltiples veces para mejorar sus arquitecturas, o sus defensas, o sus siempre mejorables artes amatorias. La seriedad es para los inmaculados y para los que van a morir:

Ave: Yo les saludo.

Yo no voy a morir, que nadie se equivoque, yo voy a ser asesinada. El César daba la opción de la pelea. Pero en el mundo ya no hay asesinos con honor, solo matarifes. Por eso yo soy la maga que hace desaparecer un puente:

Badabín Badaboom.

Ave: Hoy no me van a matar.

Ave: Yo les saludo desde las aguas que solían verse desde el puente de Zhao, antes de que el puente de Zhao desapareciera bajo esas mismas aguas, las mías.

21 de septiembre de 2017
Unidad de Mountain View

Padre, recuerdo tu primera visita como si fuera ayer. Fue un sábado a las cuatro de la tarde. Aún me parece oír al alguacil recorriendo el pasillo de la Unidad de Mountain View que conduce a mi celda. Identifico a los guardias desde lejos por su manera de pisar, por el tiempo que separa sus pasos, por su ánimo de imponerse como autoritarios mientras caminan agitando las llaves como si frotaran las alas de un insecto bélico y ruidoso, o por la discreción que les lleva a un mayor silencio. Lo primero que se aprende aquí es el protocolo, y hay un protocolo para todo, así que hoy como el primer día, cuando el guardia A, o B, o Z llega a mi celda y grita mi nombre, me pongo de espaldas a la puerta, acerco las muñecas a una pequeñísima apertura rectangular como la de un buzón, y espero a que me ponga las esposas para llevarme a la zona de visitas.

Nunca como aquel sábado se me hizo tan largo el pasillo que debía recorrer para encontrarte, sentado, al otro lado del grueso vidrio. Había recorrido ya muchas veces antes el mismo pasillo, pero ese día, ese sábado que sabía que iba a conocerte, el corredor no parecía ser el mismo, sino uno muchísimo más largo, en tiempo y en espacio. Todas las veces anteriores que había transitado por él como un fantasma me pareció que era cruelmente corto, por ser la ducha el único momento en que me permitían salir de mi celda con cierta regularidad. Incluso hoy me gustaría pasar más tiempo caminando por ese pasillo, de mi celda a la ducha, morir de vieja en ese trayecto del sudor a la purificación, o, tal vez, cumplir con esta condena: andar por el corredor como quien antaño remaba en las galeras a golpe de látigo, para sentir el calor de los otros, sus alientos en la nuca, poder mirar a decenas de ojos, tal vez poder sonreír a otro esclavo. Pero lo que quería escribirte ahora es que lo que hacía especialmente largo al pasillo aquel sábado era que por una vez no me separaba de la ducha, ni de otra visita, sino de ti, de mi padre. Ansiaba conocerte en persona y los metros se me hicieron kilómetros.

La noche anterior no pude dormir. Hacía mucho tiempo que no lograba conciliar el sueño por un motivo distinto al miedo de mi muerte, que se manifestaba de diversas formas, aunque la más común consistía en la visualización en plena noche de la camilla en forma de cruz, con las gruesas correas de cuero que tardarían en atarme —ya me habían informado de este detalle— entre veinte y treinta segundos, siempre que no me resistiera, o no demasiado. Pero aquella noche no dormí por una causa positiva, por algo que ya casi había olvidado: por ilusión. Aunque desde ya te confieso que me apena que eso haya sido lo único positivo que hasta ahora me has dado gratis, algo que ni siquiera salió de ti, sino de la proyección que yo misma hice de nuestro primer encuentro, cuando todavía desconocía tus verdaderas intenciones.

La mañana de aquel sábado me levanté ansiosa, me lavé la cara y luego me tumbé para pellizcarme las mejillas y los labios, esperando que así enrojecieran y pudieran darme algo de color después de haber estado los últimos nueve años privada de la más tenue exposición a la luz solar. Sabía que tener las mejillas rosadas era síntoma de lozanía o, cuando menos, de vida, así que aunque no era capaz de ver mi extrema palidez estuve pellizcándome cada cierto tiempo durante varias horas.

Me avergüenza admitirlo, pero quería estar guapa para ti. Hasta entonces no sabía muy bien lo que era una cita, así que podría decir que tú fuiste la segunda que tuve. Estuve toda la mañana con la sensación de eso que suele conocerse como *mariposas en el estómago*. Quizás por ello sentí un gran vacío cuando me encontré con que tu primera inflexión de voz al hablarme contenía una mezcla de un diez por ciento de sorpresa y un noventa por ciento de desencanto. Ambos estábamos separados por el vidrio de seguridad, pero recuerdo que durante los primeros segundos ninguno de los dos cogió el teléfono que nos comunicaría durante el resto de la visita. Permanecimos estáticos, aunque imagino que tú deslizabas la mirada por mis rasgos, con los ojos ágiles como un animal curioso. Desde entonces me he preguntado si ya en aquella primera visita te diste cuenta de que ambos tenemos el dedo meñique de la mano derecha apenas desarrollado. Seguramente, como si te miraras en un espejo por primera vez, tratabas de separar lo que nos asemejaba de aquello que te resultaba propio, único, intransferible. Si llegaste a ver que coincidíamos en esa pequeña malformación del meñique, estoy segura de que al regresar a casa lo maldijiste. Sentí una tristeza extraña, una amargura de una naturaleza distinta a cualquier otra que hubiera experimentado antes.

22 de septiembre de 2017
Unidad de Mountain View

En tus primeras visitas no te atreviste a contarme los motivos que te llevaban a visitarme. Lo hiciste algo más tarde por carta, una carta que fue la causante de que, al poco tiempo, empezara a acunar la esperanza de no tener que pasar por el protocolo de muerte que nos espera al final del corredor. Pero al cabo de unos días tuve que solicitar permiso para que me leyeran aquella carta una segunda vez, y hasta una tercera, pues por momentos me parecía que el contenido que recordaba tenía que ser por fuerza producto de mi delirio. Comprobé que todas las lecturas coincidían, era el contenido de tu carta, y no mis pensamientos, lo que resultaba delirante. También por aquella carta supe que tus visitas nunca fueron desinteresadas. Me sentí estúpida por pretender una apariencia presentable cada vez que venías a verme. Después me sentí estúpida por todo, no sé, simplemente por estar cada vez que aparecías al otro lado del cristal, como si pudiera elegir otro sitio, como si pudiera tener la opción de rechazar la visita de mi padre. Claro que tenía el derecho de cancelar los encuentros, pero hay derechos que no son opciones. En el corredor la visita de un padre no resulta opcional, es algo necesario, y lo es aunque sea doloroso, aunque nos haga más mal que bien, como fue mi caso en aquellos momentos. Desde que estoy aquí pienso que

61

el desamparo depende de la fuerza de la gravedad. Un astronauta está más solo en la Tierra que en la Luna, y es por ello por lo que en el corredor todas somos mujeres imantadas que, esperando la visita de cualquiera, preferimos que nos pisen a soportar el peso de nuestro cuerpo contra el planeta, la solitaria llamada del centro de la Tierra.

Una vez pasado el duelo por la pena que me trajo tu carta, me restablecí un poco mediante una ocurrencia que me despertó en plena noche. Había tenido uno de mis sueños de libertad, y en ese sueño yo era capaz de ver, pero no las formas sintéticas que solía ver hasta entonces cuando soñaba, sino otras muy distintas: las siluetas, los espacios, y hasta los colores de recuerdos que creía olvidados. Vi el amarillo de los campos, padre, fundamentalmente vi el amarillo del sol en mi entorno. El sol, cuyo calor o destello o lejanísimo reflejo no había sentido ni visto desde hacía tantos años, estaba en mi sueño, por todas partes. No solo los campos eran amarillos, sino también mis manos, pero no un amarillo de enfermo, como a veces describían el tono de mi piel, sino un amarillo que parecía tener su foco dentro de la carne y atravesar mi piel traslúcida en forma de una luminosidad sana, de persona que abre las ventanas de su habitación después de un buen dormir y respira el aire limpio de los montes en otoño. En contraste, al despertar respiré un aire encerrado, porque en el corredor también el aire está condenado a muerte, es como si nos metieran aquí con el entorno que teníamos antes de entrar, y ese entorno, constituido por el oxígeno que respirábamos en ese preciso momento, por la risa de un bebé o el pitido de un coche o el saludo de un amigo al pasar, comenzara a languidecer con nosotros. Las sensaciones se detienen, se atrofian, por eso el hecho de haber tenido un sueño tan vívido, haber visto de nuevo, poder rescatar algo distinto a las formas también atrofiadas que solían habitar mi mente, encendió mi imaginación hasta el punto de llegar a la ocurrencia que te propondría,

62

también yo, en una carta. Sabía que era una idea descabella-da, pero ¿acaso no era del todo desproporcionado lo que tú me estabas pidiendo? Por eso no temí expresarte mi deseo, y por eso, en cierto modo, comencé a perdonar tu cruel peti-ción. Estábamos en paz. Y así sigo sintiéndome hoy, padre. Estamos en paz.

Comprendí que, más allá de la tristeza que me produjo aquella petición tuya, era lo único que podría evitarme la in-yección letal o los otros medios de ejecución alternativos a los que tenemos derecho a elegir: cámara de gas, horca, silla eléc-trica o pelotón de fusilamiento. Pero había más, quería pedirte algo a cambio. Sabía que primero tenías que acceder tú, y lue-go, aún más difícil, el sistema, aunque si para algo tenía tiem-po era para soñar lo imposible. Los deseos posibles, los fáciles de conseguir, son de mecha corta, se queman rápido, y nos dejan con hambre de nuevos sueños, y así nos mantienen cumpliendo deseos mediocres, sin ambición. Especialmente en el encierro necesitamos deseos casi imposibles, porque solo esos deseos nos llevan a la esperanza de vivir más allá de la fe-cha de expiración que nos han impreso. Cuántas veces habría deseado que me concedieran una hamburguesa como última cena, pero ahora puedo darme cuenta de que eso era un an-helo vulgar, de poca ambición, de poco interés. Desde que lo otro, lo más grande, mi propuesta inaudita me entró en la ca-beza, sentí que podía conquistar cualquier cosa, no como mero espejismo, sino que realmente yo, aun estando encerra-da y sin poder alcanzar jamás el mundo exterior hasta una vez muerta, podía, de veras, conquistar la tierra prometida por y para mí, la que yo quería. Ese día les quité las riendas de mi vida a los guardias y empecé a dirigirme yo misma, el día que entendí que la libertad es algo muy simple y al alcance de cual-quiera, ¿no te parece que la libertad no es más (ni menos) que una decisión?

Cuando, después de recibir mi carta, confirmaste frente a

63

frente mi propuesta te quedaste lívido. Aunque yo no podía verte, lo sabía, por tu silencio, incluso por tu olor. Sé que cuando una persona palidece huele a leche deshidratada, a polvo de vida sin agua, y a pesar de que estábamos separados por el vidrio de siempre, en esa ocasión sí me llegó el olor. Estoy pensando, ahora que lo escribo, que puede ser que se tratara de mi olor. Puede ser que fuera yo la que palidecí. Puede ser. Pero en mi interior ya brillaba el amarillo de los campos y el sol otoñal alumbraba bajo mi piel de hierba.

23 de septiembre de 2017
Unidad de Mountain View

No sé si por algún tipo de misterio hoy me he levantado más fuerte que ayer y por eso me siento dispuesta a hablar sobre ese hecho que he estado demorando desde las primeras páginas. Al fin y al cabo ambos lo conocemos y me está resultando más difícil posponer su escritura que confrontarlo de una vez. El caso es que ahora mismo, en este preciso momento, no creo que merezcas que me acobarde hablar de una ruindad que nada tiene que ver conmigo, sino estrictamente contigo. No, ya no quiero seguir eludiendo el tema de la petición que me hiciste al poco tiempo de verme por primera vez, esa carta que dejó sin palabras al propio capellán que me la leyó, y que voy a adjuntarte para que tú mismo la leas tal cual la escribiste, tu primera carta.

Pero antes, permíteme que comparta contigo algunos detalles:

De niña fui buena, padre, no sé qué tiene que ver esto con lo que quiero escribirte, pero quiero que sepas que no nací condenada, y que ojalá me hubieras conocido en ese momento en que yo no sabía que la belleza y la bondad son atributos tan frágiles, no lo sabía porque estaba en mi naturaleza conservarlos. Quizás cuando lo supe dejé de cuidarlos. O tal vez aún soy bonita y buena.

Necesito que tengas la carta que me escribiste, pero no quiero deshacerme de ella, así que la he transcrito para poder quedarme con la original, y te adjuntaré la copia exacta para que la recuerdes tal cual la enviaste. Tal vez te haga sentir incómodo, o tal vez sigues siendo el mismo hombre, o uno peor. Podría esforzarme en dejarte claro, tal como hiciste tú, que no te quiero, y que por tanto el hecho de conservar tu carta no tiene nada que ver con ningún tipo de inclinación afectiva. Sería fácil, por ejemplo, argumentar que me costó un año conseguir que me permitieran tener papel y lápiz, y que hoy, aburrida y sin tener nada mejor que hacer, he decidido amortizarlos reescribiendo tus palabras como parte de esta carta mía que –creo– será bastante más larga. Pero me gustaría que consideraras que no sé si soy una asesina o no, pero, al contrario que tú, no soy despiadada. La crueldad puede revelarse en un asesinato, pero también se manifiesta en los gestos en apariencia más insignificantes, y la certeza de que ningún tribunal te condenará por ello no te da derecho a ir por la vida declarándote inocente. Ya te dije al principio que te estoy agradecida, pero en ningún momento he pensado que las razones para agradecerte radiquen en tu voluntad de verme mejor y más feliz, o menos infeliz. Sé que lo bueno que me has dado me lo has dado a tu pesar. También agradecería a un árbol por los frutos que deja caer, aunque sepa que los dejó por su propio bien. Es por esto por lo que te digo, con sinceridad, que a sabiendas de todo ha sido mi deseo conservar esta y todas tus cartas porque yo sí te quiero, y no porque a pesar de tu crueldad me dieras tus ojos, sino por algo mucho más incógnito que no sabría ni descifrar ni, mucho menos, comunicar. Pero imagino que no tengo que justificar lo que siento, baste por tanto decir que desde la época de aquella primera carta, hace ya casi ocho años, he tenido la oportunidad de rendirme al hecho de que hay sentimientos que, como muchos crímenes, no hay manera de entender, sentimientos que suceden como si hundie-

66

ran sus raíces en las ciénagas olvidadas de un cerebro en coma.

Pero teniendo en cuenta que es muy posible que lo que voy a escribir sea una de mis últimas declaraciones, déjame añadir algo importante: podrías pensar que los psicópatas no sienten afectos, que esto que te digo es solo un remedo, una imitación de sentimientos reales que he observado en otros, pero yo sé que no sufro ningún tipo de perversidad psicológica, y he querido y quiero, profundamente, a varias personas, algunas de las cuales me quieren a mí, como verás también en el curso de estas páginas. Aunque te cueste creerlo, amo y me siento amada todas las horas del día que paso aislada en esta celda de tres metros por dos.

No olvido que lo único que has deseado y deseas de mí es mi muerte. Tú insistes en recordarme cada cierto tiempo que no me quieres, debido a lo que hice, y me lo repites como disculpándote, atormentado, como si mis actos justificaran tu desamor. Nunca respondo, pero te observo a través del vidrio. Es triste el sentimiento que me produce verte con tus gafas negras, entrever con tus propios ojos el hueco que dejaron al ser retirados de tu rostro, pero sabes que no solo los ojos delatan nuestros pensamientos, por eso cuando me dices que no puedes quererme y te cubres la cara con las manos, yo sé que no lo haces para ahorrarme la incomodidad de ver que lo lamentas, sino para que no vea que eres solo una farsa. Yo nunca me he sentido impelida a insistir en que no te quiero, porque no es cierto y porque aunque lo fuera me parecería innecesario.

La primera carta, la que te adjuntaré en un momento, la recibí cuando tenía veinticinco años, es decir, llevaba nueve en el corredor de la muerte. Te pido que pienses en ello. Unos meses antes habías venido al corredor por primera vez, y hasta entonces ni siquiera sabía sobre ti los detalles más básicos: que eras joven para ser mi padre, apenas cuarenta y cuatro años. Tampoco podría haber imaginado los motivos que te trajeron a visitarme, y sobre todo: ni remotamente podría haber sospechado lo mucho que esos motivos llegarían a herirme. Recuerdo que al saber lo que me pedías en la carta caí en la cuenta de la sincronía entre tu precario estado de salud y los crímenes que al parecer me trajeron al corredor. Ambos, de alguna manera, habíamos empezado a morir al mismo tiempo: «Hija desconocida para padre, padre desconocido para hija, se sincronizan para morir.» Sin embargo, tal como bien puntualizaste, mientras tú no sabías exactamente –ni aún hoy sabes– cuándo tu corazón terminaría por rendirse, yo había sido informada no solo de la hora, sino del minuto exacto que se había acordado para que una inyección con cloruro de potasio paralizara mis músculos cardíacos. En Texas, el método de ejecución por defecto es la inyección letal, y todas las descripciones del proceso se basan en este método, si bien tenemos el derecho a elegir otro de los disponibles hasta un mes antes de la ejecución.

Por último, has de saber que, a pesar de la aspereza general, algunas de las cosas que me has ido escribiendo llegaron a entretenerme, algo que te agradezco. ¿Será que en este lugar a veces confundimos entretenimiento con amor?

Paso, ahora sí, a adjuntarte lo que me escribiste, seguido de la carta que te envié como respuesta, que, aunque muy meditada, dicté casi de corrido al capellán de la prisión. Aunque hace siete años de estas palabras tuyas, desde entonces no ha habido un solo día que no me haya preguntado cómo fuiste capaz.

68

7 de marzo de 2010
32-40 Stillwell Street
Houston, Texas, 77028

Hija mía:

Durante mi última visita a la prisión no encontré el valor de confesarte el verdadero motivo que me llevó a solicitar el permiso para verte por primera vez, y la causa principal por la cual he mantenido el interés en seguir visitándote. Voy a ser sincero. Sé que quizás te resulte duro enterarte de que las razones que me llevaron a ti no tienen nada que ver con el amor que un padre siente por una hija, y puede ser que hayas fantaseado con la idea de que mi acercamiento se deba a algún tipo de inclinación paternal, pero espero que sepas comprender que esto me resultaría del todo imposible. Por una parte está el hecho de que nunca hasta hace unos meses te había visto cara a cara, es más, hasta que contactaste conmigo poco antes de entrar donde estás ni siquiera conocía tu existencia, y tú tenías ya casi dieciséis años. Pero la razón primordial que me impide sentir por ti cualquier tipo de cariño se debe a que he sido educado en una fe cuyos mandamientos siempre he intentado respetar, y tú, mi hija al fin y al cabo, vulneraste el que considero el más importante.

A pesar de que no puedo decir que te quiero, aún me cuesta escribir lo que necesito pedirte, incluso ahora, a dos días en coche de la prisión, sin la constante vigilancia de los señores alguaciles, las lentes de las cámaras, sin la limitación del tiempo, y, sobre todo, sin tener que mirarte a esos ojos que no ven, que a decir verdad me imponen más que cualquier mirada. No es que lo que voy a pedirte sea desconsiderado, todo lo contrario, pero comprendo que es *inusual*. Por eso te ruego que cuando esta carta te llegue a la Unidad de Mountain View (todavía me cuesta referirme a ese lugar como al *corredor de la muerte)*, consideres el valor que he tenido que reunir para decidirme a visitarte, primero, y para tratar de formular una súplica, ahora ya del todo desesperado.

Déjame comenzar informándote de que hace algo más de nueve años, cuando aún no podíamos ni sospechar que acabaríamos conociéndonos, me detectaron una miocardiopatía dilatada. No recuerdo si he llegado a decírtelo en alguna de mis visitas, pero desde pequeño fui un gran deportista, de modo que si de algo estaba seguro era de la resistencia de mi corazón, y esto a pesar de que mi padre necesitó un trasplante y, en ocasiones, me advirtió sobre la posibilidad de que yo desarrollara su misma enfermedad, tal como en efecto sucedió. Lo primero que los doctores me prohibieron fue el exceso de esfuerzo físico. Por miedo extremé las precauciones y en cuestión de pocas semanas pasé de ser el entrenador de uno de los mejores equipos de béisbol de la región, a no levantarme del sofá más que para cubrir los pocos metros que me llevaban a satisfacer las necesidades más básicas: ir al baño, encender el ventilador, cocinar algo de pasta. Llegó la depresión, pero, sobre todo, llegaron peores noticias, y es que a pesar del tratamiento mi corazón, a consecuencia de su esfuerzo por bombear mayor cantidad de sangre al resto del organismo, había comenzado a dilatarse, y ahora el tamaño desmedido no es sino el reflejo físico de su agotamiento extremo. Por lo visto el deterioro empezó a suceder tan rápido que nunca llegué a ser apto para ningún tipo de asistencia mecánica, de modo que la única opción que tuve desde el principio fue la de un trasplan-

70

te y, actualmente, mi única opción es la de un trasplante *urgente*. Los médicos me han expuesto esta urgencia con cifras: en Estados Unidos una media de veintidós personas muere cada día esperando el órgano que necesita. Cada diez minutos un nuevo paciente entra en la lista de espera. Pero disculpa, voy a intentar ser algo más breve:

Que el estado de Texas haya sentenciado tu ejecución es un hecho anterior a nuestro primer encuentro. Solo tú y no yo, ni la acusación, ni el juez, ni los miembros del jurado, ni tampoco este estado, ni mucho menos la víctima, eres responsable de verte donde te ves. Desde que conocí tu sentencia he comenzado a pensar que el mundo se divide entre los que saben el día y la hora exactos de su muerte, y los que tienen la bondadosa sabiduría de dejar tan señalada fecha a la voluntad del Señor. Tú sabes o sabrás pronto la fecha y la hora, y eso, hija, no dice nada bueno de ti. Aquellos que vivimos una vida cristiana recibimos el enorme privilegio de ser llamados por el gran Creador. Los que son como tú, en cambio, escucharéis la última llamada por parte de un alguacil y un verdugo. Dicho esto, y según tengo entendido, la única libertad que se te podría conceder, aparte de elegir tu última comida y expresar tus últimas palabras, es la de solicitar el método de tu propia muerte. Pero permíteme, antes de proseguir, que te ruegue de nuevo, esta vez para que consideres que estoy en posición de pedirte lo que voy a pedirte por el derecho que finalmente me ha comunicado el propio gobernador de Texas, después de haber pasado los últimos años empleando todo mi tiempo, recursos y esfuerzos en conseguir que él mismo me concediera esta petición sin precedentes. Y bien, lo siguiente es lo que tanto me está costando escribir:

Por fin se me ha notificado que tú misma, y debido a las excepcionales circunstancias en que ambos nos encontramos, podrías optar a un sexto método de ejecución: morir sobre la mesa de un quirófano para salvar otra vida, la mía. Te ruego, pues, que salves a tu padre. Las donaciones de ciertos órganos entre familiares son legales y por ello invertí tantos años en conseguir este derecho, que me han concedido porque, a pesar de tratarse de un trasplante de corazón, no implica tu muerte, que se producirá de todas maneras. Entre todos los corazones del mundo, el tuyo podría darme mayores posibilidades para que el trasplante se realizara con éxito, dejando aparte la cuestión de que el poco tiempo que me queda y mi lugar en la lista de espera no me concede ni siquiera la alternativa de un corazón menos compatible. Sin embargo, para convertirte en mi donante tendrías que ser también tú quien solicitara a la defensa que interrumpiera el proceso de apelación. Los dos sabemos que una apelación, y eso en el caso de que te fuera concedida, tan solo desplazaría la fecha de tu muerte un poco hacia delante en el calendario. ¿No es una tortura seguir viviendo así, esperando a que te llamen para ejecutarte?

Por todas estas razones rezo para que Dios te ampare en estos momentos, hija mía, y te ayude a valorar este obsequio dichoso que ahora mismo te ofrece tu padre: la oportunidad de abandonar este mundo reintegrando en él una vida, tan merecedora de ser vivida como la que arrebataste a tu madre, que también Dios guarde en su gloria.

Esperando que sepas recibir tu única posibilidad de enmienda, firma esta carta con afecto verdadero, esperanza y fe en tu redención postrera,

Tu padre

72

9 de mayo de 2010
Unidad de Mountain View

Hola, padre, imagino cuánto tiempo –quizás años–, temores y trámites te ha costado escribir tu carta. También imagino la sensación de triunfo que debes de haber sentido al materializar esa imagen tantas veces proyectada de ti mismo escribiéndome con el beneplácito de cualesquiera que hayan sido las primeras autoridades que te animaron en tu petición. Claro que sin mi consentimiento todo tu trabajo sería en vano, y en estas semanas debes de estar viviendo con agonía la segunda parte de este proceso que ahora depende, exclusivamente, de mí.

Me pides que yo misma apriete el acelerador en esta moto de competición donde otros me han montado, que me desgarre las rodillas en cada curva, que me quite el casco y me estrelle contra un muro ciego, en lugar de apreciar los espejismos que he aprendido a levantar: el paisaje, los ríos, los árboles que siento mientras conduzco con las mejores luces del día. Sí, padre, no te extrañes, sí siento todo eso aunque te parezca que por estar encerrada no puedo ver más que cemento y hierro. ¿Acaso no has presenciado tú innumerables veces cómo mi corazón sano y joven comienza a latir en el lugar donde antes latía, exhausto, el tuyo? También yo tengo mis deseos de vida, y todo deseo de vida implica sentir el trote de la naturaleza por cada corredor de nuestro cuerpo. Por eso lo

73

que me pides no es poco, pues aparte de que por una hora más de fabulaciones sería capaz de cortarme una parte del cuerpo hasta que solo quedara de mí lo necesario para permitirme seguir imaginando, no está muy claro que no puedan concederme otra moratoria; cierto que en mi caso es difícil, pero hay condenados que han visto pasar treinta años entre la sentencia y su ejecución. Si interrumpo las apelaciones podría estar quitándome quince años de vida, casi los mismos que tenía cuando me metieron aquí, y créeme, ya entonces yo consideraba que había vivido, ¿acaso tú a tus quince años no tenías ya una concepción precisa de lo que es el tiempo, su valor, la muerte? En quince años cabe una existencia entera, y tú me pides que renuncie a ello.

Por supuesto, no paso por alto la posibilidad casi indudable de que mi defensa no consiga otra demora y en realidad no me queden más que un par de años, y teniendo esto muy en cuenta he llegado a la conclusión de que, en efecto, firmaré lo que haga falta para donarte mi corazón antes de que el tuyo deje de funcionar por completo. Sigo tomando esas vitaminas que me entregas en las visitas, aunque al principio las tomaba pensando que eran para mí y ahora sé que son para ti. Creo que estoy sana, cuando entré no tenía ninguna enfermedad infecciosa, y si de aquí a la fecha indicada para el trasplante ningún guardia me viola, mi sangre seguirá limpia.

Quiero que tengas bien en cuenta que la decisión que he tomado no tiene nada que ver con ninguna de esas recomendaciones moralistas que me exponías en tu carta. Tu Dios dice «Honrarás a tu padre y a tu madre». Pero qué tipo de orden absurda es esa, a quién se le ocurrió unir a dos personas en un solo precepto. Qué hija podría honrar a su padre por encima de la propia vida. Dónde está el mandamiento de amarás tu respiración sobre todas las cosas. Tal vez si pudiera elegir, para honrarme a mí misma levantaría la mano contra ti, pero la prisión, inclemente, me lo impide, porque la prisión son las dos tablas de piedra en que Moisés recibió los mandamientos, y la prisión es el profeta muerto, cuya arrogancia fue tan grande que aún le sobrevive. La prisión nos sobrevive a todos los que entramos en ella, como un padre avariento de sangre filial. Es Saturno, devorándome a mí, niña tierna cuando entré. Podrías haberte ahorrado todas las florituras religiosas y los ripios sentimentales, porque estoy segura de que te costó no solo pensarlos, sino escribirlos, y todo para nada, porque no han hecho ningún efecto en mí. Ni estoy arrepentida de cosa alguna, ni quiero dar cuentas a nadie, ni creo en tu Dios, ni creo en ti, ni daría mi vida por la tuya, ni considero que deba expiar un crimen que ni sé si cometí, ni querría expiar mediante mi ejecución un crimen que sí hubiera cometido; en suma: sí, te voy a dar lo que quieres, pero no porque tema que no acepten una moratoria que vuelva a aplazar mi ejecución, sino por otras razones que conforman la condición que te exijo a cambio de lo que me pides:

Quiero verte.

(Apuesto a que no me has entendido.)

Quiero verte.

Y quiero ver todo lo que me rodea, por acotado que sea mi espacio.

Quiero ver dónde vivo.

Quiero sostener la mirada a los guardias.

Quiero ver mis ojeras.

Quiero ver la basura con que me alimentan.

Las heridas de mis labios cuando me los muerdo porque necesito sentir algo.

La picadura del mosquito que no quise ahuyentar hasta que me picara.

La manta áspera que me cubre.

El rostro de las otras reas cuando tenga que despedirme.

Y quiero ver la poca y artificial luz.

La transparencia del agua de la ducha, y su ausencia cuando la cortan.

Los restos de mí en el retrete, que me recuerdan que, toda yo, soy lo poco que queda de mí.

Quiero ver si se puede ver cómo crecen las uñas.

De qué color tengo el vello de los brazos, de las piernas, del pubis.

Quiero ver la proporción de todas mis partes.

Quiero ver la garganta que me duele cuando grito.

Quiero ver el leve temblor de mis párpados cuando tengo miedo.

Y, por encima de todo, quiero ver a quien ahora puedo llamar sin ningún tipo de duda *mi libertad:*

Quiero ver a Zhao.

No te he hablado de él, pero te lo presentaré por escrito en breve. Zhao ha sido una habitación espaciosa, mi optimismo, mi intimidad.

No sé si a estas alturas de mi respuesta ya has adivinado cuál es la condición que te pido o, por descabellada, aún no puedes imaginarlo, pero ¿acaso no es inconcebible tu petición? Te pido, padre, tus ojos, o, dicho con mayor propiedad: tus córneas.

Ahora te tocan a ti días de reflexión. Tómate tu tiempo, sin olvidar que puede que te quede menos que a mí.

Robyn

Voy a ahorrarte todo lo que ya sabes, es decir, que aceptaste mi condición, aunque no sin llamarme despiadada y tantas otras cosas más, pero no importa, elegiste la vida. Entonces comenzó para mí una nueva etapa. En los primeros nueve años solo en dos ocasiones me habían hecho una revisión médica rutinaria, pero tras nuestro *contrato* y durante meses me sometieron a todo tipo de pruebas, pruebas que se han reiniciado en estos últimos días. Aún desconozco los resultados de las últimas, pero como ya sabes la mayoría son requisitos protocolarios que solo deberían de confirmar las anteriores, que indicaban que tanto mi corazón como mis tejidos son compatibles con los tuyos. Eso es lo que me dijeron: «El corazón y los tejidos tienen que ser compatibles.» Qué ironía, hablar de compatibilidad entre tú y yo, prefiero imaginar que hablan de prendas y colores, que no se trata de ti y de mí, sino de un pantalón azul y una camisa roja, por ejemplo, tejidos que pueden combinar no por la conexión entre tintes o fibras, sino porque el algodón, el gusano de seda o la cochinilla del carmín están muertos y no tienen garras para rechazarse. En cualquier caso, el día del trasplante, cuando despiertes, no tendrás más remedio que agradecer cada latido. Piensa que si me desprecias, mi corazón podría rechazarte a ti, y no habrá medicación, inmunosupresores, ciclosporina que pueda convencer a mi órgano de quedarse contigo si tú no lo agradeces.

Desde el punto de vista médico el trasplante de córneas resultó mucho más sencillo, pues al parecer el ojo pertenece a los llamados *sitios inmunoprivilegiados:* aquellos que admiten un injerto sin riesgo a una reacción de rechazo a los antígenos. Me resultó curioso enterarme de que los ojos comparten esta ventaja con la placenta y los testículos, tal vez sea porque la vista fue una vez vital para la conservación de la especie. En cambio, yo me voy acabando en plena edad reproductiva. Nunca tuve muy claro si quería tener hijos, así que no haberlos tenido no duele, pero sí duele saber que podría haberlos visto. Las consecuencias emocionales de mi capacidad visual recobrada son de tales dimensiones que tengo la sensación de que, si lo deseara, podría ver lo que ni siquiera existe. Pero no quiero. Estoy convencida de que lo que no existe para mí es tan hermoso que prefiero no verlo.

Hace tres días, cuando me sacaron de la celda para hacerme algunos análisis, las compañeras me gritaban que dejara que mi padre se muriera. Otras, ya enloquecidas desde hace años, aseguraban que yo era la primera de toda una reserva de reas que el Estado iba a utilizar como cantera de órganos, y vaticinaban que antes de un mes las más afortunadas estarían divididas por una enorme cicatriz, con un riñón menos, y las más desdichadas –aquellas con más de un órgano aprovechable y en demanda– estarían ya en una morgue o en el hoyo. Al ser el mío un caso único en la historia penitenciaria de Estados Unidos se ha extendido la voz más allá de Mountain View. He empezado a recibir cartas de personas que me piden un pulmón, o el hígado, gente que lleva años a la espera de un órgano para sus hijos pequeños, sus amigos cercanos o para ellos mismos. Quieren vaciarme argumentando que ya puedo darme por hueca. Yo no respondo, en estos días el giro que ha dado mi rutina con tantos chequeos médicos solo me permite pensar en si realmente quiero seguir adelante, si de veras todo esto ha merecido la pena por un par de ojos que, al fin y al cabo, hacía muchísimo que había aprendido a no extrañar. Pero no te asustes, creo que a estas alturas la ley no me ampararía si quisiera retractarme, y de todos modos el intercambio ha merecido la pena, pues cada vez que soy capaz de ver el azul de la vena cuando me insertan una aguja o miro las paredes brillantes del cilindro cuando me hacen una resonancia magnética siento quién soy yo, lejos de lo que han hecho de mí, todo me parece más verdadero y la respuesta a cualquier pregunta que me hago me llueve del cielo, resuelta sin atisbo de dudas. Poder ver los detalles de mi final me ha retirado los filtros geométricos con los que antes percibía mi muerte y me ha enredado en los hilos de la vida.

En el corredor está permitido leer prensa, siempre que no sea la prensa del día. En mi caso pocas veces logré tener acceso a un periódico con menos de tres meses de antigüedad. Pero ahora que escribo sobre estas experiencias hospitalarias recuerdo uno de los recortes que guardé, en el que se transcribía la opinión de un profesor universitario respecto a los paralelismos entre el procedimiento de la inyección letal y el de una intervención médica.[3] Conservé el recorte porque en aquel momento yo aún pensaba que moriría en la cámara de ejecución, pero las palabras de aquel profesor aún tienen sentido en mi vida porque, aunque vaya a morir en la mesa de un quirófano, me han dicho que el protocolo de muerte será el mismo. Qué extraño, seré la primera donante viva de un corazón por vías legales y, sin embargo, tan inaudito como resulta esto en la historia médica y ética, voy a morir exactamente igual que cualquier condenado a muerte: sin piedad, sin unas palabras de consuelo, sin un abrazo. Pero, como te iba contando, lo que dijo aquel profesor es que el proceso de ejecución es, por una parte, *violento* y, por otra, *quirúrgico*. Es violento porque el que va a ser ejecutado está amarrado con gruesas correas que le inmovilizan por completo, y es quirúrgico porque muchos elementos de la sala de ejecución, incluida la camilla y el material que se usa para matar —jeringuillas, vías intravenosas, sedantes, anestesia...— se asocian con el equipo que se utiliza en los hospitales para todo lo contrario: salvar vidas. Obvia decir que en mi caso la distinción entre medicina y asesinato es aún menos evidente, de hecho seré una de las pocas ejecutadas no solo por médicos, sino por excelentes profesionales. Nunca pensé que algo así podría sucederme a mí, tantas atenciones, todo un equipo con años de estudios, másters, doctorados y experiencia se olvidará de sus congresos, de sus problemas personales, enfocará toda su atención en mí y como si esta fuera su única misión en el mundo estará pendiente de que nada dañe mi corazón. Jamás habría imaginado que mi ejecución sería supervisada por una cohorte de cardiólogos, anestesistas, enfermeros. Qué gran decepción se van a llevar los que quieren ser testigos de mi muerte. Me pregunto si reclamarán ver mi pecho ahuecado antes de que me cosan.

17 de julio de 2014
Unidad de Mountain View

Zhao, me preguntas por qué lo hice. Por qué me mordí la muñeca con tanta fuerza que dejé al descubierto las venas: perfectas, sanas y funcionales, como cables azules que mi propio padre me pedía desconectar. Fue el mismo día que mi padre me pidió a través del cristal que le asegurara que renunciaría a nuevas defensas. Ahí estaba él, reclamando mi muerte cara a cara, pidiéndome garantías. Al despedirnos no dije nada, me llevaron a mi celda, y una vez que los guardias se alejaron me mordí la muñeca izquierda. Tras pasar por enfermería mi vida no corría peligro, pero me llevaron a *la caja* por lo que aquí dentro se considera una de las más graves faltas disciplinarias: el acto de autolesionarse.

Me han dicho que *la caja* está inspirada en el espacio más silencioso del planeta, la cámara anecoica localizada en los laboratorios Orfield, en Mineápolis, la cual se considera el modo más rápido en toda la tierra de enloquecer a alguien. Por medio de paredes dobles de acero, un palmo de cemento armado y un revestimiento interior de paneles de fibra de vidrio de casi un metro de diámetro, esta cámara absorbe más del noventa y cinco por ciento de las reflexiones producidas por ondas acústicas o electromagnéticas. Si bien el umbral del oído es de cero decibelios, esta cámara los reduce hasta menos diez, por eso nadie ha podido permanecer en ella más de treinta minutos, pues el cerebro, acostumbrado a un mínimo de ruido, comienza a buscar en nuestro cuerpo el murmullo que no encuentra fuera. Se cuenta que John Cage, interesado en el sonido y su ausencia, al salir de una de estas cámaras preguntó por la naturaleza de dos de los sonidos que había percibido: uno grave, el otro agudo. Le respondieron que el sonido grave se correspondía con su sistema circulatorio y el agudo, con su sistema nervioso. Así, cuentan otros que han entrado en la cámara anecoica que pueden oír detalles que serían inverosímiles en un espacio ordinario, pero que en este parecen ser realidades constatadas por el estudio de cada caso: dicen haber oído cómo la sangre desemboca en la cabeza desde la carótida, el silbido del aire circulando por los pulmones, cada deambular de un cuerpo en estado líquido, sólido o gaseoso por el circuito de los intestinos, y, el caso más extremo y seguramente ya producto de la alucinación debida al silencio radical, es el de una mujer que asegura haber oído los parpadeos del feto en su útero. Además, nadie puede mantenerse en pie, pues al depender el equilibrio de las reverberaciones de los sonidos que encontramos al caminar, no hay ningún tipo de referencia que permita mantener la estabilidad. Todo esto hace que a partir de los treinta minutos se ponga en serio riesgo la integridad mental. En *la caja* de Mountain View el sonido está a menos de cero decibelios. Decirte que oí mi corazón quizás no sea exacto, más bien debería especificar que me convertí en el sonido de mi corazón. Muchos pueden decir que han escuchado sus latidos, con estetoscopios, por ejemplo, pero solo yo y otros pocos desafortunados que hemos pasado por *la caja* podemos decir que hemos sido sonido cardíaco, y cómo aprender en veinticuatro horas a ser sonido, cómo no enloquecer metida en el bucle de una onda que sale de un cuerpo del que depende pero al que ignora, como el eco que desprecia la piedra que originó su chasquido sobre el agua de un lago.

81

Con todo, Zhao, debo reconocer que –al margen de esta tortura concreta– no estoy en la peor de las prisiones en lo que respecta al sonido diario. En algunas todo está absolutamente automatizado, las puertas están programadas para abrirse y cerrarse sin necesidad de la mano humana, así que durante veinte o treinta años no se oye ni siquiera la voz de los guardias. Hay presos que entran con plenas facultades auditivas y vocales, y para cuando los tienden en la camilla ya no saben hablar. No podrán pronunciar ellos, aunque lo deseen, sus últimas palabras. Yo sí podré decirte cuanto quiera, y hoy te digo que si en aquel momento ya hubieras aparecido en mi vida jamás me habría abierto la caja de cables de mi muñeca. También te agradezco que me motivaras a acelerar mi ejecución, aunque al principio no lo entendiera. Mi vida aquí es mejor desde entonces, y mi vida aquí era la única posible, de modo que gracias a ti acepté hacer uso de las únicas herramientas que tenía, para lograr con ellas todo lo que estuvo en mi mano. Estoy segura de que el haberte nombrado mi representante legal hizo por mí mucho más de lo que podría o querría haber hecho mi abogado.

25 de septiembre de 2017
Unidad de Mountain View

Padre, tienes que saber una cosa, algo que me costará trabajo explicar, pero que podría resumirse en tres palabras: no he vivido. Pero cuando digo que *no he vivido* no quiero decir que estar encerrada o privada de libertad no sea vivir. Defender eso sería una estupidez. El infierno es infierno porque uno lo padece con todas las facultades del *estar vivo*, lo siente a nivel de piel, lo huele, lo ve, lo oye, y si pareciera que nos otorga el alivio siquiera por un instante, de repente al condenado se le cierra la boca para que rumie el fuego. Llamar a este lugar *corredor de la muerte* es llamarlo de un modo inadecuado, pues si hay algo que se siente correr en este sitio es la vida, que fluye bajo el suelo, por las paredes que nos encierran o en nosotras mismas, se oye en los desagües, en las tuberías, en las arterias de la mujer que grita enloquecida que no quiere vivir más y sin embargo..., sin embargo, sabe que es la vida, y no ella, la que está gritando. Esto es vida, como lo es la vida de fuera, y es aquí donde radica el castigo más riguroso de la pena capital, pues es imposible olvidar que la muerte vendrá a por nosotras, y además lo hará en forma de guardia, un guardia cuyo uniforme ya conocemos, así que sabemos con todo detalle cómo vendrá vestida nuestra propia muerte, que no traerá guadaña, solo palabras: «Es la hora.» Siempre palabras.

83

Las que vivimos aquí no tememos al silbido de acero de una cuchilla al alba, sino a la frialdad de esas letras que escuchamos como un ¡zas! cuando se llevan a una compañera. Es más, no solo conocemos el uniforme de quién llamará por última vez a nuestra puerta, sino que conocemos su cara, lo hemos visto durante años, hemos hablado con él, nos ha dado de comer y de beber, a veces incluso sabemos los nombres de sus hijos. Es como si a una persona libre se le manifestara diariamente y durante décadas antes de morir la imagen y el aliento de quien se la llevará a la nada.

Cuando afirmo que no he vivido no vinculo este hecho con mi confinamiento, y es que la sensación de existencia no depende del espacio, ni de la plenitud o la insatisfacción, ni de los derechos o deberes, sino de la materia que nos da forma: el tiempo. Y aquí está el problema: en el corredor de la muerte el tiempo no es el mismo para todo el mundo. Si el que entra aquí es adulto, notará al cabo de pocas semanas que su percepción comienza a desvirtuarse, los minutos parecen horas, los días parecen meses, pero el solo hecho de pensar en la mañana siguiente hace que todo el futuro se deslice por sus ojos como una sucesión velocísima de continuos disparos, ráfagas que consumen en un par de segundos el paso de los días que le quedan hasta la fecha de la ejecución. El adulto que entra en el corredor no tiene futuro, pero sí tiene algo que no podrán quitarle: pasado. Cuando se da cuenta de esto, hace de ese pasado una suerte de gruta en la que poder hibernar, una anestesia del frío y largo presente, y su historia es una nueva era que se presenta como la vida que fue, desligada de la vida de ahora, que ya es mayoritariamente ocaso. El adulto puede decir que *ha vivido,* y esto es así porque tiene pasado, porque puede evadirse hacia épocas que fueron mejores simplemente porque *fueron.*

Sin embargo, lo que pasa con el tiempo cuando alguien entra en el corredor a la edad en que entré yo es algo muy distinto. Ni la culpabilidad ni la inocencia interfieren en el hecho de que un adolescente al que se le anuncia la fecha de su ejecución no podrá ni siquiera refugiarse en sus recuerdos. Los recuerdos de un niño, o de un menor, están en el futuro, en sus deseos, en esa etapa de la vida que espera impaciente para ejercer su libertad. Así fue mi caso mientras crecí, no solía pensar en el pasado, mi vida estaba en un continuo porvenir y la imaginaba totalmente distinta a lo que hasta entonces había conocido. Pero cuando entré en esta celda minúscula, si miraba hacia el futuro solo había miedo, y la mirada hacia el pasado tampoco ofrecía perspectivas, por tratarse de un viaje de muy corta distancia y, mayoritariamente, de un viaje triste. Por tanto, ambos, pasado y futuro, me resultaban un callejón tan ciego como ciega era yo. No tengo pasado ni futuro; vivo, sí, pero con unos hábitos muy elementales que se repiten todos los días, y que en mi caso conforman ciento ochenta y nueve meses ocupados en los mismos actos, tan minúsculos que no serían suficientes para entretener siquiera una hora de cualquier persona libre. A los condenados más jóvenes nos quitaron, junto con el futuro, el pasado; de este modo vivimos, es cierto, pero no podemos decir que *hemos vivido*.

Ahora bien, aunque en el corredor todos tenemos bien claro que seguimos estando vivos, para muchos de afuera somos muertos esperando su ejecución, nos matan tantas veces como días estamos aquí encerrados, nos matan como rutina, nos matan cuando se cepillan los dientes, nos matan cada vez que nos piensan. Cuando el verdugo lleva al reo a la cámara de la inyección letal, o de gas, o a la horca, anuncia su llegada refiriéndose a él como *Hombre muerto caminando*. Nadie diría que la ternera que camina hacia el matadero ya está muerta, pero así nos ven a nosotros: hombres muertos que se mueven. Ni siquiera cabras, ni siquiera cerdos, ni siquiera zombies, porque nosotros no podemos salir de nuestras tumbas.

Respecto a mi falta de pasado, esa fue la razón principal

que me movió a establecer, después de conocerte, una red de relaciones con personas libres, con las que hasta hoy tengo una correspondencia que me hace entrever algo más de un mundo que me es contemporáneo pero misterioso, y esta misma falta de pasado fue lo que me llevó a tomar la decisión que te devolverá la vida, tus ojos a cambio de mi corazón. Pero no es fácil saber que tu preocupación por mi salud –por la tuya– es lo único que te mantiene interesado en nuestro contacto. No dejas de visitarme y siempre me preguntas por mi estado físico. No hay en ti nada de amor.

Durante mis primeros años aquí, cuando aún no mantenía correspondencia con nadie, solo hubo algo que hizo que pudiera moverme en otros tiempos y, más específicamente, en los tiempos pretéritos de otra persona: mi vecina en el corredor, Ms. W, que habitaba la celda a la izquierda de la mía. La mayor parte de las veces los guardias imponen el silencio, a veces por días, pero en ocasiones también por semanas, en las que ningún preso está autorizado a verbalizar una palabra. Es un castigo cruel que depende solo de los guardias. Si tenemos la mala suerte de que uno de ellos ha tenido un mal despertar y decide imponer esa regla, lo hace sin tener que dar cuentas a ningún superior. Pero cuando el veto se levantaba, también por razones siempre arbitrarias, Ms. W, que cuando nos conocimos tenía sesenta y dos años, me hablaba de lo que había sido su vida. Me trataba con un respeto al que yo no estaba acostumbrada, y llegué a cogerle cariño, o tal vez a necesitarla. Me gustaba escuchar su voz y sus historias. Una noche me angustió un pensamiento muy preciso: caí en la cuenta de que un día Ms. W llegaría a ver mi cara, un solo instante, pues la mañana en que siete funcionarios vinieran a recogerla para llevarla a la cámara de ejecución tendría que pasar por delante de mi celda, y podría verme a través de la pequeñísima superficie cuadrada de cristal por la cual los guardias nos vigilan.

Ya había oído cómo muchos de los que se iban para siempre pedían que les permitieran ver la cara de aquellos que durante tanto tiempo habían sido sus únicos interlocutores y confidentes. Suele ser el momento en que ambos reclusos, al verse, se desmoronan a la vez. Y así fue, padre, mi miedo hecho realidad. Oí cómo Ms. W desplazaba los dedos a la altura de mi cara, como si estuviera dibujando mi rostro para acariciarme. Nunca le pedí que me contara cómo llegó aquí. Nunca le pregunté si era inocente. Pero si algo he aprendido en este lugar es que todos somos inocentes en determinados momentos, y que no hay crimen, por muy grande que sea, que pueda quitarnos durante toda la vida, durante todas las partículas del tiempo que nos conforma, la sustancia de la inocencia. Sentir a aquella mujer absolutamente desvalida, y al mismo tiempo generosa en el modo de mostrarme su afecto, me bastó para saberla inocente, inocente en ese momento, ¿acaso no es más de lo que podría garantizar su ejecutor unas horas después?

La vecina que tengo ahora es relativamente nueva. A veces la envidio porque aún no se ha fijado su fecha de ejecución, otras veces la compadezco por el mismo motivo. Si llegamos a intimar seré yo la que solicite despedirme de ella. Aún no sé si se ha declarado inocente o culpable, pero me reafirmo, no me cabe duda de que todos los reos somos inocentes unas horas al día: cada vez que comprendemos cómo se sienten los de las celdas contiguas, incluyendo la empatía por el hecho —no poco común en situaciones de crisis, pánico o paranoia— de esparcir las heces propias por toda la celda, pues la mierda es una de las pocas pertenencias a las que los condenados a muerte tenemos derecho. Mierda y libros. Pero no cualquier mierda, no cualquier libro. Para ambas cosas existe el control y la censura: nuestras heces tienen la misma composición, perfectamente conocida y determinada por la comida con que nos debilitan, y, del mismo modo, también los libros que leemos tienen que ser previamente autorizados.

26 de septiembre de 2017
Unidad de Mountain View

Las charlas con Ms. W supusieron la mayor parte de mis distracciones durante mis inicios aquí, pero al cabo de unos meses conté con algo más que también me permitió salirme de mi tiempo sin tiempo, de mi vida presente: los diarios de mi madre.

Mi abuela materna, que renegó de mí el día que conoció la sentencia, me envió en un sobre grande y anaranjado un cuaderno con una nota simple y tremendista: «Aquí tienes los diarios de tu madre, la mujer a la que quitaste la vida.» Si aquello tenía la intención de ser un castigo por parte de mi abuela, un afán de que me consumiera en remordimientos al leer de primera mano episodios de la vida de mi madre, lo cierto es que sucedió muy al contrario: aquel diario vendría a ser para mí un vaso de agua fresca en el desierto, y no solo lo fue para mí, sino para Ms. W, pues fue ella quien, después de que yo solicitara al alcaide que los diarios pasaran a sus manos, me los leía en voz alta. Y así es como la intimidad de mi madre se convirtió en la novela que mi compañera leía con curiosidad, y que yo escuchaba ávida, cada vez que los guardias lo permitían. Una novela que, a pesar de la vida miserable que había tenido quien la escribió, resultó estar llena de optimismo. Con ese diario recibí la primera dosis de satisfacción que me permitieron en el corredor, pero desde ya anticipo que esa no sería la única fuente de alegría, una alegría que, como todas, es líquida, y se cuela por las celdas aunque estas parezcan estar selladas como cámaras de gas.

El día que Ms. W comenzó a leerme los diarios era domingo por la mañana. Me tumbé en el suelo para escuchar mejor a través de las rendijas de ventilación, y así tuvo lugar el inicio de ese relato que mi madre dejó sin imaginar que sería motivo de entretenimiento, pero que también gestaría, poco a poco, en cada página, un proceso que iba a reconciliarme con la persona que fue, tal vez no la madre que habría deseado tener, pero sí la mujer que –hoy ya más madura y sin drogas en el cuerpo puedo asegurarlo– me amó por encima de todas las cosas.

El diario comenzaba con los pensamientos que mi madre escribía acerca del proceso de búsqueda de donante en un banco de esperma que, en aquellos momentos, era pionero y clandestino en la prehistoria de lo que años más tarde sería la proliferación de las clínicas de fertilidad, y que fue el primero en ofrecer cierto tipo de información que aún hoy conduce a debates de carácter ético. Ofrecía un catálogo con fotos de los donantes, nivel de estudios, éxitos académicos, logros deportivos y económicos, grabaciones de sonido para mostrar su voz, textos escritos a mano para presentar su letra, y otras informaciones diversas y de lo más singulares, desde sus hobbies hasta algunas de sus fobias.

Recuerdo que aquella primera mañana, cuando le pedí a Ms. W que comenzara a leer, traté de hacerlo en un tono despreocupado. Aquí se aprende pronto que la demostración de cualquier sentimiento no es buena aliada, así que a pesar de mi confianza en Ms. W intenté ocultar la impaciencia de lo que al fin y al cabo también suponía aquel diario: la voz que me perseguía desde que la escuché por última vez. Aquello venía a ser la visita más inesperada, una suerte de resurrección y

–creo que en aquel momento ya lo intuía– el perdón, para ella, para mí. *Perdón* era, de hecho, una de las palabras que más había oído, desde los primeros interrogatorios con la policía. La había oído mil veces durante los días del juicio: vecinos, familiares, primos a quienes no había visto en mi vida o personas desconocidas gritaban en la calle y ante las cámaras que mi crimen era *imperdonable*, y pedían, mejor dicho, exigían la máxima condena que el estado de Texas ofrece a sus ciudadanos. Luego tuve que oír la misma palabra –durante las pocas ocasiones que estuve dispuesta a aguantarle– de boca del capellán de la prisión, como una gotera con sotana: *perdón, perdón, perdón.* Y sin embargo, yo sentía que también tenía muchas cosas que perdonar a la víctima, sin que el remordimiento por lo que podría haber hecho y que no lograba recordar fuera suficiente para olvidar los motivos que, en efecto, podrían haberme llevado al crimen. Y esa era otra de las palabras que siempre se repetía: *remordimiento*. Especialmente durante los días anteriores al juicio los psiquiatras me preguntaban si tenía *remordimientos*. Yo decía la verdad: que en las ocasiones en que me convencían de que yo era la asesina de mi madre sí los tenía. Por lo visto eso me distinguía de la personalidad del psicópata, que dicen que se caracteriza por no sentir ningún tipo de empatía con las víctimas o con el sufrimiento de sus familiares. Obvia decir que muchas veces envidié esos atributos psicópatas de los que los psiquiatras me hablaban. No sentir nada no me habría salvado de la pena de muerte, pero sí de la tristeza que me producía la opinión popular, los insultos de los padres de los amigos con quienes crecí, de los propios amigos, que me consideraban un monstruo sin sentimientos, y yo no dejaba de pensar que ojalá tuvieran razón. Pero no la tenían, porque no sé si seré un monstruo, pero definitivamente sí soy capaz de sentir dolor, compasión, vergüenza. Quizás por eso, si bien me disgusta cuando nos agrupan a todos como sociópatas, peor me siento cuando tratan de separarme del resto mediante una categoría: neuróticos, narcisistas, psicópatas primarios o secundarios, descontrolados o carismáticos. Como durante los primeros años solía moverme muy poco en la celda, creo que Ms. W me consideraba una vaga, y a veces golpeaba las paredes para recordarme que si no me movía los músculos se me acabarían atrofiando. Es curioso cómo funcionan las cosas en el corredor. Una puede darse cuenta de que la otra es perezosa aunque no se queje por tener que hacer tal o cual tarea. De hecho sería imposible quejarse del trabajo que nos obligan a cumplir, porque en el corredor no hay absolutamente nada que hacer. Eso de mujeres trabajando en la cocina, o en la lavandería o en el taller pasa solo en las películas o en ciertos casos dentro del corredor de la muerte, o es exclusivo de las prisioneras regulares, no lo sé, pero aquí en el corredor no tenemos ningún tipo de función, nada que si no hiciéramos nos delatara como holgazanas, y aun así, es cierto, una identifica de sobra este tipo de atributos en las compañeras a quienes solo conoce por la voz:

Vagas aunque no haya oficio para demostrar lo contrario,
De dieta sana aunque no haya comida que elegir,
Escaladoras aunque no haya montañas que escalar,
Coquetas aunque no haya modo de maquillarse,
Ladronas aunque no haya nada que robar,
Suicidas aunque nos quiten las sogas, y las pastillas, y los cuchillos,
Putas aunque no haya hombres a quien cobrar.

Sea como fuere, le prometí a Ms. W que si me leía todo el diario yo recorrería el perímetro de la celda cien veces al día. No recordaba la última vez que alguien me había leído algo. Le dije que ni siquiera me leyeron la confesión que firmé antes de entrar aquí. Ella me respondió que esa lectura no era importante para firmar lo que el sheriff quiere ver firmado. «Ya sabes», añadió, «ellos tienen sus propios medios para conseguir las confesiones.» Aunque yo no lo sabía por aquel entonces, se refería al llamado *método de Reid*, un interrogatorio basado en nueve pasos diseñados para incriminar a cualquier sujeto. Yo no dije nada, pues en aquellos momentos, y considerando que *ser culpable* entraba dentro de lo posible, aún me resultaba difícil creer que el sistema había ejecutado a decenas de inocentes a partir de confesiones forzadas. Pero la realidad es que firmé como tantos otros adolescentes. Firmé como firmaron adultos con el coeficiente intelectual de niños de ocho o diez años. Firmé que maté a mi madre. Firmé siendo menor de edad, sin un abogado que presenciara los interrogatorios, sin un familiar que pudiera ser testigo de que en cuarenta y ocho horas los agentes hicieron diez relevos para poder interrogarme, mientras que a mí me mantuvieron despierta en todo momento, con un solo vaso de agua y sin comida. En aquellos años, tanto la opinión pública como las mismas autoridades estaban convencidas de que nadie firmaría una confesión de homicidio si fuera inocente, bajo ninguna circunstancia. Pero yo y tantos otros firmamos. Firmé porque quería dormir. Porque quería beber. Firmé porque me dijeron que si firmaba me iría a casa. Ms. W no me dijo nada más, y comenzó a leer las palabras de mi madre, de las cuales, por respeto a la intimidad que ya he violado, solo compartiré unas páginas que, en cierto modo, padre, te atañen.

11 de abril de 1984

Sigo con la búsqueda de donante. Hoy me interesó uno que se llama Alford y en el catálogo dice que es bueno solucionando problemas. El niño que voy a traer al mundo se va a encontrar con un montón de problemas y me parece que es importante que sepa cómo salir de ellos. Yo no sé solucionar grandes cosas, así que no va a heredar eso de mí. Y con un poco de suerte, si yo eligiera a Alford y se parece a él, me enseña también a mí a salir de esos atolladeros que la de los servicios sociales dice que yo misma me busco. No sé. Yo no creo que me busque los problemas, pero sí puede ser que cuando me vienen no pueda salir de ellos, por algún motivo, a lo mejor, como dice mi marido, no soy inteligente. Creo que debe de ser eso, porque mi padre me decía lo mismo, no puede ser casualidad. Todavía no le he dicho a la de los servicios sociales que estoy buscando un donante de esperma. Si me quedo embarazada prefiero que piense que es de mi marido, porque claro, si supiera que yo misma he buscado el embarazo volvería a decirme que me busco los problemas yo sola. Sé que mi hijo no vendrá a un hogar de esos que dicen de paz y comodidades, pero yo lo quiero con toda mi alma, aun ahora cuando todavía no existe, y creo que si le doy todo el amor que soy capaz de darle podrá sentirse querido, y si a eso le sumamos que

93

podría venir con el don de saber solucionar problemas, pues no veo razón para que su vida tenga que ser difícil. Quizás él tenga las agallas de hacer las maletas, las suyas y las mías, y llevarnos muy lejos. Lejos de los gritos, las palizas de Trevor, sus borracheras. Aunque una cosa tengo segura: si Trevor llegara a tocar a mi hijo, le mato. El donante que he encontrado hoy, Alford, dice que ya está en la universidad y que espera hacer un máster cuando termine. Debe de ser muy inteligente. Sí, sin duda necesito un donante inteligente que compense a mi hijo por el poco alcance de la inteligencia de su madre. Además dice que ha viajado a Canadá, Chile, México y Francia. Qué suerte. Y no bebe alcohol, eso es importante, porque si otro alcohólico entrara en la casa yo creo que me suicidaría. Bueno, imagino que no querría dejar a mi hijo solo. No, no me suicidaría, pero querría morirme. Ah, y Alford mide 1,85 m y pesa 82 kg. Conviene que mi hijo sea alto. En este mundo las personas altas vienen con una ventaja añadida. Yo veo que cuando alguien muy alto entra en una tienda, o en un restaurante, la gente le trata mejor, los clientes le dejan paso, y los dependientes o camareros cambian el tono de su voz al preguntar si pueden ayudarle. Es como algo subconsciente, no sé. A lo mejor es así desde los hombres de las cavernas. Cuando tenía trece o catorce años pasé un verano en el rancho de mi tío en Montana, y recuerdo que solía advertirme que si un día me encontraba con un oso grizzly y no tenía a mano ningún arma, debía hacer todo lo posible por mantenerme en pie frente a él. La altura era lo único que podría hacerle ver que yo era humana y, por tanto, lo único que con mucha suerte le haría retroceder. Aunque el oso se acercara debía permanecer en pie, y tan erguida como pudiera, porque si caía al suelo me sacaría las tripas en un segundo, y mi tío me aseguraba que antes de morir oiría el sonido de mis intestinos al ser masticados en la enorme boca, y solía terminar la advertencia así: «Más vale que antes te devore los oídos.» Hace poco vi en la

94

tele un hombre que había sido atacado por un oso. Estaba totalmente desfigurado, tanto que era imposible imaginar que ese revoltijo de ojos, nariz y boca hubiera podido sobrevivir. Pero este hombre dijo lo mismo que mi tío: sobrevivió porque aguantó los zarpazos diciéndose que si caía al suelo sería hombre muerto. Y así el oso desistió. Por eso quizás la gente respeta la altura, una cosa que viene de cuando los hombres primitivos tenían que luchar contra los osos y todo eso, para defender al resto del grupo, a las mujeres, los niños... No sé.

Lo que no me gusta de Alford es que es alérgico a los moluscos y que es miope. Yo no soy alérgica a nada y nunca he necesitado gafas. Voy a ver si encuentro alguien parecido pero sin alergias ni miopía, porque también pienso que en este mundo hay que tener la capacidad de ver lo que nos rodea con los ojos desnudos, pues siempre habrá quien intente que no veamos nada, y yo no quisiera que mi hijo dependiera de dos cristales para poder ver. De todos modos he apuntado el número de referencia de Alford, porque la verdad es que me gusta bastante. Creo que es un hombre que me tranquilizaría cuando tuviera miedo, o quizás junto a un hombre así nunca tendría miedo. Ya no recuerdo si el miedo me viene de mi padre y de mi marido o si nací miedosa. Apenas recuerdo cómo era yo antes de que estos dos hombres me dijeran cómo soy.

27 de septiembre de 2017
Unidad de Mountain View

Finalmente mi madre no eligió ni a Alford ni a nadie con características similares, y he de reconocer que de todos los donantes de esperma a los que podría haber tenido acceso, pienso que tú, padre, fuiste el más equivocado. Habría preferido alguien sin cardiopatía no ya física, sino emocional, porque tu corazón, además de enfermo, me parece innoble. Qué fácil habría sido para mí tener un padre que nada necesita y que acude al llamado de su hija con la llaneza de satisfacer lo más probable: que ella quiera conocerlo en persona porque tal vez es algo que siempre deseó, o simplemente porque la cercanía de su ejecución le hace formular deseos inesperados. Qué serenidad me habría dado el saber que tu visita respondía solo a cumplir uno de los últimos deseos de una condenada a muerte. Pero entre tantos donantes mi madre te eligió a ti. No solo tuvo mal ojo para escoger a sus parejas, sino que ni siquiera por casualidad pudo acertar con algo mucho más abstracto: los habitantes espermáticos en un tanque de nitrógeno líquido; y luego el mal tino de la suerte en sí, que de las más de veinte o treinta mil posibilidades que debía de ofrecer tu muestra tuvo que salvar precisamente a tus veintitrés cromosomas, de la nada fría, del anonimato blanco.

Pero tuviste que ser tú, uno de esos enfermos que vive en

una lista de espera para ser trasplantado y con el paso de los meses siente que ya no es una persona en una lista de espera, sino que se ha convertido en la propia lista: él es la espera por la cual transitan todos menos él, que morirá olvidado porque nadie se dio cuenta de que ese paciente, por un hechizo arcano, se ha convertido en el documento Excel donde entran nombres renqueantes que salen como personas otras vez vivas, trasplantadas en el mundo.

Cada vez que leo la ansiedad que denotan tus cartas o tus conversaciones durante las horas de visita me pregunto qué le pedirías a Dios antes de conocerme, ¿ibas a la iglesia para suplicarle que alguien se muriera pronto, o preferías hacerlo en la intimidad de tu habitación antes de dormir? No tuve la suerte de que mi padre fuera otro, sino tú, que durante tanto tiempo viviste esperando la llamada del hospital para darte la buena nueva de la muerte de alguien, tal vez un muchacho que se estrelló con el coche, un joven que podía ser tu hijo, por qué no. Tú, uno de esos que rumia los segundos de los minutos de cada día, agarrado al teléfono como si consideraras ese aparato una transición entre el órgano maltrecho y el órgano soñado. Imagino cuántas veces desde que me puse en contacto contigo te habrás alegrado de haber tomado la decisión de donar semen, pues sin haber tenido otros hijos —o tal vez sin saber si los has tenido— solo yo y únicamente yo puedo salvarte. No hay esperanza para mí misma, y sin embargo soy la esperanza, enjaulada, de mi padre. Yo te saqué de la lista de espera. Yo hice que dejaras de ser un número, y yo haré de ti un hombre.

En realidad, padre, yo no sabía nada sobre ti. Cuando mi madre, Martha Grace, mencionaba las circunstancias de mi concepción, era sobre todo para insistirme en que su marido, T, nunca debía averiguar que yo no era su hija biológica. Imagino que mi madre me dijo que su marido no era mi padre para que yo pudiera crecer libre de tener que considerarme heredera de su vil temperamento. Me contó que a los dos años de casados T le permitió empezar a pedirle –al principio tímidamente y luego con cierta regularidad– un hijo. No tener descendencia era justo lo que T había exigido como condición *sine qua non* para su matrimonio, así que el simple hecho de que le permitiera a mi madre verbalizar su deseo fue una sorpresa para ella. Lo he escrito de manera literal, quiero decir, mi madre usó exactamente el verbo que T había empleado: «*Me permitió* pedirle un hijo», lo que no es más que un indicio de lo que estaría por venir, una mujer que caminaría en el vértigo de esa cuerda floja que implica el constante pedir permiso, víctima de abusos físicos y psíquicos, y que terminó por considerar que cualquier azarosa concesión por parte del hombre que una vez amó venía a ser un regalo siempre inmerecido.

Tras dos años de relaciones sexuales sin protección en los que mi madre no se quedó embarazada, tuvo que aguantar el menosprecio constante en forma de insultos de T: «coneja hueca», «horno sin pan», «perra sin olor», y otras expresiones que aludían a una infertilidad que al parecer T solo adjudicaba a mi madre. Fue entonces cuando, por cuenta propia, mi madre acudió a un especialista que, tras las pruebas pertinentes, le dijo que el problema de infertilidad, de haberlo, no estaba en ella. Incapaz de decírselo a T, pero al mismo tiempo deseosa de ser madre e incitada por las continuas vejaciones a las que T la sometía a causa de su supuesta incapacidad para hacerle padre, mi madre decidió seguir la alternativa que le ofreció el doctor, la inseminación artificial. Y fue aquí, en esta precisa decisión, donde comenzó el proceso de una vida aún más miserable para mi madre.

Por aquellos tiempos en que yo comencé a gestarme, la autoestima de mi madre estaba tan rota que agradecía como regalos gestos que ni siquiera tenían que ver con ella: una sonrisa de T a las hijas de los vecinos, o los escasos minutos que T se detenía para explicar a algún transeúnte despistado, de buena gana y minuciosamente, cómo llegar a un determinado lugar. Parece que mi madre había terminado por pensar que mientras no se disipara todo rasgo de consideración hacia otros, o acaso siquiera un ligero tinte de urbanidad, no tenía derecho a considerar a T como la bestia que era. Cuando mi madre le comunicó a T que se había quedado embarazada, lo primero que este hizo fue darle una paliza y desaparecer durante tres días. Mi madre estaba segura de que era absolutamente imposible que T sospechara que él no era el padre, así que sin dudar que volvería lo tomó como un acto más de esa violencia que de manera arbitraria le dominaba en los momentos más inesperados. Ninguna de las dos supimos hasta muchos años después el secreto que T ocultaba: el pleno conocimiento de su esterilidad. Hoy pienso que volvió para vengarse durante unos cuantos meses. Quizás la necesidad de tener en la casa una vida más con la que ensañarse era para T tan urgente como era para mi madre la ilusión de tener al menos una persona que se dejara amar. Sea como fuere, nací marcada por dos mentiras: la de mi madre hacia T, haciéndole creer que yo era su hija, y la de T hacia mi madre, ocultándole desde el principio la languidez de sus espermatozoides. Así sucedió que desde que vine al mundo, fui como una moneda que día tras día era lanzada al aire, y según cayera así era mi suerte, cara: las atenciones de mi madre, cruz: las palizas de T. Y entre la cara y la cruz me iría malformando, siempre con el temor de que todo en la vida estuviera sujeto al lanzamiento de una moneda al aire, sin importar cómo me esforzara en dejarme los pulmones soplando para conseguir la cara de mi buena estrella.

28 de septiembre de 2017
Unidad de Mountain View

Aprendí a leer en el corredor. Primero en braille, y luego, y con tus ojos, en el alfabeto latino. Cuando entré aquí no contaba ni siquiera con las herramientas para esconder mi analfabetismo, del cual no podía culpar a mi ceguera, dado que en varias ocasiones, siendo niña, una persona buena de los servicios sociales me ofreció la oportunidad de aprender braille. Siempre me negué a leer, tal vez porque la situación de violencia en casa me contagió a mí misma esa violencia que no me permitía estarme quieta. Pero en el corredor la música está prohibida, lo único que está permitido es la lectura, de modo que no tuve otra opción que aceptar los libros, así como la nueva posibilidad de aprender braille con un cura también invidente que consiguió los derechos de visita para tal propósito. A pesar de sus esfuerzos, el cura nunca me causó una impresión simpática, pero en realidad habría aceptado cualquier cosa que me dieran. Un día llegué a provocar que uno de los guardias me pegara una paliza para poder sentir el contacto humano después de haber estado un año sin saber lo que era el roce de otra piel, desde que otro de los guardias me golpeara, aquella vez sin que yo se lo pidiera. Buscar el contacto a través de los golpes es un hábito que aquí no resulta extraño. Hacemos lo que podemos.

Reconozco que querer constatar el hecho de que aprendí a leer se corresponde con una necesidad de reconocimiento no muy diferente a la que requiere una niña cuando hace algo tan solo para buscar la aprobación o aplauso del padre. Si saliera de esta celda seguramente volvería a tener dieciséis años, porque parte del carácter que tenemos cuando entramos se queda aquí como congelado. Es como si, de modo intuitivo, para conservar lo bueno, nuestras mentes se sometieran a un proceso de criopreservación, exactamente igual que tu esperma, que tal vez, si no diste orden de lo contrario, podría encontrarse aún en el banco de semen, encerrado a una temperatura de menos ciento noventa y seis grados centígrados, aún cautivo del frío, con todos tus millones de espermatozoides, como yo en esta celda invernal, o como esos millonarios que consideran el ataúd como un símbolo del subdesarrollo científico del pasado y optan por esperar en los tanques metálicos y helados de un cementerio temporal, hasta que alguien dé con la cura de la enfermedad que los mató. Pero ningún médico vendrá a descongelarme un día. Incluso para la ciencia ficción soy una desahuciada, yo y todas mis compañeras, pues ¿quién querría resucitar a los criminales del mundo?, ¿quién se expondría a dar un nuevo aliento al monstruo, al fallido Frankenstein, al King Kong que ya una vez fuera acribillado?

A partir del día que me encerraron, soñara lo que soñara, en mis sueños siempre estaba presa. O bien me encontraba en una celda desde el principio, o bien empezaba siendo libre y acababa encerrada, pero lo cierto es que los primeros cinco años que estuve aquí ni una sola vez, o no que yo recuerde, me soñé en libertad. Por el día estaba encerrada en una celda, y por la noche mi encierro era doble, con dos paredes de seguridad: la de mi celda y la de mi cerebro, con esos malditos sueños que no podía dejar de producir como un corredor dentro de otro corredor. Pues bien, fue a partir de que aprendí a leer cuando fui capaz de soñarme en libertad, y no solo eso, sino que al despertar recordaba esas fantasías que resultaban ser, en sí mismas, historias.

Soñar llegó a ser el acto más subversivo que podía permitirme, y comencé a escuchar de otro modo la advertencia que de vez en cuando me lanzaba la única mujer guardia que he conocido aquí. Al pasar por mi celda susurraba: «Vigila tus pensamientos.» Cuando entré aquí me bastaron un par de meses para empezar a temer que alguien pudiera saber lo que pensaba y, por tanto, intentaba seguir a rajatabla la advertencia, hasta que llegué a anular cualquier tipo de diálogo interno conmigo misma, cualquier imagen en potencia inadecuada, cualquier deseo de algo de lo que –de esto estaba convencida– yo no era ni sería merecedora. Sentía como si cada uno de los guardias fuera una suerte de polígrafo, capaz de registrar, con solo mirarme, mi verdad, a través de mi ritmo cardíaco, mi presión arterial, mi frecuencia respiratoria. Tiene gracia, el polígrafo al que me sometí por recomendación de mi abogado durante los días previos al veredicto me fue favorable. Según este detector yo era inocente, y cuando supe los resultados constaté lo que defienden los opositores a su utilización como prueba judicial: se puede engañar a la máquina, porque yo no sabía si era inocente, pero la había engañado de acuerdo con el sencillo consejo de permanecer tranquila, una tranquilidad que ni siquiera busqué, sino que había sido inducida por mi profunda extenuación. Y sin embargo, cuando me encerraron, empecé a tener pensamientos irracionales, paranoias, y una de ellas era la sospecha de que lo que había en el interior de mi cabeza era de dominio público. Aprender a leer me permitió desenmascarar a los guardias, que no tienen ningún tipo de cualidad sobrehumana, de hecho, no tienen ni siquiera el poder de trabajar con personas libres, porque solo están dispuestos a tratar con aquellos que no están en condiciones de dejarlos en evidencia.

A pesar de su ineptitud, pocas personas en Estados Unidos tienen tanto dominio en el rumbo de otras vidas como los guardias penitenciarios. Aquí dentro nuestro día a día depende de ellos. Como los que habitamos el corredor no trabajamos y estamos aislados, una vez que los familiares o amigos dejan de venir a vernos, las caras de los guardias serán las únicas que veamos durante nuestros últimos ocho, diez, doce años, salvo excepciones muy puntuales, como, en mi caso, la del cura que estuvo viniendo durante algún tiempo. Los guardias asumen que todo el que está aquí no es humano. Para dar una idea de los tipos a cuyo cargo está mi vigilancia tendría que poner el ejemplo de un loco de existencia improbable: alguien que no se contenta con aplastar a la mosca, sino que coge los desechos en los que el insecto se había posado, los mete en un bote, los vigila día y noche, observa cómo las bacterias se reproducen en su proceso de descomposición, y se ensaña con la inmundicia igual que se ensañó con la mosca. Esta gente mantiene viva sus deposiciones, las cultivan, porque saben que si no existiera la putrefacción ellos ocuparían su lugar. Creo que no hay una expresión que pueda darte una idea de cómo me tratan, más bien yo podría empezar a ser el sustantivo al que cualquiera que se encuentre en una situación miserable podría recurrir. Eso soy: un nombre, nunca un verbo. Aquí nadie es verbo, nadie es acción, solo sustantivo, somos las que podríamos hacer esto o aquello, porque tenemos brazos, y piernas, y cabeza, pero nos han quitado el verbo que debería acompañarnos, nos han desencajado el motor vital. No es únicamente una cuestión de libertad, sino de la dignidad que otorga la sintaxis: una profesora escribe en la pizarra «La niña mira por la ventana», pero en nuestro caso el verbo *mirar* se cae, y somos *niñas*, o *ventanas*, o tal vez somos *por*, o *la*; sujetos o a lo sumo partículas que no hacen nada, que no acompañan ni son acompañados y acaban por volverse invisibles. Cuando eras pequeño ¿no solías preguntarte cómo sería ser invisible?, ¿no deseaste innumerables veces tener ese po-

103

der para copiar en los exámenes, o para ver en los vestuarios femeninos a tus compañeras de clase, o para espiar las conversaciones de quienes hablaban sobre ti? Pues eso es lo que sucede en el corredor, pero para siempre. Al poco de entrar ya nos volvemos fantasmas, el mundo exterior se olvida de nosotros, hasta las personas que creíamos más cercanas dejan de visitarnos y, los que siguen haciéndolo, a veces también dejan de vernos aunque nos tengan enfrente. Hablan y hablan como si estuvieran solos.

Al principio pensaba que empezaban a visitarnos menos por una combinación de razones, porque no son conscientes de que vivimos para las visitas, o porque saben que siempre vamos a estar esperando. Pero quienes dejan de visitarnos lo hacen por algo mucho más profundo: se trata de una desconexión total promovida por el sistema. Todo son dificultades para venir a vernos: las solicitudes, las colas, las inspecciones..., los que nos visitan también son tratados como criminales. Al comienzo aguantan, pero con el tiempo se hace insoportable tener que esperar una cola de dos horas y ser humillados para ni siquiera poder rozarnos.

Mi tía vino una sola vez a visitarme, hace ya años. Tuvo que viajar unos quinientos kilómetros. En el punto de control antes de entrar, los guardias vieron que llevaba una compresa en el bolsillo. Le dijeron que tenía que probar que estaba con la menstruación. Mi tía contestó que prefería marcharse o dejarles la compresa. Los guardias se negaron a ambas cosas. Del todo desesperada, mi tía propuso quitarse la compresa que llevaba en ese momento, y mostrársela, pero los guardias la obligaron a entrar en un baño, le bajaron los pantalones y las bragas, le pidieron que abriera las piernas, y entonces llamaron a una oficial para que le inspeccionara la vagina y comprobara que, en efecto, había sangre.[4] Mi tía aseguró que entre las cabezas de los oficiales y la vulva no mediaron más de tres centímetros. No volvió a visitarme.

Existe una inspección aún más absurda, una vuelta de tuerca más en el mecanismo de la gran tortura. A pesar de que durante las visitas los condenados a muerte estamos separados por un vidrio que hace del todo imposible cualquier tipo de contacto, después de que tú o Zhao os marcháis, en ocasiones alguno de los guardias me lleva a una habitación y hace que me desnude, para buscar cualquier tipo de sustancia ilícita que hayáis podido pasarme. Tengo que deslizar los dedos por el cabello en todas las direcciones, mostrar la parte trasera de las orejas y el interior de los oídos, meterme el dedo índice en la boca para dejar al descubierto cualquier cavidad. Por suerte no tengo barriga ni pechos grandes, porque Ms. W me dijo que al ser ese su caso, tenía que agarrarse la carne y subírsela mientras sentía el aliento del guardia escudriñando cada pliegue. Pero sí tengo que subir los brazos, los pies, separar todos los dedos, e inclinarme con el culo en alto a la vez que me obligan a toser. Todo esto resulta muy humillante, pero llegas a acostumbrarte. Sin embargo, recientemente han comenzado lo que nosotras llamamos los *labia-lifts,*[5] inspecciones que no se satisfacen con el hecho de vernos inclinadas y haciendo fuerzas para toser, sino que en esa misma posición tenemos que separar y abrir nuestros genitales al tiempo que los guardias nos inspeccionan. Si el proceso no es de su agrado o tienen ganas de más nos hacen repetirlo, y todo esto en una habitación donde no hay lavabo, con lo cual ni siquiera podemos asearnos antes de que nos devuelvan a nuestra celda.

Pero quiero centrarme en la ausencia de contacto físico con nuestros seres queridos. Cuando un pariente o un amigo llega a visitarnos el único sentido con el que contamos es el de la vista y —aunque algo distorsionado— el del oído. Durante los primeros años aquí solo el ruido o la voz me hacían saber que alguien estaba al otro lado, por mí, mirándome, pero luego, cuando recuperé la vista, hubo algo en ese cristal de separación que me pareció de una especial perversidad: se trata de una pulcritud que enfatiza su transparencia hasta el punto de crear la quimera de que no hay cristal. No hay nada en el corredor tan limpio como esa superficie. De este modo la sensación de aislamiento es mucho mayor, pues si bien el visitante parece estar al alcance de un abrazo, cualquier impulso de acariciarlo termina con un choque frío, con el congelamiento de esos dedos que quieren tocar la otra piel y caen como pájaros heridos en los ventanales de un rascacielos. El cristal de separación de nuestras visitas debe de ser el objeto más transparente de este planeta, y también el más mentiroso, destinado a despojarnos no ya de un mínimo contacto humano, sino de cualquier tipo de relación con el exterior, pues ese cristal también acelera el proceso de desraizamiento de amigos y familiares. He visto a niños llorar tratando de alcanzar a sus madres. Para ahorrarles esa tristeza, he visto a los padres volver sin los hijos en las siguientes visitas. Y finalmente he visto la ausencia de esos padres, que no regresaron más. Todos dejan de visitarnos, hasta los más fieles, hasta los que nos quisieron, hasta los que nos perdonaron. No es que no vengan porque piensen que siempre pueden venir, tampoco es que no se hayan parado a pensar que nosotros vivimos esperándoles y que estas visitas, junto con la correspondencia que recibimos, es casi nuestra única razón de ser. Es que forzados por el sistema ya nos han olvidado, o quizás debería decir que han tenido que olvidarnos, hemos desaparecido para quien una vez nos quiso y hemos desaparecido como ciudadanos. Somos una estatua de la libertad de plástico en el puesto de un mercadillo de todo a un dólar, una Venecia que ha terminado de hundirse llevándose con ella las admiraciones, suspiros y promesas de los amantes que una vez la pasearon. Somos las Torres Gemelas que, el día antes de su derrumbamiento, tantas personas planearon visitar una mañana de la semana siguiente.

106

29 de septiembre de 2017
Unidad de Mountain View

El otro día te escribí sobre esa advertencia que una guardia me dirigía a menudo al pasar por mi celda: «Vigila tus pensamientos.» Es curioso que cuando tuve la capacidad de leer pude comenzar a desobedecer la orden. Volví a pensar lo que me venía en gana. Si nadie había venido a acusarme de lo que soñaba por las noches, era improbable que existiera algo así como un celador de mis pensamientos. Como si la guardia intuyera que ya no surtía ningún efecto en mí, hace años que cambió la advertencia por unos golpes violentos en la puerta cada vez que pasa. Los libros han sido el único privilegio que se le ha escapado al sistema que me tortura, y esto es independiente del tipo de libros que me permiten solicitar. Si me hubieran dado a leer *Pinocho* mi interpretación no habría sido ingenua, sino peligrosa para este lugar: yo, la carne hechizada en madera, y los guardias, junto con el jurado, el juez, mi abogado y tú, la mentira, ese cartílago alargado que dice proteger a la sociedad de mí y protegerme a mí de mí misma. Pero ambas, sociedad y yo, no le importamos nada al sistema. Son ellos los que envenenan las manzanas que les dan a los niños en los comedores escolares, a los niños de las personas libres, para que la rueda del crimen universal no se detenga. La estructura es perversa: ¿sabes que en la prisión de Fremont hay un sistema de televisión interno que ofrece cursos formativos a los presos? En principio podría parecer una buena alternativa, siquiera de entretenimiento, para cualquiera, pero yo no la querría para mí. Me han contado que algunos de los cursos tienen títulos como: «Estrategias efectivas de comunicación», cuyo primer capítulo reza algo así: «La magia de la comunicación diaria: Niveles de complejidad en la conversación cara a cara». Los presos de Fremont, que habitan aislados en celdas del tamaño de un baño, obtienen un certificado de comunicación a través de una pantalla, no solo privados de toda comunicación presente, sino de toda posibilidad futura de poner sus estrategias en marcha. Pueden obtener también un certificado del curso «Los derechos del hombre»,[6] mientras que día a día los ven pisoteados en sus propias carnes. Yo prefiero que me tomen por tonta a que me hagan partícipe de mi propia esclavitud. Prefiero que piensen que desconozco que existe un *derecho a la vida* a que me vean morir sabiendo que sé que lo han vulnerado impunemente, durante dieciséis años.

16 de febrero de 2013
Unidad de Mountain View

Mi amado Zhao, cuando te escribo sobre mi deseo lo hago desde un estado de libertad imaginaria pero vívida, real como el flujo elástico que une mis dedos y abrillanta nuestra alianza invisible. Si yo fuera libre, mi querido Zhao, si yo fuera libre sería un dios mujer. No es lo mismo ser un dios mujer que ser una diosa. Los derechos de las mujeres aún no han alcanzado las esferas celestiales, allá las diosas aún no votan, pues quiero pensar que de lo contrario la vida aquí abajo sería más placentera, o más justa que hace dos mil años, o más injusta, el caso es que algo tendría que haber cambiado en el largo tiempo que habría pasado desde el sufragio masculino al universal celeste. Ya sabes que no creo en nada, pero de vez en cuando me gusta creer en casi todo. Sería un dios mujer y lo primero que haría en mi nuevo estado sería visitarte. Nuestra correspondencia llena de endorfinas mi celda, a veces me parece que las veo, alegres, flotando como si fueran el pálpito de esas partículas de polvo que se mueven para hacerse visibles y danzantes ante mi vista. Quién sabe, tal vez haya logrado liberar una parte de mí, esas feromonas que hasta hace relativamente poco parecían haber estado ausentes en la sequedad de mi desinterés sexual. Te voy a escribir cómo fantaseo que sería nuestro primer encuentro físico, para compartirlo contigo,

109

pero también porque necesito escribirlo, porque necesito no olvidar el tipo de mujer dios que yo podría ser, si fuera libre:

Amado Zhao o Divino Chaac (permítame que le llame así, y permítame que no le tutee):

Despierte. Estoy aquí. Me he otorgado la libertad y ahora mi celda solo está ocupada por la espesura del aire encerrado que dejé, una niebla que se extenderá por toda la prisión y permitirá que mis compañeras se toquen sin ser vistas. De sus celdas saldrán gemidos de placer, a coro, será la primera vez que se oirá música en toda la historia de Mountain View, y mientras tanto los guardias caminarán tropezándose, está bien, que sepan lo que es andar despacio, entre cadenas, detenido, no poder caminar como la mayoría de las personas. No, no diga nada, calle, sé que, como yo, usted es bueno y oye el llanto del mundo. Pero no he venido a hablarle ni de mi ya pasada prisión ni del llanto del mundo. Disfrute de mí en silencio. Las pisadas del amante sigiloso no tienen menores consecuencias sobre la tierra que los pasos rápidos y fuertes del fugitivo que agrede cuanto se interpone en su huida. Ahora que le tapo la boca con la palma de la mano, todo mi peso está sostenido en sus labios. Si temblaran, me sacudiría un seísmo; si llegaran a abrirse demasiado, caería al vacío; si se humedecieran, me daría por enjuagada de todas las impurezas. Pero acépteme esta petición: no los cierre del todo, porque si los cierra me quedaré inmóvil y ni siquiera el ágil transcurrir de mis pensamientos me distinguiría de la tristeza estancada. Yo porto alegría, a pesar de mi nombre. Antes de marcharme se lo diré, le diré cómo me llamo, porque en realidad tampoco lo sabe, y tal vez, ahora que soy libre, regrese en otra ocasión. Pero en este momento trate de no pensar en el llanto del mundo. Quiero hacerle ese regalo. Llevo siglos observándole, y hoy le he elegido. Sí, tal vez regrese otro día, pero pensemos que no hay otro día, o consideremos que todos los días que han de venir acaban de pasar por delante de nosotros, uno por uno, sin vernos, sin rozarnos. Tal vez somos los olvidados del Tiempo. O tal vez no y sí.

Voy a retirarle la mano de la boca, muy despacio, poco a poco, así, pero recuerde: No alce la intensidad de sus gemidos.

No importa el placer que yo alcance a ofrecerle.

No importa que el latido de nuestros sexos se le confunda con los espasmos de la muerte allá abajo.

Que nadie nos escuche. Si alguien llegara a distinguir nuestra dicha del dolor en masa nuestro placer no estaría a salvo. Si los miserables supieran de esta concesión que nos estoy ofreciendo, me juzgarían. Nadie quiere ser juzgado, ni siquiera yo, que libre y sin celda ya nunca muero.

Tiene que olvidar en este ahora el llanto del mundo o desapareceré, y tampoco su audacia ni los tesoros de su anatomía podrán evitar que me lleve conmigo toda esperanza de regreso. Mi esperanza y su esperanza. Ahora todo es la misma cosa para los dos, ¿no lo siente también? Mire, rozo mi pezón con su mejilla izquierda y la areola se contrae, se vuelve más oscura que la del pecho que espera más alejado de su rostro. ¿No percibe el hemisferio izquierdo de su cuerpo más vigoroso que el derecho? Toda reacción de mi cuerpo se debe al suyo, toda reacción del suyo se debe al mío.

Sí..., le he estado observando durante tantos siglos, durante todos los de mi encierro..., podría haber rodeado su contorno miles, millones de veces, haberme calentado en la órbita de su calor. He pasado tanto frío en la celda, en los años que hay detrás de los años... Pero estoy aquí, ya es ahora, ahora es el acontecimiento astronómico, soy la luna que se interpone entre esa luz suya y otro planeta, y ya se va oscureciendo: soy el eclipse, sombra, sombra, sombra amable, túnel tierno, caemos, es el color de la mezcla, la ceguera de la materia comprimida en un volumen mínimo de carne: el origen del universo, sin metales, sin rejas.

Dígame al oído, susúrreme cómo desea que me coloque. Otro día, tal vez otro día, elegiré yo. Le he visto tantas veces comenzar a enredarse como algas en otros cuerpos..., pero en cada ocasión no quise mirar y dejé caer mi mirada al abismo, y desconozco –discúlpeme– cómo desea que me sitúe. Sí, así también me complace a mí. Gracias. Cuánto frío he pasado en los años que hay detrás de los años... Pero ya es ahora y le agradezco que antes de mirarme a los ojos haya juntado las palmas de las manos junto a su corazón, en señal, asimismo, de agradecimiento. Es sin duda un amante bondadoso.

Me tiendo bocarriba y junto mis rodillas con mi pecho mientras miro hacia el cielo; su rostro, el rostro de usted, mi señor, se balancea sobre el mío. Está tan hermoso...; ojalá en este momento pudiera entregarle mis ojos para que se mirara con ellos. Todos deberíamos tener por espejo los ojos de quien nos ama. Sobre mí, su cabeza parece sostener el cielo todo, y los delicados movimientos de su abdomen amortiguan la presión de los astros sobre mi vientre. Ojalá en este momento pudiera entregarle también mi sexo para que se sintiera a sí mismo. Mejor aún: ojalá que esto no fuera necesario porque el placer que nos intercambiamos es de la misma materia, origen y siglo.

Admiro sus hombros. Levanto las piernas y las ajusto sobre ellos, que coinciden con la parte anterior de mis rodillas. Mi piel en esa zona es muy fina y basta un roce para que mi espalda se curve como la cuerda de un arco. Si en este momento alguien pusiera una flecha entre mi espalda y la tierra, al destensarme quebraría la flecha, tal es de brusco el cambio entre la resistente tensión erótica y la rendición súbita de mi orgasmo. Pero la flecha que siento ni se quiebra ni me atraviesa, sino que desaparece en mí. Yo, toda entera, soy la funda protectora del arma de paz de mi amante y amor. Ahora fijo las plantas de mis pies a su cadera. Mi señor, abra los ojos y míreme. En esta posición soy lo más parecido a una esfera, pero solo sus pupilas, sus dedos, su nariz, su lengua, su sexo saben dónde están las grietas por donde goteo, y los poros por los cuales transpiro como las paredes de una vasija de barro en la siesta de una muchacha que sueña.

Un momento. Su lengua, permítame agarrar con dos dedos su lengua. La presiono porque quiero sentir su ritmo cardíaco en la parte inferior. Le he escuchado hablar tantas veces..., y ahora que tengo su lengua entre mis dedos beso la punta para agarrar la verdad de su palabra. Béseme entera para que ninguna de mis partes se atreva nunca a mentir. No se me permita esconder el odio. No se me permita esconder el amor. No se me permita callar lo que puede unir a dos enemigos.

Pronto voy a dejar de hablar para seguir haciéndonos. Pero antes quisiera decirle mi nombre: me llamo Guan Shi Yin. Sí, en efecto, «La que oye el llanto del mundo». No diré nada más cuando me marche. No, aún no puedo quedarme en estos entornos. Todavía no. No entraré hasta que el llanto del mundo se haya aplacado y yo, la que lo oye a todas horas, cambie mi nombre por otro, «La que oye el canto del mundo», tal vez. Una sola letra podría alterarlo todo. Solo entonces cruzaré las puertas de este ámbito que, por derecho propio, me pertenece.

Aquí sigo. Traigo alegría. Goce. Ya es ahora. Ya es yo.

Mi señor, disfrute de mí por los años que hay detrás de los años. Disfrute de mí como si todos los días que han de venir acabaran de pasar por delante de nosotros, uno por uno, sin vernos, sin rozarnos. Tal vez somos los olvidados del Tiempo. O tal vez no y sí.

30 de septiembre de 2017
Unidad de Mountain View

Estoy segura, padre, de que ni siquiera has fantaseado con la posibilidad de que yo, ciega y encerrada, haya podido conocer el amor mientras que tú, siendo libre, nunca lo encontraste. Supe que ignorabas ese sentimiento cuando vi tus ojos por primera vez, cuando los vi en el espejo de esta celda, en mi rostro. Yo desconocía cómo debía ser ese brillo que, según dicen muchos de manera cursi y pueril, habita en los ojos de los enamorados. Pero sí solía pensar, porque me parecía lógico, que si existe un órgano que pueda delatar el amor de quien lo conoció al menos una vez, este tendría que ser el ojo, el único que presenta hacia el exterior la naturaleza acuosa del que mira, el nacimiento y la desembocadura de los ríos interiores, una suerte de paso gelatinoso que deja salir los excesos de lo que nos sobra: el miedo, la envidia, la compasión, el sueño. En tus ojos vi muchas cosas, supongo que algunos matices permanecieron cuando pasaron a mí tras el trasplante, y que otros se desvanecieron o exacerbaron, pero el amor no apareció hasta que conocí a la persona más importante de la que te hablo en estas páginas. Mis córneas son las tuyas, pero los ojos ya no, ni el modo de observar o apartarlos, y si pudieras verme ya no reconocerías nada tuyo, porque yo veo cosas que tú nunca quisiste ver. Me pregunto si pasará igual con mi cora-

114

zón. Ojalá no hagas de él algo que me resultara irreconocible si después de mi ejecución pudiera volver a sentirlo.

Voy a contarte entonces cómo llegué hasta Zhao, un hombre al que nunca he podido tocar, y que ha sido y es no solo una parte fundamental de mi vida en el corredor, sino de mi vida fuera de aquí, porque a través de él aprendí, precisamente, a ver.

Tal vez no sepas, padre, que todos los condenados a muerte recibimos decenas, cientos de cartas al mes, la cantidad depende de nuestro crimen: cuanto más perverso, más cartas. Los asesinos en serie son los más exitosos en este sentido. Se dice que Arthur Shawcross, que en el transcurso de dos años asesinó a once mujeres, es uno de los que más correspondencia recibe. A mí, a un nivel algo más modesto, también me escriben de todas partes del mundo, todo tipo de personas y de todas las edades. Ya durante los primeros años, entre todos aquellos sobres, destacaban en número los de Zhao. De alguna manera me enterneció constatar que me hubiera estado escribiendo a pesar de no recibir respuesta, y esa fue la razón principal por la cual abrí la primera de sus cartas. Entonces me llevé la mayor de las sorpresas: en el interior no había ninguna hoja, ni una sola letra, ningún mensaje, sino dos imágenes, más concretamente: dos fotografías. Lo primero que pensé fue que Zhao había tenido en consideración que yo había sido ciega durante casi toda mi vida, y me pareció audaz por su parte suspender por un tiempo la preeminencia de la palabra y cambiarla por imágenes de cosas que yo tal vez nunca había visto, o tal vez ya había olvidado. Fue gracias a él como con el tiempo tomé la iniciativa de pedir que me enviaran fotos, postales, ilustraciones a otras de las personas que solían escribirme. Estaba ansiosa por conocer más y más, y cada vez que recibía una de estas cartas me sudaban las manos al contemplar la imagen, tanta era la ilusión y la energía que llegaba a invertir en tratar de identificar y aprehender cada detalle.

115

Antes de contarte el contenido de las primeras fotos que me envió Zhao quisiera detenerme en lo excepcional de mi caso: una niña pierde la vista a los siete años, y la recupera diecinueve años después. Hay contadas personas en el mundo que han pasado por una situación similar. Al principio, cuando se me ocurrió la idea de pedirte que fueras mi donante, yo no sabía con total seguridad si mi ceguera era reversible, como tampoco sabía que los doctores no podrían garantizarme que, aun en el caso de que la operación transcurriera con éxito, mi percepción visual no estuviera distorsionada. Me dijeron que solo teníamos la certeza de la circunstancia a nuestro favor que implica que, al contrario de lo que sucede con otros órganos, un trasplante de córnea no requiere de la compatibilidad del tipo sanguíneo ni de los tejidos. Pero aun en el caso de que tus córneas fueran excepcionales, y aun contando con que mi cuerpo no las rechazara, podría suceder que distinguiera los colores, algunas formas, pero quizás no podría apreciar los volúmenes, tal vez una escalera me parecería tan plana como un dibujo en el suelo, o tal vez —como se habían dado casos— no pudiera distinguir la cara de una persona de la de otra, ni siquiera la cara de alguien de la cara de un animal. Me explicaron que esto sucede porque ver es, ante todo, una cuestión neurológica, y es en la etapa de la niñez, en que disponemos de una mayor cantidad de neuronas, cuando las funciones oculares pueden desarrollarse por completo. La vista no depende solo de la salud de los ojos, sino de aprender a usarlos, y hacía casi dos décadas que yo no los usaba.

El primer día que me enfrenté a este tipo de información el doctor estuvo en mi celda más de una hora explicándome algunos de los casos, la mayoría dramáticos, de personas que habían pasado por situaciones similares a la mía. Lo hizo para que de acuerdo con los datos yo pudiera decidir si quería fijar la fecha de mi ejecución a cambio de una posibilidad, tal vez remota, de recuperar la vista, o si, por el contrario, quería conservar mi ceguera a cambio de una posibilidad, tal vez también remota, de una demora en mi sentencia. Recuerdo todos los casos que me contó el doctor, pero uno de ellos muy especialmente, no solo porque fue muy mediático, sino porque había sucedido pocos años antes. Se trataba de Mike May.[7]

1 de octubre de 2017
Unidad de Mountain View

Mike May había perdido la vista a los tres años de edad y un día, en una revisión rutinaria, un célebre oftalmólogo de San Francisco le comunica que un nuevo sistema de implantación de células madre podría hacerle apto para un trasplante de córneas. Mike tenía en ese momento cuarenta y seis años, había pasado cuarenta y tres siendo invidente. La historia de la humanidad ha registrado solo veinte casos similares. La ceguera no había sido óbice en la vida de Mike May, que aseguraba disfrutar de una existencia absolutamente plena. Una mujer y dos hijos conformaban una familia unida, y se había desarrollado como un hombre brillante en todos los campos que tocaba: ejecutivo, inventor, hombre de negocios y ganador de una medalla de bronce de esquí de pista en los Juegos Paralímpicos de 1984. Todo esto es lo que Mike tenía a su favor, y, según él mismo confirmaba, recuperar la vista no podría hacerle más feliz, muy al contrario, le asustaba que recobrar algo que nunca había echado en falta pudiera suponer una inestabilidad en su día a día, en la relación con sus hijos, con su esposa, en el sexo.

Como puedes imaginar, mis circunstancias eran del todo diferentes a las de May, porque mi vida era tan triste que cualquier suerte de fluctuación solo podría mejorarla, y estaba se-

118

gura de que la apariencia real de una puerta o una cama sería mejor, por muy distorsionada que estuviera, a las puertas o las camas que por su contacto me había formado en la imaginación: duras, frías, hurañas.

Mike May aceptó someterse a la operación, pero no lo hizo para mejorar su existencia, sino por algo mucho más simple, o tal vez más complejo: para satisfacer esa misma curiosidad que le había llevado a cumplir todos sus propósitos con la desenvoltura de cualquier vidente. Y yo acepté por lo contrario, no por la búsqueda de la verdad que hizo avanzar al hombre de piedra, sino por el escepticismo que me ha dado la democracia de mi siglo: porque no tenía casi nada que perder ni tal vez mucho que ganar, porque ni siquiera con ojos habría logrado vencer la miseria de mi infancia, porque sí y porque no, y porque de todos modos las leyes de mi época me iban a matar. Mi siglo, lleno de rascacielos, satélites y derechos de los animales, tiene un salvoconducto para matar a gente encerrada.

A pesar de mi aparente indiferencia yo misma me sorprendí al escucharme diciéndole al doctor que sí, que sin duda quería operarme, y que aceptaba los riesgos. Para mí la cuestión era más bien si quería morir ciega o si quería ver mi pequeño mundo antes de dejarlo, si quería verme a mí misma y, el último día, mirar a los ojos de mi verdugo. Sí, a todo sí. El doctor me pasó unos papeles que mi abogado me leyó y yo firmé. Aquella firma, padre, fue el comienzo de tu vida y el final de la mía. Y hasta el día de hoy considero que esta decisión fue buena para mí. Nací bajo una estrella de pocas concesiones, y la vista ha sido la mejor moratoria que el corredor podía ofrecerme.

Pero ¿qué supondría recuperar la vista? Fue tras firmar toda la documentación y durante los días siguientes cuando empecé a reflexionar sobre algunos de los casos que me había contado el doctor. El balance general era pesimista para situaciones semejantes a la mía, y por momentos dudaba de si había tomado la decisión correcta. Meses después de la operación, Mike May podía pasarse media hora tratando de cerciorarse de que el producto del supermercado que tenía en sus manos era, en efecto, el que quería, y no había indicios de que en un futuro su vista lograra reajustarse.

Pero, con todo, su caso fue un triunfo en comparación con otros que, a pesar del éxito de la cirugía, habían terminado en un desastre psicológico que metió a los nuevos videntes en crisis emocionales y depresiones graves. Recuerdo el relato acerca de un señor que tras la operación, ya con la vista perfectamente restaurada, nunca fue capaz de cruzar la calle sin cerrar antes los ojos, o los casos de otras personas que jamás dejaron de tocar para poder ver. Así, supe de las consecuencias que el trasplante trajo a la vida del británico Sidney Bradford.[8] Después de recuperar la vista a los cincuenta y dos años, nunca pudo distinguir las caras, ni siquiera de sus familiares; las veía, pero no era capaz de identificarlas como rostros. Bradford no lograba reconocer las caras porque se quedó ciego a una edad tan prematura que no alcanzó a recoger toda la información cognitiva necesaria para que los ojos pudieran enviar la señal al cerebro: «Esto es el rostro de una persona.» Como es lógico, tampoco era capaz de distinguir el sexo de acuerdo con los rasgos de cada individuo. Cuando su mujer le sonrió después de la operación, Bradford no supo que aquel gesto indicaba alegría, ni que ella era su mujer. Esta incapacidad no mejoró con los meses. Su primera oportunidad de ver el mundo había sido desde la ventana del hospital. Estaba a unos doce metros del pavimento, pero tuvo la sensación de que podía acceder a la calle de un solo paso. Un tiempo después del alta médica sus doctores quedaron con Bradford en Londres. No pudieron ver en él nada de su característica alegría. Le llevaron al zoo de Regent's Park, donde gracias a la colaboración del zoólogo Desmond Morris pudieron entrar en la jaula del elefante. Bradford dio unas cuantas vueltas al animal sin darse cuenta de que estaba ahí. Continuó viviendo, en cierto modo, como si aún estuviera ciego. Seguía tocando las cosas para poder reconocerlas, no encendía las luces al caer la tarde y se afeitaba también sin luz. Murió al año y medio del trasplante, con cincuenta y cuatro años y en perfecto estado de salud. Según su médico, simplemente se quiso morir.[9]

2 de octubre de 2017
Unidad de Mountain View

Yo tendría unos diez años. El hijo pequeño de unos vecinos se había caído mientras jugaba y lo llevaron al hospital. Se
había roto la pierna y lo metieron en quirófano inmediatamente. Algo salió mal en la operación, y cuando el niño despertó se
dieron cuenta de que no podía ver ni oír. Se había quedado
ciego y sordo. Los padres se habrían despedido antes de entrar
en quirófano con las típicas promesas: «Todo va a salir bien»,
pero al despertar salió a una oscuridad e incomunicación abso-
lutas. Yo, que ya era ciega, podía acercarme algo a su sentir,
pero su caso era mucho peor, pues no había lenguaje posible
para explicarle a un niño de cinco años que no ve ni oye por
qué le habían castigado a oscuras y en un lugar mudo.[10]

Si te cuento esto, padre, es porque me gustaría que en-
tendieras siquiera un poco sobre las dimensiones de la soledad. No, no pienses que ya sabes lo que es estar solo, no puedes
saberlo, porque la soledad, para que pueda ser considera-
da como tal, tiene que extenderse en el tiempo. La soledad es
como el hambre. El hambre no puede restringirse al sentimiento de un estómago vacío por el retraso de una comida, al
igual que la soledad no puede explicarse por la demora de un
amigo en una cita. La soledad no es la ausencia de compañía al
igual que el hambre no es la ausencia de comida. Ambas son la

122

absoluta carencia de nutrientes, el desequilibrio de químicos corporales, la inestabilidad del ánimo, el desplazamiento del eje de uno mismo y para siempre, de modo que cuando por fin la comida entra en nuestro estómago o un abrazo estrecha nuestro cuerpo, ya tenemos dentro el virus de la ausencia, que se activará en momentos inesperados y por el resto de nuestra vida. Es como el virus del herpes zóster, que no muere, solo duerme, y un día, cuando sentimos que hemos comido bien y con los amigos de siempre todos reunidos, nos sale una ampolla diminuta en el costado, que se extiende como una culebrilla con muchas ampollas más, y bajamos la cabeza en la reunión que debería de ser alegre, y es más, si fuéramos sinceros cuando nos preguntan el motivo de nuestra tristeza repentina en una cena tan cálida, tendríamos que decir: tengo hambre y estoy solo. Pero nadie lo entendería. Nadie entendería –o si acaso pocos– que el hambre y la soledad nos entraron tiempo atrás y no existen antivirales capaces de curarnos para siempre. El herpes se despierta con el sol, el astro sinónimo de la energía y la vida. La soledad puede despertarse en las mismas condiciones, cuando mejor estamos, por eso no depende de que en ese momento estemos solos o no, sino de cuál fue nuestro nivel de raquitismo afectivo en un pasado, y el mío, padre, fue grande. Hoy es uno de esos días en que tengo el vientre hinchado de soledad.

3 de octubre de 2017
Unidad de Mountain View

Las imágenes que Zhao me había enviado en uno de los muchos sobres que tenía de él supusieron un cambio importante en mi vida. No sé si podrás alcanzar a entender la trascendencia de este hecho. Tú me diste los ojos, y yo se los di a Zhao para que mirara por mí. Sus cartas venían a cumplir la función de un nervio óptico: más de un millón de conductos nerviosos que enviaban las señales eléctricas –nuevas y luminosas– a mi cerebro. La primera fotografía era de una fresa, ¿cómo no interesarse por un hombre que piensa que una de las primeras cosas que una reclusa quiere ver es una fresa? Pero de algún modo, no sé si intuitivamente, Zhao acertó, pues hoy puedo afirmar que aquello era una fresa, pero en el momento en que la vi por primera vez en la fotografía despertó toda mi curiosidad porque no supe identificarla, ni siquiera sabía que se trataba de algo comestible. Me pareció un objeto misterioso que reclamó mi atención. Cuando se trataba de formas poco usuales en mi día a día, o posteriores a mi ceguera, su identificación resultaba complicada. Solo al cabo de unos minutos pude sospechar lo que efectivamente era, cuando fui capaz de articular la imagen mental que yo me había hecho de esa fruta a partir de las pocas veces que la había tocado, con la apariencia que mostraba en la imagen. Pero si la fresa de la fotografía no hubiera tenido su rabito, por ejemplo, o si no hubiera visto claramente que estaba salpicada por pequeñas motitas con volumen, o si no se encontrara situada en la palma de una mano que me indicaba su tamaño, no habría podido averiguar que aquello era, en efecto, el tipo de fruta que había comido alguna vez. Para poder llegar a ver la fresa, más que unos ojos sanos me hizo falta, pues, una serie de procesos mentales.

No será difícil inferir de lo anterior que recuperar la vista me produjo un gran estrés psíquico, pues todo lo que veía tenía que pasar por una fase de reconocimiento, y cualquier cambio en las formas o presentación de la materia, aunque fuera mínimo, podía hacerme creer que estaba ante algo nuevo cuando, en realidad, podía ser que lo hubiera tocado, comido u olido centenares de veces. Pero por otra parte la vista me abrió al mundo de un nuevo sentido, y un pequeño milagro sucedía en el instante preciso en que lograba reconocer un objeto, en esa centésima de segundo en que una chispa saltaba en mi cabeza al ajustar la imagen con mi experiencia de la realidad.

Durante los primeros días tras la operación todo fue mucho más difícil a este respecto, incluso en referencia a objetos que sí recordaba por haberlos visto de niña. Esta dificultad se atenuó progresivamente, pero cuando me metieron en esta celda tras días en el hospital me quedé paralizada mirando cada uno de los enseres que habitan conmigo en este espacio, porque no los reconocí. No vi realmente las cosas que me rodeaban hasta que no las necesité; así, no vi el retrete hasta que no sentí ganas de orinar. Aunque podía anticipar el descomunal esfuerzo que mi nueva situación requería, estaba ilusionada por apreciar mi entorno desde una dimensión distinta.

Sin duda era consciente de que mi caso era único: una persona que se levanta cada mañana con nuevas expectativas en el corredor de la muerte. No creo que eso haya existido nunca. Nuestro castigo se define como una *privación sensorial,* así que lo único que podía paliar esa privación era adquirir un sentido nuevo una vez encerradas, un sentido por desarrollar, desconocido por todos y que por tanto nadie podría confinar. Lamentaba que mis compañeras hubieran tenido sus cinco sentidos antes de llegar aquí.

La otra fotografía que había en el sobre de Zhao era la de un inmenso animal rodeado de tres guardias armados. Por desgracia, sabía de sobra lo que era un guardia armado, pero me resultó más difícil determinar cuál era el animal que –según parecía indicar la posición de cada uno de los hombres– custodiaban. Se trataba de un rinoceronte y, más específicamente, tal como Zhao me contó en una de las incontables visitas que hasta hoy hemos tenido, se trataba de un rinoceronte blanco, uno de los tres únicos rinocerontes blancos del norte que quedan en nuestro planeta, concretamente en Kenia. También, en efecto, yo estaba en lo cierto al sospechar que los hombres de la foto lo custodiaban, en este caso para defenderlo de la caza furtiva. Tras el impacto inicial de la rara imagen, sentí una especie de vergüenza ajena. Primero llevaban a los animales al borde de la extinción y luego protegían su vida con más denuedo que la de cualquier persona vulnerable. Así nos custodian también a los condenados a muerte el día antes de ejecutarnos, con algunas diferencias. Tienen que asegurarse de que no nos suicidaremos. Tienen que asegurarse de que nuestra muerte sucederá a manos de la ley y para el júbilo de los testigos. Nos vigilan el interior de la boca en busca de pastillas, a cada rato nos piden que mostremos el reverso de la lengua, toda la cavidad bucal hasta las muelas del juicio. Nuestro último día es el día de un rinoceronte blanco, se vela por nuestra vida y los guardias la defenderían con las armas si es preciso, la diferencia es que los guardias que nos protegen son al mismo tiempo nuestros verdugos. Me matarán a mí, matarán a mis compañeras, como también han matado a todos los rinocerontes blancos, a todos, menos a tres, en un planeta entero. Solo la posible extinción de las mujeres podría salvar a unas cuantas. Me pregunto cuántos seres hacen falta para formar una especie. Dónde termina la especie y empieza la inextinguible soledad de los últimos. Si yo fuera libre y dotada de una fuerza sobrenatural liberaría a los tres rinocerontes blancos. Los arrojaría al cielo para que corrieran por las colinas anaranjadas y violetas de nuestro espacio, con tanto vigor en su carrera que el simple hecho de moverse los multiplicara por cientos, por miles, hasta que fueran tan habituales como las estrellas, como los gatos callejeros, como los gorriones comunes, como todo lo que abunda dentro de la palabra *especie*.

Y por qué liberaría rinocerontes, podrías preguntarme. Creo que no es solo porque queden pocos, sino por las concomitancias que su destino comparte con el de la mujer. Tal vez lo haría porque aún hay lugares donde, si las mujeres no ofrecieran placer, les cortarían los pechos como si fueran cuernos de rinocerontes, y luego los desecarían, los molerían y convertirían en harina afrodisíaca, a sesenta mil dólares el kilo. O tal vez porque a algunas mujeres infieles sus maridos les amputan la nariz, y muestran en el centro de su cara el mismo hueco que sangra en estos animales cuando les han cercenado el cuerno para lograr el polvo que estimule —estupidez humana— la libido. Si yo fuera libre y sobrenatural podría hacer que crecieran cuernos en las cabezas de quienes se atreven a oprimir a una mujer. En los días de fiesta la gente enrollaría trapos en esos cuernos y les prenderían fuego solo para divertirse, solo para ver a los hombres corriendo en busca de algo con lo que apagar sus cornamentas en llamas. Me pregunto cuántos hombres hacen falta para que pueda hablarse de *especie humana*, y cuántas mujeres más.

127

3 de octubre de 2017
Unidad de Mountain View

Mi querido Zhao, te voy a contar sobre un experimento que hicieron con diez pares de cachorros de gatos. Era un estudio sobre la relación entre la ceguera, el tacto y el movimiento. Hubo una época en que me sentí atraída por la lectura de este tipo de ensayos, seguramente porque sus víctimas, como yo, no habitaban solo ámbitos ciegos, sino que estaban encerradas. El experimento fue realizado por dos profesores en los años sesenta.[11] Agruparon unos gatos por parejas. Desde el nacimiento y durante las primeras semanas de vida estuvieron en una cámara oscura, totalmente privados de luz, salvo por una hora al día. En esa hora cada par de gatos era ajustado con un arnés a una especie de carrusel. Uno de ellos, el gato activo (A), podía mover el carrusel mediante el movimiento de sus patas, hacia delante, hacia atrás, hacia un extremo o hacia el centro, y también podía tenderse o elevarse un poco. El otro gato, el pasivo (P), no tenía ningún control sobre el movimiento del carrusel, pues estaba metido en una caja sujeta a este de la cual solo podía sacar la cabeza y las patas, que, aunque podían rozar el suelo, no llegaban a alcanzarlo para poder interactuar con el entorno mediante el movimiento del mecanismo, que dependía solo del gato A. Después de un tiempo los gatos A y P fueron llevados a la luz del laboratorio para estudiar las diferencias sensoriales y de comportamiento. El gato P fue incapaz de protegerse de situaciones aparentemente peligrosas, así como tampoco superó la llamada *prueba del parpadeo*, es decir, uno de los investigadores lo inmovilizó y dirigió su puño de manera rápida hacia la cara del gato, simulando un puñetazo inminente, pero el animal no parpadeó, al contrario del gato A. Mientras que el gato A pudo reajustar la vista al cabo de un tiempo, el gato P, aunque con ojos tan sanos como los del primero, era funcionalmente ciego. Las conclusiones del experimento fueron que para poder *ver* no basta con *ver* lo que nos rodea, sino tener un efecto en todo ello, tocarlo, controlarlo por medio del tacto y el movimiento.

Ahora mismo no quiero escribirte, pero es lo único que tengo. Soy una gata pasiva atada a un carrusel movido por las patas de otro. El entorno gira y yo giro en el entorno sobre el que no ejerzo influencia alguna, tal como giro recreándote sin que tú puedas sentir en tu cuerpo las pisadas de mis pensamientos. Ahora mismo todo el recuerdo de tu imagen sobra, porque me urge, acaso más que nunca, el cuerpo, la materia. Al igual que no necesito poner un espejo frente a mi sexo para saber cómo es cuando lo acaricio, quiero cerrar los ojos y recorrer cada uno de tus pliegues, cada ángulo, cada músculo, cada agujero, para verte, manteniendo los ojos cerrados. Pero no te veo, no puedo verte, porque nunca he alcanzado a tocarte.

Se despide, por hoy, tu mujer, animal sin compañía, gato enceguecido, patas sin suelo. Te pienso mucho, y te mimaría todo el tiempo si pudiera, y en mi ronroneo acompañaría o te aplacaría las pesadillas que me dices que te asedian algunas noches, y te limpiaría el sudor de la preocupación, y el de las muchas alegrías que sé que podría regalarte, si fuera libre.

5 de octubre de 2017
Unidad de Mountain View

Pinturas rupestres, padre. La segunda carta de Zhao que abrí contenía una serie de postales con lo que hoy sé que son pinturas rupestres, concretamente de un lugar en España que se llama las Cuevas de Altamira. Tampoco había ni una palabra, solo imágenes de bisontes, caballos, jabalíes y ciervos. He escrito *solo*, pero en realidad aquellas imágenes me atravesaron de tal manera que comencé a pedir libros sobre arte rupestre y prehistoria. Así supe que aquellas pinturas de las postales databan de catorce mil años antes de la era cristiana. Catorce mil años. Nunca hasta entonces me había planteado las dimensiones de esta cifra en relación con nuestra existencia, pensaba que éramos mucho más jóvenes, y esto desencadenó que empezara a interesarme más y más por la historia del hombre, y así comencé a indagar en otra serie de libros. Al principio no sabía qué tipo de conexión profunda me unía al hombre de esa época en las cavernas, pero lo sentía tan cercano que a fuerza de pensar en los motivos de mi simpatía hacia ancestros tan pretéritos encontré la explicación:

Desde aquellas cuevas hasta el día de hoy, durante más de dieciséis mil años, muchos hombres han tenido que sobrevivir para que yo esté ahora mismo escribiendo esto. El hombre es hombre desde mucho antes, pero para explicarme ne-

130

cesito una cifra y una imagen contenida: Altamira, hace dieciséis mil años. ¿Cuántas generaciones caben en dieciséis mil años? Hice unos cálculos. Si asumimos que al menos desde la época moderna cada veinticinco años ocurre una generación, desde el hombre que pintó aquellos bisontes que Zhao me mostró hasta el día de hoy han pasado unas seiscientas cuarenta generaciones. Si una sola de esas generaciones hubiera perecido, una sola, mi existencia no habría sido posible. Y cuántos motivos había para perecer. Las hambrunas, las enfermedades más básicas, los partos, la infertilidad, las guerras, los crímenes de sangre, los accidentes, hasta los más modernos suicidios. Pero ninguna de las seiscientas cuarenta generaciones que me precedieron sucumbió a tantas fatalidades. Parece improbable, cuando lo pienso me parece, de hecho, imposible, y es cuando considero que el mero acto de mi nacimiento fue un milagro. Ahora bien: yo, que no tengo ni tendré descendencia, pondré fin a esa línea de vida, yo quebraré el último eslabón, seré la responsable de que esa cadena que tanta lucha y aguante inmunitario y paciencia ha invertido en mantenerse engarzada se rompa para siempre. Alguien pequeño y flaco sobrevivió al ataque de la presa a la que intentaba cazar con un arma precaria, pero yo no sobreviviré a una era que consideran –por su desarrollo social, científico y tecnológico– más fácil, en la cual un solo matarife entrado en kilos y en años puede matar a cientos de animales en un solo día, sin riesgo para su integridad física. Moriré bajo las herramientas legales de esta misma era, con leyes escritas, debatidas, aprobadas en un país donde antibióticos de última generación evitan millones de muertes al año, incluida la muerte de los que estamos esperando nuestra ejecución.

Ahora mismo estoy mirando esas ya algo antiguas postales, y pienso en mi edad, treinta y dos años, pero motivada por mis anteriores pensamientos considero que el latido de mi corazón joven es un latido ancestral, porque, para que yo esté viva, en efecto, muchos otros tuvieron que sobrevivir antes de mí. Te pido, padre, que consideres muy especialmente estas imaginaciones mías, porque has de valorar cuántos corazones han tenido que permanecer latiendo, o remontar una parada cardíaca, o una enfermedad congénita, para hacer posible la génesis y comunicación de todos mis órganos. Esto es lo más importante, que valores mi corazón. Entonces imagino –pero con muy poco margen de error, porque la vida empuja de esta manera– que un hombre paleolítico, hace unos treinta y cuatro mil años, acaba de salvarse del ataque de un lobo y se refugia en una cueva, esta vez al sur de Francia. Todavía alerta, escucha el eco de su respiración entrecortada, que empieza a disiparse conforme se tranquiliza. En la desaceleración del miedo emergen los sonidos de la gruta: la caída de una gota que se filtra por las paredes húmedas, las pisadas de un roedor que reanuda su transporte de semillas. Cuando el oído le confirma que no hay amenaza, el hombre levanta la antorcha, y al ver lo que hay en la pared frontal de la cueva pega un salto hacia atrás, de nuevo horrorizado. No entiende lo que está viendo. Son bisontes y caballos que aparentan movimiento y volumen pero no se mueven. Depredadores que no atacan. Osos, búhos y hienas. El hombre acaba de descubrir algo que nunca antes había visto: la pintura. Sigue temblando de miedo, pero al confirmar que las bestias permanecen inmóviles se atreve a aproximarse a la pared, despacio, desconfiado. Cuando está lo suficientemente cerca les arrima el fuego, y ve que tampoco por este se mueven; grita a las bestias, las amenaza y finalmente intenta quemarlas. No arden, y siguen tan estáticas como la roca. Entonces se arriesga a alargar el brazo y tocarlas. Recorre con un dedo los contornos de los animales y luego se lleva el dedo a la lengua. Arrima la cara a la piel de la roca y los roza con la nariz, los huele. Vuelve a acercarles el fuego, pero siguen sin reaccionar. Bajo los dibujos hay un charco de agua terrosa, granate. El hombre moja su mano en el charco y marca la pared con la palma derecha. Es una mano reconocible por una característica singular: su dedo meñique apenas está desarrollado, es diminuto, casi invisible, igual que el mío, e igual que el tuyo, padre, y puede ser casualidad, pero no lo creo, pues nuestra existencia –mucho más improbable– no lo es. En los días sucesivos el hombre motea con su palma roja de cuatro dedos las siluetas de los animales. Hoy, treinta y cuatro mil años después, en la mano tetradáctila de un hombre paleolítico vemos el primer autorretrato de la historia, el rostro digitado sin el cual podría ser que ni tú ni yo, padre, hubiéramos nacido.[12]

Ahora piensa lo que tanta gente, amparada por la ley, quiere hacer conmigo. Saltemos al día preciso: 11 de diciembre. Espero la inyección letal amarrada a una camilla. Quienes me la van a administrar, debido al juramento hipocrático –comprometido en preservar la vida–, no son médicos. Se les llama *técnicos*. Estos técnicos me pondrán en cada brazo una vía intravenosa. Miro el techo de la sala de ejecución adonde me han trasladado. Es mucho más blanco que el de la celda donde he permanecido los últimos dieciséis años, debe de ser porque la ocupación de esta sala se reduce a los quince o veinte minutos de los días de ejecución y sus paredes no se han visto permeadas por la pátina de la vida, sino por la pulcritud del vacío. No estoy nerviosa, porque acepté tomar algunos sedantes orales que ya me están haciendo efecto. Me han ofrecido las dos pastillitas en una servilleta de papel, junto con un poco de agua en un vaso de plástico blanco traslúcido, igual que se sirve el aperitivo en un cumpleaños humilde, pero este aperitivo me está abriendo un apetito distinto. El gusto amargo de la pastilla disuelta bajo la lengua comienza a liberarme los sentidos y me conduce a una ensoñación que el plato fuerte, inyectado directamente en mis venas, cerrará. Estoy triste. No recuerdo haber estado tan triste antes, y sin embargo me gustaría que este momento se detuviera y me dejara vivir en él por el tiempo que dura la vida más longeva.

Por lo que voy sintiendo, debo de compartir con mis antepasados el deseo de alargar mi existencia, el mismo deseo que me ha hecho posible. Vayamos al siglo III de nuestra era. Un hombre se arma para defenderse. También su mano derecha muestra un meñique poco desarrollado. Frente a él no habrá una fiera, sino otro hombre. En el coliseo de Thysdrus, provincia romana de África, actual El Djem, el gladiador se prepara en la penumbra de los túneles para salir a la arena. Afuera, el sol ya está alto, y se oye el griterío de las gradas, ovaciones en olas que van y vienen de acuerdo con las circunstancias del combate que se está librando en la arena en ese momento. En las mazmorras huele a podredumbre de hombres y bestias, a sudor, a sangre, heces, aceites y testosterona. Salgo un poco del letargo de la sedación por el sentido del pudor que aún me queda, el temor de manchar u oler mal, y es que de repente pienso que me he orinado, porque me siento muy húmeda, o quizás es la diarrea del miedo, o la menstruación adelantada que quiere expulsar fuera de mí la vida del hijo que no será antes que sepultarlo en un vientre dentro de una muerta dentro de una caja dentro de la tierra. Intento llevarme la mano a la entrepierna para comprobar a qué se debe la humedad. Había olvidado que tengo los brazos amarrados por las correas, y uno de los técnicos, considerando mi gesto como un ademán de resistencia, asoma su cabeza sobre la mía, veo sus ojos llenos de ira, mientras me dice, en tono de amenaza, que será mejor que colabore *si no quiero que me duela*. En ese momento recuerdo que llevo pañal; al igual que en el día del juicio, los guardias, ya diestros en las reacciones fisiológicas del terror último, han tomado esa precaución. Me tranquiliza pensar que no mancho, cierro los ojos y vuelvo a caer en mi ensoñación: antes de que el gladiador salga a la arena del coliseo, un guardián pasa a lo largo de su brazo una espátula, y al llegar a la muñeca vierte el sudor acumulado en un pequeño frasco. Si vuelve a salir vencedor del combate, el líquido se venderá por el doble de su valor actual. Una hora más tarde los esclavos al servicio del anfiteatro arrastran con un garfio de hierro al oponente vencido, mientras el frasco con el sudor amarillento del gladiador pasa por entre las manos de las mujeres en las gradas, que lo desean y pujan por su posesión. Nadie pujará por mi pañal hinchado de orina, heces o sangre. Con este último combate yo no ganaré, como el gladiador ha ganado, la libertad. Pero ahora aún puedo ser él y quiero imaginar que las próximas secreciones las vuelca por voluntad propia en los cuerpos de numerosas mujeres. Y así sucedió en la historia y en mi mente alucinada o no, el gladiador se multiplica con la misma suavidad de transferencia que nos regala la seda: el primer hilo que unió Occidente y Oriente. Leí que los romanos pensaban que la seda crecía en unos árboles lanudos de China, y el Imperio chino, aprovechando esa creencia, guardó el secreto de su elaboración. Una ley imperial condenaba a muerte a quien osara exportar los gusanos o sus huevos. Vayamos de nuevo al exgladiador, que mudado a comerciante tras su liberación no llegó a conocer el misterio de los gusanos en ninguno de sus viajes por el Asia oriental. Tampoco llegó a saber que, mientras las larvas *Bombyx mori* hilaban las fibras de proteínas de los capullos de la seda, una muchacha metamorfoseaba su espermatozoide en una crisálida que rompería, nueve meses más tarde, su hija.

Aún debo de estar consciente, porque tengo un resquicio de esperanza conectada con la realidad: ansío esa llamada telefónica del despacho del fiscal general o del gobernador, esa voz contundente al otro lado del teléfono que aplace mi ejecución. Todo sucede rápido —mis fantasías, mi delirio de evasión— y lento —aún no me han inyectado la droga letal, todavía no me he dormido—. Mil caballos galopan dos mil vidas por mi cabeza, y sin embargo ahí, afuera de mí, el brevísimo protocolo de muerte parece durar una eternidad, como los once siglos que estuvo la simiente del gladiador romano pasando de penes a vientres chinos hasta que, en 1405, salta, en la sangre de un almirante plebeyo, a la flota de la dinastía Ming; una flota cuyo número de naves supera en aquel momento al de todas las flotas europeas juntas. Siete velas cuadradas de seda roja ondean en la nave principal, de ciento treinta y cuatro metros de eslora. Al timón, el almirante Zheng He, el plebeyo que a la edad de once años fue arrancado de su familia y llevado a la corte como regalo para el hijo del emperador. Como excepción, no fue castrado, y en dos de los treinta y siete países que visitó dejó a tres mujeres embarazadas. La última, en España.

Conozco bien el protocolo, lo que acaban de inyectarme en la vía no es parte de las drogas letales, sino una solución salina que se utiliza para que los próximos químicos no bloqueen los tubos con las partículas derivadas de su mezcla. Todavía podría hablar, si quisiera. Con la misma fluidez con que los tóxicos entrarán en mí, y siempre como los hilos de la seda, el hilo de la peste pasa de Asia a Europa. Una descendiente de Zheng He, cierta mañana de 1649 en Sevilla, descubre en la piel de su marido una bola negra, que se multiplica en múltiples quistes durante los días sucesivos. Muchos vecinos experimentan los mismos síntomas: escalofríos, dolores de cabeza, hemorragias y lesiones necróticas. Son parecidos a los de la peste que había asolado Florencia exactamente tres siglos antes, caracterizados por un curso rapidísimo. Se dice que uno almorzaba con la familia y cenaba en el otro mundo con todos sus antepasados.[13] Entre mi última comida y mi muerte no cabe siquiera el tiempo que mi estómago necesita para hacer la digestión.

La epidemia diezmó la mitad de la población de Sevilla, y constituyó la primera arma biológica conocida; así, durante las guerras, los muertos por el contagio eran catapultados a las ciudades enemigas para propagar la peste. Al principio la enfermedad se transmitió a través de las pulgas de las ratas. Dos ratas tienen dos mil crías en un año, pero además la bacteria mutó en poco tiempo y comenzó a pasar de hombre a hombre a través de la tos. Toso. Toso en esta celda aséptica de una época que invierte en la exploración de armas biológicas, y vuelvo a recordar: si estuviera enferma no podrían matarme. Para matarme, primero me tendrían que curar. Ojalá estuviera enferma.

Mi camilla tiene forma de cruz. En el corredor parece que todos somos cristianos a la hora de morir. A todos nos crucifican sin preguntarnos por nuestras creencias. Nos amarran los que tampoco saben lo que hacen. No pueden saberlo, si lo supieran no lo harían. No sé si tendré derecho a otra última voluntad pero, desde el sopor de los calmantes, pido agua. Al pedirlo siento la lengua torpe, acartonada. Recuerdo la rugosidad del tronco de un árbol en el campo de mis abuelos. Me veo a mí misma de niña levantando la corteza cuyas estrías contrastan con la suavidad de mis manos. «Es un tejo», oigo decir a la voz de mi abuela, «un árbol sagrado porque es inmortal y, antes de morir, cuando está pudriéndose, deja caer una hoja en el interior de su tronco. Esta pequeña hoja», me explica mi abuela, «se alimenta de los desechos, y así comienza a limpiar la podredumbre, como un pececillo corydora limpia las paredes de un acuario, y crece, crece hasta formar la raíz sana que sostendrá al árbol durante mil años más.»

Vislumbro sobre mí la cabeza de otro técnico. Creo que la hora se acerca. No tengo ánimos, salvo para la tristeza. Mi tristeza es como la vida del tejo que se vigoriza por medio de la muerte, una raíz, una garra que aprieta más conforme las fuerzas me abandonan. Mi agotamiento: nervio y savia de la tristeza extrema. Siento un golpe de ardor en el brazo tenso. Intento no pensar lo que he leído u oído muchas veces, que, si el tiopental sódico no me hace efecto, sentiré que me abraso. Moriré con los brazos en cruz como una cristiana, pero envuelta en llamas como una bruja.

La reproducción desde la época de las cavernas hasta el

día de hoy, padre, ahí está la creación, la multiplicación de los hombres, los panes y los peces sin interrumpir la cadena. No se puede interrumpir la cadena. Giro la cabeza un poco y veo mi brazo inyectado. Los técnicos me han dejado sola. Quizás ya esté delirando, pero me parece oír que mi corazón late cada vez más lento; al igual que aquel hombre paleolítico de nueve dedos oigo, en la desaceleración del miedo, los pequeños ruidos de vida en la caverna. Veo el líquido que pasa desde el fino tubo de plástico hasta mi vena invisible. El suero va entrando, cierro los ojos, los abro, vuelvo la mirada hacia mi mano derecha, y reúno mis últimas fuerzas para la articulación de un pensamiento: me pregunto de quién habré heredado mi mano de cuatro dedos. Me dijeron que era un defecto de nacimiento, pero yo sé que no es así. Tampoco creo que la respuesta esté solo en ti, padre, yo creo que ambos, y tantos cientos antes de nosotros, la heredamos de nuestro primer padre conocido: aquel hombre cavernario de una cueva al sur de Francia. También sé que –después de treinta y cuatro mil años, después de mil trescientas sesenta generaciones– nadie más la heredará de mí. Me disculpo por todos aquellos que lograron sobrevivir para hacerme posible, no sabían, ingenuos, que yo fui engendrada como un dedo sin mano, como un punto final.

3. Los órganos

El midazolam es una benzodiazepina con alto efecto sedante que se administra en Arkansas durante el proceso de la inyección letal. El personal de la prisión se ha dado cuenta de que las reservas de midazolam destinadas a los condenados a muerte están a punto de caducar, y el estado de Arkansas ha impuesto la urgencia de ejecutar a siete prisioneros en once días para que la ejecución del último entre dentro del periodo válido de utilización de la droga: «Consumir antes de».[14]

Los defensores de las libertades civiles anuncian públicamente su preocupación ante el riesgo de que se produzca un acto de *tortura,* dado que los funcionarios no están acostumbrados a ejecutar a dos hombres en un solo día y podría haber graves fallos, con el consiguiente y extremo sufrimiento físico y psíquico del reo. Así lo atestigua también uno de los verdugos, Jerry Givens, que a pesar de haber ejecutado a sesenta y dos personas asegura que se necesita un tiempo para recuperarse, tanto más si se presentan dos ejecuciones en el transcurso de pocas horas.

Al igual que un bote de midazolam o un yogur, los cuerpos también caducan. En este mismo momento pero en la costa sur de la provincia de Cantón, en la República

Popular China, el cuerpo de una joven de veinticinco años llamada Jia Shi espera atada a una mesa quirúrgica del hospital central de Shenzhen. Ha visto cómo le han extraído los dos riñones y los médicos se impacientan porque, por algún motivo inexplicable, el cuerpo del receptor, que estaba programado que recibiera el trasplante inmediato de los riñones de Jia Shi, aún no ha llegado.

Mientras Jia Shi espera, a tantos kilómetros de ella el gobernador de Arkansas, Asa Hutchinson, que ya ha establecido las fechas para las siete ejecuciones, asegura sentirse entre la espada y la pared, incómodo entre las dificultades técnicas y morales de fijar las fechas, y la caducidad del midazolam. «No es mi elección», aclara Mr. Hutchinson en una rueda de prensa, «me encantaría aplazar las fechas de ejecución, pero estas son las circunstancias en las que me encuentro.»

El gobernador de Arkansas no ha terminado de atender a la prensa cuando Jia Shi, que como aquellos que han intervenido en su cuerpo también es médico de profesión, empieza a ser consciente de los fallos en la maquinaria de su organismo, como respuesta a la ausencia de los dos riñones.

Jia Shi sabe que lo primero que ha ocurrido ha sido la interrupción instantánea de la producción de orina. También sabe que pronto los líquidos se irán depositando en cada espacio de su cuerpo, que comenzará a hincharse. Quizás la maten antes, pero parece probable que la mantengan con vida para la extracción de otros órganos, destinados a un segundo paciente, tal vez incluso a un tercero. Tampoco ignora que las sustancias tóxicas pasarán pronto a la sangre, y que el potasio subirá hasta producir arritmia, y luego vendrán las náuseas, vómitos, extrema dificultad para continuar respirando, y todo ello sabiendo que sin riñones puede permanecer viva más de un día, más de un día sabiendo que sin riñones no podrá permanecer viva más allá. Por su parte, el equipo médico se alarma ante el deterioro –caducidad– del cuerpo de Jia Shi mientras el receptor sigue sin llegar. «No podemos arriesgarnos», dice uno de los cirujanos, «el paciente ya ha pagado, hay que ir a los sótanos y traer un nuevo cuerpo.»

Debido a la presión pública de ciertos sectores, los laboratorios norteamericanos tienen sus reticencias a la hora de proveer los químicos letales, y por los mismos motivos los laboratorios europeos ofrecen crecientes impedimentos. Ante la incertidumbre de cuándo podrán renovarse las recetas, el gobernador de Arkansas declara que los familiares de las víctimas no merecen ese desasosiego. Leslie Rutledge, fiscal general de Arkansas, que se declara cristiana, poseedora de armas, acérrima abanderada de la pena capital y defensora de la vida, hace sus propias declaraciones a través de su portavoz: «Las familias de las víctimas han esperado demasiado tiempo para ver cómo se hace justicia a sus seres queridos. Responderé a cualquier reto que se presente entre este momento y la ejecución de los prisioneros que continúan utilizando todo lo que tienen a su alcance para demorar la sentencia que les corresponde de acuerdo a la ley.»

Jia Shi ve cómo le quitan las correas que la amarran a la mesa, la cogen con brusquedad y la pasan a una camilla, mientras que el cuerpo de otro joven ocupa su lugar. Le reconoce porque ha convivido con él durante semanas en los sótanos. A ambos les solían hacer las pruebas de sangre y demás chequeos médicos el mismo día de la semana. No llegaron a intercambiar ninguna palabra, era un chico especialmente introvertido, pero siempre le dedicó algún gesto amable. Ahora la mira aterrorizado y ella imagina que ese terror se incrementa por lo que el joven está viendo: a ella, la está viendo a ella, y en ella ve su próximo y gradual vaciamiento.

143

Mientras tanto en Arkansas, Genie Boren, que perdió a su marido asesinado por Kenneth Williams, uno de los condenados que serán ejecutados en breve, también participa en la polémica sucesión de ejecuciones: dice que sigue viviendo en la misma casa en la que mataron a su marido, a solo tres kilómetros del corredor de la muerte donde habita Williams, y que cada día mira en esa dirección y sabe que el asesino está ahí. Por eso necesita saber que por fin ya se ha ido, aunque *no llegará a creerlo hasta que realmente suceda.*

Robyn, que se ha enterado de estas declaraciones, repite la frase de Genie Boren «No llegaré a creerlo hasta que suceda», la repite varias veces y piensa que esto es algo que se suele decir cuando se espera el cumplimiento de un bien hermoso y merecido. «Qué cosa tan extraña», dice Robyn en voz alta, «parece que la señora Boren cree merecer la muerte de otra persona.»

Recordemos que cuando el señor Linwei murió, aún en búsqueda del corazón de su padre Zhou Hongqing, extraído en contra de su voluntad tras su ejecución en el centro penitenciario de Guangzhou, su hijo Xinzàng tomó el relevo de tal búsqueda y, con veinte años, llegó a Houston. Durante los días en que Robyn escribe su despedida, Xinzàng tiene ya treinta y seis años. Ha pasado, pues, algo más de quince años en Estados Unidos, los primeros de ellos en San Francisco, ciudad que eligió como residencia al poco tiempo de llegar, y la cual aún visita con frecuencia. Se ha adaptado a muchas facetas de la vida norteamericana, pero ocupa gran parte de su tiempo con los compañeros espirituales de una disciplina de meditación conocida como Falun Gong, que descubrió en su lugar de origen, la primera vez que regresó por pocos días a su China natal.

El Falun Gong, una práctica de la Escuela Buda, está basado en los principios de la *verdad*, la *benevolencia* y la *tolerancia*. En la práctica se identifica con el *qigong* y el taoísmo, ejercicios de relajación, técnicas meditativas y control de la respiración, con lo cual en los orígenes de su expansión no solo no fue perseguida en China, sino que contó con cierto apoyo por parte de los líderes políticos. No obstante, a finales de los años noventa, la declarada independencia de estas prácticas y su solo compromiso con regiones espirituales que se resistían a justificarse ante la autoridad del Partido Comunista Chino, hizo de los seguidores de Falun Gong el blanco de persecuciones, encarcelamientos, torturas y ejecuciones. Las cifras exactas se desconocen, pero se calculan en cientos de miles los seguidores torturados y asesinados por parte de las fuerzas del gobierno.

A medida que Falun Gong iba ganando respeto y difusión internacional, en China los cientos de personas que solían acudir a los parques para sus ejercicios matutinos con las primeras luces del día comenzaron a desaparecer, y para el momento en que Xinzàng empezó a reunirse con otras decenas de seguidores en el China Basin Park de San Francisco, Falun Gong se había esfumado de los lugares públicos de su país, así como comenzaron a esfumarse sin dejar rastro alguno sus defensores.

Ciertamente ninguno de los principios de verdad, benevolencia y tolerancia podría haber definido los patrones de comportamiento de Xinzàng cuando se unió al apoyo de Falun Gong. Muy al contrario, su vida estaba condicionada por un secreto y una venganza, y ni por un momento pensó que estos pudieran verse quebrantados por cualquier suerte de vientos compasivos. Los pilares de esta doctrina eran los únicos que habían logrado darle cierto sosiego, de modo que comprendía la superioridad del bien, aunque utilizaba la calma y moderación que este le transfería para cumplir con esa promesa al padre, esa herencia familiar que él consideraba una fatalidad, trágica, inevitable y necesaria.

Aún hoy, por las noches, al meterse en la cama y a pesar del tiempo transcurrido, Xinzàng sigue recordando cómo su padre, el señor Linwei, le arrullaba y le recomendaba descansar insistiendo en que, puesto que el espíritu o *shen* se retira a dormir al corazón, debía conseguir el reposo necesario para crecer como un niño sano y alegre. Precisamente el día que Robyn comenzó a escribir su diario o despedida, Xinzàng, que se sentía débil y apático desde hacía unas semanas, visitó a su médico, quien, de acuerdo con los principios de la medicina tradicional china, diagnosticó un decaimiento del *shen,* y a esto se debía, según el doctor, la falta de luminosidad en la piel de Xinzàng, la lengua blanquecina, el pulso lento, la complexión marchita, el andar envejecido a pesar de su juventud. El doctor, sin sentirse capaz de ofrecerle un remedio concreto, le pidió que regresara a la semana siguiente.

Xinzàng piensa sobre su debilitamiento sin lograr conciliar el sueño. Cuando entra en el bucle de estas cavilaciones se siente más convencido que nunca de que su misión en esta vida es recuperar el espíritu de su abuelo, y sin embargo, cuanto más cerca está de lograrlo, más intuye que se equivoca, aunque no sabe en qué. Si bien aún no quiere considerarlo, ya puede notar el desasosiego de los hechos que algunas semanas después no solo enfrentará sino que, en la medida de lo posible, tratará de enmendar, de acuerdo, por primera vez en su vida, con los principios de la *verdad,* la *benevolencia* y la *tolerancia.*

Mientras Xinzàng se debate entre sus confusiones tratando de razonar los posibles motivos de esa escisión de sí mismo que se ha agudizado durante las últimas semanas, Robyn en su celda, ajena a disciplinas trascendentales, sigue escribiendo a su padre su modo de entender lo que ha sido su vida. Las ideas de Robyn no tendrán seguidores, nadie repetirá sus movimientos en ningún parque del mundo como rutina de meditación, pero sí cuenta con esa verdad íntima que ha de subyacer en todo pensamiento espiritual. Ya no es la misma persona que entró, pues tuvo la sabiduría o tal vez la intuición de que solo el conocimiento profundo de sí misma y la lectura podrían llevarla muy lejos de aquel sitio antes de que la sacaran muerta.

Entre la historia de Xinzàng y la de Robyn, ambos preocupados por el destino de un corazón, se cruzan las declaraciones de Siu, una mujer con el aura más triste imaginable, que en este preciso momento ha decidido dar a conocer su versión y conocimiento de los hechos sobre el trabajo de su marido, actos que también la vinculan con el destino de tantos otros órganos. Siu clava la mirada en el suelo y, con las manos en las rodillas y visiblemente afectada, cuenta que antes de dejar China hubo algunos detalles que la empujaron a preparar su huida en secreto, huida que incluía –y tal vez en primer lugar– abandonar a su marido. Ante las cámaras de prensa y televisión Siu comienza su testimonio:

«Mi marido solía escribir un diario. Por un descuido, o tal vez por un exceso de confianza en mi respeto a su privacidad, un día lo dejó a la vista y lo abrí. Solo alcancé a leer la última hoja, no me hizo falta más para confirmar mis sospechas. En esa última página había escrito que el día anterior, después de anestesiar a su paciente, cogió unas tijeras para cortar la ropa y un pequeño paquete cayó de uno de los bolsillos. Lo abrió y vio una caja con un amuleto de Falun Gong y una nota que decía: "Feliz cumpleaños, mamá." La paciente a la que mi marido extrajo los órganos cuando aún estaba viva fue una de los miles de condenados a muerte por el simple hecho de creer en los beneficios de la meditación para el desarrollo de un espíritu libre. Hoy sé que los reos más sanos y fuertes pasan de las prisiones a los hospitales después de haber firmado, bajo amenazas que conciernen a sus seres más queridos, una autorización como donantes de órganos. Por desgracia, a aquella mujer la mataron antes de que alcanzara a saber que mis declaraciones serían el inicio de este proceso de investigación internacional que, aún hoy, no ha logrado detener la cosecha de órganos que se lleva a cabo en las prisiones de China.»

Siu levanta la mirada, se seca los ojos con un pañuelo que le extiende una mano fuera de cámara y, mirando esta vez al objetivo, añade:

«Suplico a la comunidad internacional que detenga los trasplantes de órganos ilegales en mi país.»

Falun Gong, nombre con que Siu identifica el amuleto encontrado en el bolsillo de la paciente –con propiedad deberíamos decir *víctima*– de su marido, es en efecto el nombre de la disciplina que Xinzàng sigue practicando en el China Basin Park de San Francisco cada vez que visita la ciudad, junto a otras personas que al amanecer se acompasan en los mismos ejercicios interiores y físicos; la misma disciplina que a mediados de los años noventa fue perseguida y se cobró las vidas de miles de seguidores, personas que hoy, con el relato de mujeres como Siu y de testigos directos, sabemos que fueron sistemáticamente utilizadas como terrenos cultivables de órganos.*

---

* Tanto esta como todas las escenas y descripciones referidas en este libro a la práctica ilegal de trasplantes de órganos en China están documentadas y se corresponden con casos reales. Algunas fechas, descripciones o nombres pueden diferir por razones narrativas, pero en ningún caso se ha pretendido ficcionalizar o exagerar la realidad concreta de estos hechos. Fuentes e indagaciones rigurosas atestiguan que estas operaciones siguen practicándose. En la investigación de David Matas y David Kilgour que en 2009 se conocería en forma de libro como *Bloody Harvest,* sus autores recuerdan que China ejecuta a más personas anualmente que todo el resto de los países juntos, siendo los practicantes de Falun Gong las principales víctimas de las extracciones

Parece un guiño del destino que *Siu* en chino signifique «revivir». Y mientras Siu pide que se detengan las resurrecciones ilegales, los intercambios de vivos por renacidos, Robyn no podría sospechar que su condición de donante cardíaca la vincula por medio de una sucesión de peculiares acontecimientos con algo que otra mujer denuncia como una cantidad masiva de extirpaciones nacionales, en un país de mil cuatrocientos millones de habitantes. Ambas, Robyn y Siu, tienen más en común de lo que ninguna de las dos pudiera llegar a imaginar.

Pasaron años antes de que Xinzàng estuviera al corriente de este tráfico ilegal vertido en los seguidores de Falun Gong, pero desde que despertó a esta faceta del mundo, que por herencia le había tocado habitar, no ha habido un día que no haya tenido la certeza de que, desde la década en que fue ejecutado su abuelo Zhou Hongqing, los órganos no pertenecen a quien nace con ellos, ni tam-

ilegales de órganos. En palabras de los autores, «el mundo no ha visto un odio parecido al que el Partido Comunista Chino tiene hacia los seguidores de Falun Gong desde el odio nazi a los judíos. Aunque las extracciones ilegales cesaran de manera inmediata, los responsables deben ser llevados ante la justicia por un crimen en contra de la humanidad» (traducción de la autora, p. 160). Edward McMillan-Scott, vicepresidente del Parlamento Europeo (2004-2014), en agosto de 2008 y con motivo de la celebración de los Juegos Olímpicos de Beijing, escribió un artículo al respecto para *The Guardian,* con el siguiente titular: «La realidad detrás de la olímpica imagen de modernidad China». En este artículo, tras una investigación detallada, confirma para la prensa lo siguiente: «Los partidarios de Falun Gong son las principales víctimas del crimen contra la humanidad más horrendo de China: la extracción de órganos humanos de prisioneros para abastecer el floreciente negocio de trasplantes del país. Con una tasa de trasplantes de más de 10.000 órganos al año, y con el precio de hasta 160.000 dólares por corazón, esta empresa resulta muy rentable para el Ejército Popular de Liberación que lo organiza y recibe las ganancias» (traducción de la autora).

poco a los enfermos que cumplen con los rigores de una lista de espera. Los órganos son de quienes los compran.*

Durante mucho tiempo a Xinzàng le resultó indiferente si eran extraídos de verdaderos criminales, de monstruos, de reos inocentes, de presos de conciencia o de etnias desvalidas, porque, desde que entendió que el principal cometido en su vida era encontrar el corazón de su abuelo, todo lo demás le resultaba pueril. Sin embargo, con el transcurrir del tiempo y de sus indagaciones, a Xinzàng le fue imposible pasar por alto ciertos datos siniestros. Pocas semanas antes de su marcha a Estados Unidos, oyó de manera azarosa una conversación entre dos pasajeros que cuchicheaban en el autobús, acerca de un familiar enfermo:

–Los órganos trasplantados –decía uno de ellos en tono de preocupación– tienen una vida muy corta. Tendrá que vender todo para conseguir un hígado, quitarles el futuro a sus hijos, y solo para ganar un par de años más.

En ese caso, pensó Xinzàng, quizás el receptor del órgano de su abuelo había muerto al poco tiempo, tal vez joven y sin hijos, y la tarea de confirmar el descanso del corazón sería sencilla: lograr la identidad de ese receptor, y visitar su sepultura para un último adiós. Pero nada sería tan fácil, como se anticipó al comienzo de este relato. Supo que su padre Linwei había conseguido la información correcta cuando al llegar a Texas confirmó que el receptor había vivido dieciséis años más con el mismo corazón. Sin embargo, también conoció un dato que los informantes de su padre le habían ocultado: este receptor, Edward Peter-

* En palabras de Ethan Gutmann, «en China no son las personas las que esperan órganos, sino que son los órganos los que esperan a las personas», *The Slaughter. Mass Killings, Organ Harvesting, and China's Secret Solution to Its Dissident Problem,* Nueva York, Prometheus Books, 2014.

son, sí había tenido descendencia, y en ese hijo y en los hijos de los hijos es donde se hallaba el corazón que debía encontrar y detener, para que el *shen* o espíritu del venerable Zhou Hongqing pudiera, ya para toda la merecida eternidad, descansar.

La conversación que Xinzàng oyó en el autobús fue el primer eslabón que le daría a conocer el engranaje que aún moviliza la maquinaria de donaciones. Antes de su viaje a Estados Unidos, aún escéptico ante el hecho de que el receptor hubiera vivido dieciséis años más, Xinzàng se hizo pasar por un tal Eric Lukashevsky, un empresario norteamericano a la espera de un trasplante de riñón, y escribió un email al Centro de Asistencia del Sistema Internacional Chino de Trasplantes. Su intención era solo contrastar lo que había oído, que «los órganos trasplantados tienen una vida muy corta», sin embargo obtuvo otro tipo de información, que venía a confirmar que, como en la época de su abuelo, el presente ofrecía la prolongación de la vida a quienes la pagaran:

De: Eric Lukashevsky
A: Centro de Asistencia del Sistema Internacional Chino de Trasplantes
Si el órgano que se trasplanta durante la operación no es rechazado, ¿es cierto que el periodo de supervivencia tras el trasplante es solo de dos o tres años?

De: Centro de Asistencia del Sistema Internacional Chino de Trasplantes
A: Eric Lukashevsky
Es cierto que solemos recibir este tipo de consultas muy a menudo, pero estas situaciones se dan con los trasplantes de riñones en países como Japón, cuando los órganos han sido extraídos de cuerpos con muerte cerebral. En

China, y de manera concienzuda en nuestra red de hospitales, los órganos se extraen de cuerpos vivos. Esto es totalmente distinto a lo que hacen los hospitales japoneses.

Estos fueron los primeros datos con los que contó Xinzàng para pensar que el latido y *shen* de su abuelo podría, en efecto, seguir vivo, y que su viaje sería mucho más largo de lo que había anticipado. Pero no le importaba. Era joven, tenía salud, tiempo y el generoso patrimonio que le había dejado su padre.

En posteriores mensajes, Xinzàng obtuvo otros datos que, aunque no buscaba, le sorprendieron: en China el tiempo de espera para recibir un órgano podía ser de una semana, cuando ya por entonces él sabía que en Estados Unidos esta espera se dilataba a varios años. Por información directa de un paciente canadiense tenía datos muchos más concretos respecto al tiempo de espera en Canadá: treinta y dos meses y medio para un trasplante de riñón.* Asimismo, el Centro de Asistencia del Sistema Internacional Chino de Trasplantes le aseguraba que, si el órgano era rechazado, podía ser sustituido por otro en el lapso de pocos días. La lista de precios variaba dependiendo del órgano, pero todos resultaban impagables para una persona de clase media en China. A Xinzàng le pareció que, como había oído tantas veces, en Estados Unidos se defendían los derechos humanos.

Cuando Xinzàng se enteró de que los practicantes de

---

* Datos correspondientes al año 2003. David Matas y David Kilgour, *Bloody Harvest. The Killing of Falun Gong for Their Organs,* Ontario, Seraphim Editions, 2009, p. 74. En 2017, de acuerdo con las estadísticas anuales del Canadian Organ Replacement Register (CORR), el tiempo de espera medio en Canadá para un trasplante de riñón fue de cuatro años.

153

las disciplinas espirituales de Falun Gong habían pasado a ser los primeros perseguidos para el vaciamiento de sus cuerpos, comenzó a cuestionarse ciertas percepciones de manera algo más profunda e implicada. Ver las imágenes de mujeres y niños inertes cosidos como muñecos de trapo tuvo que despertarle a sentimientos más plurales, que trascendían su objetivo personal y familiar. No obstante nada de esto habría bastado para que Xinzàng se replanteara el sentido de su misión si no fuera por el encuentro con una persona que comenzó a sacarlo de esa espiral de búsqueda para la que vivía, y que de manera natural e insospechada sería el inicio de la liberación de ese trabajo que, siendo inmenso, a nadie más que a él serenaba. Una persona que, en esos momentos, también ignoraba que Xinzàng podría ser su salvación. Pero, respetando el orden de los acontecimientos, retomamos las referidas indagaciones de Xinzàng sobre la cuestión de los trasplantes en China, que le llevaron a comprobar qué sencillo era acceder a las estadísticas de donantes voluntarios, aun sin ningún tipo de interés previo y sin esfuerzo. La media en la década de los noventa era la más baja del mundo: 0,2 por cada millón de habitantes. No entendía cómo, a pesar de ello, el gobierno se jactaba de ser uno de los países con mayor volumen de operaciones y éxitos. Años más tarde, ya en San Francisco, recordaría estos datos que había querido olvidar. Fue una de las mañanas en que pasaba por Panhandle camino del metro, cuando se detuvo ante un grupo de compatriotas que sujetaban algunas de esas fotos de cuerpos extirpados, mientras repartían folletos informativos que daban respuesta a algunas de las preguntas que Xinzàng se hizo en su momento: en esos folletos se sostenía que «el deseo y la necesidad de China de presentarse internacionalmente como un país de tecnología punta superaba los inconvenientes derivados de no poder justificar la procedencia de los órganos», y se aseguraba que «aunque las ejecuciones de los condenados a muerte constituían una fuente importante, no resultaba suficiente: la gran masa de órganos provenía de los seguidores de Falun Gong, cuerpos que el Partido Comunista convirtió en máquinas de hacer dinero», pues la principal fuente de ingresos para el sistema de salud en China procedía, precisamente, de las donaciones de órganos, con la paradoja de tratarse del país con menos donantes voluntarios. De este modo, siguió leyendo Xinzàng en uno de aquellos folletos, «la sustracción de órganos es la principal vía del partido para erradicar a Falun Gong, al tiempo que utiliza los cuerpos de sus practicantes como mercancía y moneda para alimentar un sistema sanitario asesino que se presenta al mundo como ejemplar. La cosecha de órganos es posible por una doble vía: el odio hacia un colectivo indefenso y la avaricia».*

* Ethan Gutmann, *The Slaughter, op. cit.*

Xinzàng podría haber dudado de la veracidad de algunos de los testimonios sobre la utilización de los discípulos de Falun Gong como viveros de órganos, aunque para ese entonces las fuentes comenzaban a ofrecer documentación fehaciente y profusa que evidenciaba la existencia de estas prácticas. David Matas y David Kilgour, dos abogados canadienses reconocidos internacionalmente por su trayectoria en el campo de los derechos humanos, publicarían los resultados de sus pesquisas tras una investigación de siete años, que en 2009 les valió el Premio de los Derechos Humanos, otorgado por la International Society for Human Rights, así como les encauzó a la nominación del Premio Nobel de la Paz en 2010.

El comienzo del estudio de Matas y Kilgour está marcado por la conciencia de ambos autores respecto al mayor reto al que se enfrentaron durante su escritura: cómo contar los hechos de manera fidedigna sin caer en lo inverosímil, pues pareciera que la propia realidad se resiste a ser creída. Así, los autores afirman: «Conocíamos la declaración de Felix Frankfurter, de la Corte Suprema de Estados Unidos. Cuando un diplomático polaco, en 1943, se refirió al escepticismo con que algunos recibían la existencia del holocausto, Frankfurter respondió: "Yo no he dicho que sea mentira. He dicho que no soy capaz de creer lo que me han contado."»*

Respecto a la credibilidad como atributo indispensable para la comunicación y asimilación de la verdad, hay un momento crucial en la vida de Xinzàng. Se trata del encuentro, en junio de 2016, con el doctor Wang Zhiyuan.** Este encuentro supone para él la revelación más clara y precisa de la existencia organizada de una red estatal de trasplantes ilegales cuyo epicentro se halla en la voluntad de exterminar a los seguidores de Falun Gong. Pero, además, el encuentro con el doctor Wang significa para Xinzàng una suerte de despertar a su naturaleza más compasiva, y es que ciertas circunstancias podrían haber terminado por apartarle por completo de su verdad más íntima, aquella que se remonta

* Esta investigación fue encargada como estudio independiente por la CIPFG en 2006. En 2008, una petición firmada por ciento cuarenta médicos canadienses llevó al gobierno a alertar sobre la procedencia de órganos de China, extraídos de manera casi exclusiva de donantes forzados. El mismo año Borys Wrzesnewskyj, del Parlamento canadiense, introdujo un proyecto de ley para ilegalizar los trasplantes de órganos en el extranjero en el caso de que el órgano sea extraído de un donante involuntario. En 2013, Médicos contra la Sustracción Forzada de Órganos (DAFOH) presentó una petición referida a estas mismas prácticas a la Oficina del Alto Comisionado para los Derechos Humanos. En 2014, Anne-Tamara Lorre, representante de los derechos humanos en las Naciones Unidas, declaró: «Aún estamos alarmados ante el hecho de que los practicantes de Falun Gong y otras tendencias religiosas se estén enfrentando a su persecución, así como nos alerta el hecho de que continúen los informes sobre las prácticas de trasplantes de órganos sin el consentimiento libre e informado de los donantes.»

** Las últimas investigaciones del doctor Wang Zhiyuan han quedado recogidas en el documental *Harvested Alive,* que incluye testimonios que comprenden desde 2006 hasta el presente.

157

a la sencillez y bondad de la infancia. Por un lado, Xinzàng ha pasado demasiado tiempo desconectado de su país y origen, dejó China en 2001, cuando tenía apenas veinte años, y las visitas que ha hecho después de esa fecha han sido tan breves como superficiales. Esto, unido a su carácter extremadamente solitario, podría haber hecho que Xinzàng no llegara a cultivar ese misterio que nace con uno mismo, y que en su caso se basa en una capacidad de compasión que él desconocía, que no había logrado identificar ni mucho menos ejercitar, y que termina de manifestarse cuando conoce al doctor Wang Zhiyuan.

Wang Zhiyuan había llegado a Estados Unidos un poco antes que él, en 1996, con el propósito de dedicarse a la investigación de enfermedades cardiovasculares en la Harvard School of Public Health. En los inicios de su vida norteamericana fue cumpliendo sus aspiraciones académicas con tanto éxito como tranquilidad hasta que, el 9 de marzo de 2006, cuando estaba desayunando, leyó la noticia que redirigió sus intereses y, en gran medida, cambió el rumbo de sus aspiraciones profesionales. El *Epoch Times,* versión anglosajona del periódico internacional *Da Jiyuan,* considerado independiente del Partido Comunista Chino y valorado por su compromiso con la información sin censuras sobre los derechos humanos en China, publicaba lo siguiente: «Dos personas han testimoniado la existencia de un campo de concentración en Sujiatun. Aseguran que miles de practicantes de Falun Gong estuvieron presos allí y sus órganos fueron extraídos por doctores bajo mandato del gobierno.»

El mismo día la New Tang Dynasty Television, un canal con sede en Nueva York también comprometido con la imparcialidad y la defensa de los derechos humanos, entrevistaba a una mujer de unos cincuenta años. Destacaba por unas enormes y oscuras gafas de sol tras las cuales intentaba esconder la dureza de lo que tenía que decir. Con una mano sostenía el micrófono, y con la otra el texto que, en tono jadeante, leyó:

«Mi exmarido y yo trabajamos en este hospital (de Sujiatun) desde 1999 hasta 2004. En nombre de mi exmarido quisiera disculparme, pues él fue el neurocirujano que extrajo los órganos de estos practicantes de Falun Gong. Le oí decir que la mayor parte de ellos tenían cuerpos fuertes, y que cuando extirpó sus órganos aún tenían aliento.»*

Wang Zhiyuan le cuenta todo esto a Xinzàng en una cafetería cercana a la Union Square de San Francisco. Han pasado nueve años de esta noticia, pero la extirpación de órganos de cuerpos vivos, asegura el doctor Wang, continúa practicándose en China de manera rutinaria.

Xinzàng solo escucha, pero el temblor que transmite a la taza de café mientras la posa en la mesa denota su turbación. Parece que Xinzàng está cada vez más lejos de la impasibilidad que durante tantos años gobernó su carácter. Una conexión profunda consigo mismo le está indicando en este momento que tal vez algún día podrá ejercitar no solo la disciplina corporal de Falun Gong, sino sus principios espirituales, principios que casi a diario le enfrentan con la paradoja de seguir una escuela de crecimiento interior solo a través de ejercicios físicos que mantienen sus músculos fuertes, sus piernas ágiles, pero que no engrandecen en nada su espíritu, siempre laxo, destensado y perezoso en sus ganas de amar, de compartir, de llorar por él mismo o por otros. Y todo esto sucede en Xinzàng sin que el doctor Wang perciba nada extraño, sin que pueda sospechar que entre el momento en que Xin-

* David Matas y David Kilgour, *Bloody Harvest, op. cit.,* pp. 113-122.

zàng ha cogido la taza para beber y el momento en que la ha soltado, para él no han transcurrido siete segundos, sino toda una vida que le ha revelado una visión distinta del entorno y su propia historia. No será hasta después de un tiempo cuando podrá poner en práctica los fundamentos espirituales, pero en este instante se ha abierto para él el generoso espacio de la posibilidad.

La taza vuelve a reposar sobre la mesa, solitaria como un satélite sin planeta, mientras Xinzàng sigue escuchando lo que Wang Zhiyuan tiene que decirle:

–Cuando escuché el testimonio de aquella mujer, identificada más tarde con el seudónimo de Annie, mi primera reacción fue la de no creerlo, porque todo aquello quedaba más allá de mi capacidad de comprensión como ser humano. Annie aseguraba que su exmarido les había extraído las córneas a más de dos mil miembros de Falun Gong, en el hospital de Sujiatun. Poco a poco empezaron a salir detalles atroces pero demasiado específicos como para que fueran falsos, y no solo el hecho en sí resultaba aterrador, sino las cifras y la identidad de los perpetradores del propio sistema, pues no se trataba de casos aislados y cometidos clandestinamente, sino de miles de víctimas inocentes ejecutadas por el Estado con el propósito de extraerles los órganos, y todo ello por medio de la colaboración de centenares de médicos, enfermeros, militares, policías, hospitales. El Departamento de Salud Norteamericano establece que el tiempo medio de espera para un trasplante de hígado o riñón en Estados Unidos es de dos a tres años. En el año 2012 Dick Cheney, ya sabe, el anterior vicepresidente de este país, necesitó un trasplante de corazón y tuvo que esperar dos años, y con esto vengo a decir que de nada le valió su puesto o preeminencia económica.* En cambio

* Ibídem.

160

en China existe lo que se consideran *casos de urgencia,* y alguien con una necrosis severa de hígado puede ser trasplantado en el lapso de setenta y dos horas siempre que disponga de una extraordinaria cantidad de dinero. En Estados Unidos, como es lógico, también abundan los casos urgentes, pero es del todo imposible conseguir un trasplante en pocas horas, y en ningún momento el lugar ocupado en la lista puede saltarse de acuerdo con la situación económica del paciente. Aquí solo hay dos modos de salir de la lista de espera: el trasplante o la muerte. Un momento, no me interrumpa... Los datos son aún más alarmantes, pues en China estos llamados *casos de urgencia* no son excepciones, sino la gran mayoría, y se atienden con la mayor premura. El Changzheng Hospital of the Second Military Medical University de Shanghái registró en solo tres años ciento veinte emergencias de trasplante de hígado, el más rápido de los cuales se llevó a cabo cuatro horas después de que el paciente lo solicitara. Este caso ha sido orgullosamente citado por fuentes chinas como un milagro en los anales de la historia de la medicina mundial. Respecto a la cuestión de cómo es posible conseguir en tan poco tiempo un órgano que sea compatible con el receptor, mis colegas de la WOIPFG[15] y yo hemos estado investigando arduamente desde 2006, pues las sospechas iniciales eran tan inhumanas que a veces, aun teniendo datos concluyentes, seguíamos contrastando informaciones, cifras, testimonios, para acabar recibiendo las siempre aterradoras y temidas respuestas. El tiempo de supervivencia de un riñón fuera del cuerpo del donante es de veinticuatro a cuarenta y ocho horas, el de un hígado es de doce horas, el de un corazón es de cuatro, de modo que la celeridad de los trasplantes solo es posible por medio de la existencia de una reserva de personas a las que se les pueden extraer los órganos en cualquier momento. Esto significa que en las prisiones, en los

161

hospitales y en los campos de trabajo existe una despensa humana, gente, hombres, mujeres y niños vivos y sanos; es decir, que si un paciente avisa a cierto hospital de que desea ingresar en dos semanas para un determinado trasplante, previo pago, ese hospital se asegurará, con plena colaboración por parte del personal penitenciario, de hacer las pruebas pertinentes al *material* de esa despensa viva, encontrar el órgano más compatible y trasladar al donante forzado al hospital para comenzar con el proceso de extracción y trasplante inmediato.* Asimismo es posible la realización de un trasplante de manera absolutamente improvisada, pues gran parte de los donantes recluidos han sido analizados y por consiguiente las pruebas requeridas para conocer la naturaleza y condición de sus órganos se han registrado antes de que los cirujanos soliciten una *pieza* determinada. Por ello, a algunos pacientes se les ofrece la opción de ele-

---

* El día 6 de julio de 2017 el cirujano Enver Tohti declaró en The Joint Committee on Foreign Affairs and Trade, and Defence que mientras extraía los órganos de un civil vivo no sintió nada, pues estaba convencido de que hacía lo correcto, era su deber contribuir a la erradicación de un enemigo del Estado. Del mismo modo aseguró que «encargar un corazón significa que van a matar a alguien para ti», y que el negocio ilegal de órganos solo es posible «si se dispone de una gran cantidad de órganos, y el abastecimiento ilimitado solo se puede lograr si los órganos se mantienen en los cuerpos esperando a ser extraídos de acuerdo con la demanda» (traducción de la autora). El mismo doctor, lejos de ver una solución al genocidio, alerta sobre una incidencia mayor, actual y generalizada. De este modo, informa sobre los recientes chequeos médicos, obligatorios y masivos, en la región de Xinjiang, lo que lleva a sospechar que el Partido Comunista Chino está organizando una base de datos nacional para el comercio de órganos, lo que a su vez coincide con el informe de la RFA de 2017: el 90 % de los 17,5 millones de residentes de la región de Xinjiang fueron obligados a hacerse un chequeo médico que incluía una recolección de ADN.

gir ciertas preferencias inauditas, como el ser trasplantados por la mañana o por la tarde.* No conviene perder de vista el hecho de que en China las donaciones voluntarias son casi inexistentes. Hace unos años el portavoz del Ministerio de Salud, Mao Qunan, aseguró que la mayor fuente de órganos en China proviene de las donaciones voluntarias; sin embargo entre 2013 y 2014, Nanjing City, una de las diez ciudades donde se realizan mayor número de trasplantes, no recibió ni una sola donación. Esto por sí solo resulta suficientemente sospechoso, además del hecho fundamental de que China no cuente con un sistema de donación de órganos. Una parte de la respuesta estaría en la que el propio gobierno se vio obligado a confesar después de años negándolo: los órganos provienen de los prisioneros condenados a muerte ejecutados. En China el número de ejecutados por la pena de muerte es un secreto de Estado, pero la ONU maneja números infinitamente menores a las cifras astronómicas de los trasplantes que se vienen registrando. Señor Xinzàng, puedo asegurar sin el más mínimo atisbo de duda que los órganos provienen de los prisioneros de conciencia en los campos de trabajo, y con ello me refiero muy concretamente a los seguidores de Falun Gong. Estas personas constituyen el almacén de órganos del Estado desde que en julio de 1999 Jiang Zemin, secretario general del Partido Comunista Chino, lanzara una persecución contra cualquiera que practicase esta disciplina. El número de adeptos creció tanto en los años noventa que el gobierno se propuso erradicarla, pues, como seguramente sabe, los principios de esta práctica, de base budista y taoísta, se fundamentan en la libertad y en un crecimiento espiritual ajeno a cualquier tipo de partido: no hay inscripciones ni oficinas, no existe ningún tipo de intercambio económico, no hay un

---

* Ethan Gutmann, *The Slaughter*, p. 258.

líder ni jerarquías, de modo que no se rinden cuentas a nadie. Uno puede practicar los ejercicios de manera individual o en grupo, al ritmo que desee, y puede dejar de hacerlo con la misma libertad. Li Hongzhi es el autor de los libros que inspiran las prácticas de Falun Gong, pero no recibe ninguna clase de retribución por parte de sus seguidores, todos sus consejos son públicos y no ofrece reuniones individuales. En el contexto de un país, China, cuya Constitución declara que no se rige por la ley, sino por el Partido Comunista, el desafío de un grupo ajeno al sistema se aderezaba, por otra parte, con la urgencia del Estado por encontrar una fuente que financiara el precario sistema de sanidad.* Erradicando a los practicantes de Falun Gong se podía matar a dos pájaros de un tiro. Por una parte, el Estado se embolsó y embolsa miles de millones de dólares gracias a los precios delirantes de cada órgano, mientras, por otra, intenta terminar con un colectivo que por su creciente número de adeptos y su pensamiento individual se presenta como una amenaza contra el sistema. Los adeptos a Falun Gong son detenidos ilegalmente, la mayoría de las veces su detención y paradero ni siquiera son notificados a sus familiares, no hay juicio, no hay registros, solo se les asigna un nombre, y son llevados a campos de trabajo. Se considera que son prisioneros de conciencia, pero es de sus cuerpos de donde sacan los órganos para trasplantar a enfermos adinerados. Hay más: debido a que se trata de una ideología basada en la salud espiritual y física –los seguidores de Falun Gong no suelen fumar ni beber alcohol–, gran parte de la sociedad considera que estas personas se cuidan más y suelen ser más fuertes y sanas, con lo cual hay pacientes que exigen que el órgano que le trasplanten proven-

* David Matas y David Kilgour, *Bloody Harvest, op. cit.,* pp. 19 y 178.

ga de un practicante de Falun Gong.* De hecho, en una de las primeras llamadas que hicimos desde la WOIPFG, en la cual yo mismo me hice pasar por el familiar de un paciente con necesidad de un hígado, le pregunté a uno de los doctores del Tianjin First Hospital si podían proporcionarme órganos de este tipo de donante, y la respuesta literal fue: «Sí, tenemos este tipo de cuerpos, y además ahora mismo están respirando y tienen pulso.» En efecto, querido Xinzàng, aquella respuesta cínica y despiadada venía a corroborar que estamos hablando de órganos que se mantienen en los cuerpos hasta que alguien los requiere, porque la mayoría de los presos pertenecientes a Falun Gong mueren en una mesa de quirófano, son donantes vivos, les extraen los órganos sin anestesia, permanecen conscientes en todo momento y ese es su método de tortura y ejecución..., ¿y sabe cómo mis colegas de la WOIPFG y yo empezamos a sospechar que los rumores de estos crímenes masivos y contra la humanidad eran ciertos? Lo he contado en alguna entrevista, pero aún hoy todo esto es muy desconocido por la opinión pública fuera de China, entre otros motivos porque ningún miembro de Falun Gong puede salir del país. Una de las primeras pistas que nos pusieron en movimiento nos llegó una noche en que llamamos a un hospital en Sujiatun y, tal vez por una ofrenda del destino que en ese momento quiso ponerse de nuestra parte, un trabajador de la habitación de las calderas nos dijo que después de retirar las joyas, relojes o cualquier pertenencia, arrojaban los cuerpos a las mismas calderas. Mis colegas y yo nos quedamos en shock. Como médico, nunca había oído que las calderas de los hospitales se utilizaran para esto; normalmente hay mor-

* Ibídem, pp. 84-92. (De aquí en adelante y con el objetivo de no interrumpir la lectura, las notas referidas a este tema se encontrarán al final del libro.)

gues y los cadáveres se envían a las funerarias para su incineración, pero en ese momento supimos que tenía que haber un motivo muy importante para que incineraran los cuerpos inmediatamente: hacer desaparecer cualquier indicio de la extracción de órganos. Hoy creo que aquel trabajador estaba tan acostumbrado a la rutina de quemar cuerpos que no pensó que aquella información pudiera resultar sospechosa, y esto nos hizo pensar en cuáles serían las cifras diarias que manejaba ese hospital en concreto para que uno de sus trabajadores llegara a asumir que no debía guardar ningún tipo de recato respecto a tal información... Y ahora, mi querido amigo, por el reposo mental de ambos y si ya ha terminado su café, permítame que me levante para pagar y continuemos la conversación con un paseo. Le propongo ir a Yerba Buena Gardens.

Yerba Buena Gardens debe su nombre al de la ciudad sobre la que se construyó, parte del territorio mexicano de la Alta California, que pasó a ser la ciudad de San Francisco en 1846. Uno de los principales atractivos de los jardines son las cascadas que rinden homenaje a Martin Luther King, y que conforman la fuente más grande de la Costa Oeste. Según las propias palabras del escultor de las monumentales cascadas, pasar por detrás de estas hace del lugar un «espacio sagrado... que hunde su razón de ser en la experiencia de una peregrinación cultural y un viaje de transformación». No resulta extraño, pues, que el doctor Wang eligiera reanudar la anterior conversación en ese pasadizo tras el frescor y el sonido del agua, al fin y al cabo, tanto él como Xinzàng sabían mucho de peregrinaciones culturales, y de esos viajes que, una vez comenzados, transforman al viajero de manera que al llegar al punto de destino ya no se reconoce como la misma persona que emprendió la travesía. Sería imposible que un médico cardiovascular implicado éticamente con su profesión continuara siendo el mismo después de descubrir que los corazones en cuya salud había invertido miles de miles de horas de investigación eran para otros un mero trozo de carne con precio, como también sería muy difícil que un Xinzàng comprometido con las honras fúnebres y el descanso final del corazón de su abuelo no viera quebrada la indolencia con la que comenzó su viaje al deambular por los corredores más ruines, pero también más bondadosos, de los sentimientos humanos.

En este paisaje de agua y piedra, de naturaleza y hombre, el doctor Wang pasó de elogiar el diseño de los jardines al relato de una de las piezas claves de su investigación sobre el origen y devenir de los órganos trasplantados bajo el auspicio del país donde nació:

–¿Sabe una cosa, señor Xinzàng? Por muchas pruebas que uno tenga sobre el asunto que nos ocupa, ninguna llega a presentarse con el peso de toda su relevancia, ninguna llega a brillar con el destello de la verdad hasta que un testigo presencial la confirma. Durante un tiempo mi equipo y yo nos esmeramos en defender la veracidad de nuestras investigaciones, pero también éramos conscientes de que sin una voz que atestiguara «yo estuve allí» o «yo lo vi» o «yo lo hice» no solo no seríamos creíbles para el mundo, sino que a nosotros mismos nos faltaría algo: el cuerpo para el espíritu conformado por los datos que ya teníamos. Así es, señor Xinzàng, otra vez el cuerpo, siempre la importancia de los cuerpos, los cuerpos omnipresentes en mi lenguaje, en mí, que siempre me precié de ser un hombre interesado sobre todo en cuestiones trascendentales.

–Cuerpo y espíritu, doctor, ¿acaso no son la misma cosa?

–Eso pensaba yo –respondió el doctor Wang mientras le indicaba a Xinzàng que le acompañara a sentarse en uno de los bancos a la salida de las cascadas–, y sin embargo..., sin embargo urge desmontar este cliché como tantos otros, porque fíjese, si cuerpo y espíritu fueran la misma cosa podríamos entenderlos de manera sincrónica, pero mire a su alrededor, es necesario que sepamos que de algún lugar aquí cerca están cayendo cascadas de agua, porque si no supiéramos de la materia y proximidad del líquido, ¿acaso comprenderíamos el espíritu intangible de su sonido? A lo largo del tiempo nos hemos acostumbrado a identificar el rumor del agua con la presencia de esa misma agua, pero esto es una construcción que nos hemos hecho a partir de la experiencia. Un niño que oiga el agua y no la vea buscará cualquier tipo de razón para explicarse ese sonido. Y cuando caemos en el sueño, ¿no es cierto que el cuerpo reposa mientras que el alma puede llegar a colarse en las peores pesadillas? Al dormir, espíritu y cuerpo se escinden, como en tantas otras ocasiones, y eso significa que durante gran parte de nuestra vida vivimos en la separación de ambos estados. Una voz sin boca es un fantasma, exactamente el mismo fantasma que una investigación sin testimonios... Pero no nos dejemos derivar hacia cuestiones volátiles, vayamos a los hechos, porque lo que tengo que contarle tiene que ver con eso, con la verdad, con la materia que da voz al alma, con el cuerpo, y es que, como le iba diciendo, nuestras investigaciones comenzaron a encontrar su forma, su realidad, el día que conseguimos un testigo que lo vio todo, que lo olió, que lo temió, un testigo presencial. Fue en 2009 cuando un policía chino de la provincia de Liaoning nos contó que había presenciado la extirpación del órgano de una persona viva. Lo que aquel policía vio fue tan aterrador que cayó en una grave depresión, dejó de dormir, y nos hizo prometerle que después de su muerte –solo después de su muerte– difundiríamos cada detalle de lo que nos dijo, palabras grabadas en diferentes registros sonoros. Hoy aún vive, pero hay una parte de los testimonios para la cual sí nos dio el consentimiento de difusión desde el principio. Un fragmento de esta declaración autorizada se refiere a algo que pasó el día 9 de abril de 2002...; cada una de estas fechas se me graba como para siempre. Contó aquel policía que la noche previa le habían encargado vigilar la puerta de un quirófano desde dentro, con lo cual pudo ver todo lo que sucedió en esa sala. Sobre la mesa tendieron y amarraron a una mujer de unos veinte años, plenamente consciente, la misma a la que había visto torturar durante varios días. Tenía ya múltiples heridas y quemaduras. Él mismo también había presenciado cómo un par de días antes los guardias le taparon la nariz para hacer que bebiera a la fuerza un vaso de leche, pues la mujer, por pura debilidad, se negaba a comer. En esa semana perdió siete kilos. Contó que el último día de sus torturas entró un cirujano militar del General Hospital of Shenyang Military Region, con otro médico más joven, y ordenaron a los enfermeros que la trasladaran al quirófano, ese quirófano cuya puerta nuestro testigo tendría la orden de vigilar. Cada cierto tiempo en el transcurso de su relato, el policía hacía una breve pausa, nos miraba a los ojos e insistía en que la joven estaba tan consciente como él en ese momento, y así la amarraron a la mesa. El cirujano se colocó la máscara quirúrgica, y sin ningún tipo de anestesia puso un cuchillo en el pecho de la mujer. Inmediatamente y sin que le temblara el pulso lo más mínimo, hizo una incisión vertical desde el pecho hasta el vientre. Cuando el otro cirujano, con lentitud y precisión, empezó a cortar las arterias cardíacas la mujer comenzó a retorcerse. El testigo dijo que nunca había visto nada igual, nadie que pudiera contorsionar el cuerpo de esa manera ni gritar de un modo semejante. Fue –y utilizó esta palabra– como si la estuvieran *desmembrando*. Primero le sacaron el corazón, y luego los riñones. El policía también insistió varias veces en el hecho de que a ninguno de los cirujanos le tembló el pulso, algo que le sorprendió porque él mismo, aunque ya había

170

visto muchos muertos, no dejó de temblar. La operación duró tres horas. Nos dijo, apreciado Xinzàng —y disculpe que sea tan gráfico, pero la gravedad del asunto así lo requiere–, que por momentos la sangre salía a borbotones, lo que indicaba que aún había circulación sanguínea, es decir, que hasta que le desligaron el corazón la joven estuvo viva.[16]

10 de octubre de 2017
Unidad de Mountain View

Me han violado.

17 de octubre de 2017
Unidad de Mountain View

Buenos días, padre, desde aquí, la prisión donde no se aprecian ni los *días* ni lo *bueno*. No podría (ni querría) explicarte los pormenores de lo último que escribí. Ni siquiera sé por qué compartí contigo mi violación, pero al final tuve que enviarte esa carta, con solo tres palabras. Tal vez sea una manera de hacer a tu cuerpo víctima de las llagas y ofensas que imprimen en el mío, porque estamos a poco tiempo de tu trasplante, las analíticas más significativas han sido completadas, y quién sabe si el contagio de un virus ha comenzado ya a circular por mi sangre, tal vez una hepatitis, o cualquier otra cosa que no podrá detectarse hasta un par de meses después de que mi corazón, mis arterias, mis tejidos, sean ya tuyos, con sus correspondientes enfermedades. Tendrás que vivir con ello, conmigo, durante algún tiempo.

Hoy es eso que llaman *martes*, y eso que cuentan como día 10 de lo que se conoce como *mes de octubre*. La hora es las siete de la mañana. Robyn acaba de escribir en la carta a su padre tres palabras: «Me han violado», entonces ha dejado caer el lápiz y ha repetido por tercera vez los siguientes actos: ha cogido una pastilla de jabón que guarda entre sus pocos enseres, ha tirado de la cadena del retrete cinco veces –el agua del lavabo no corre desde hace días–, ha sumergido el jabón y ha comenzado a lavarse todo el cuerpo, el sexo, el cabello, los ojos, la lengua, las plantas de los pies, las uñas. Luego se ha frotado toda la piel con la manta que usa para dormir, durante cuarenta y cinco minutos, y por primera vez agradece la aspereza del tejido que le raspa la espalda, los muslos, el vientre, hasta lijar los residuos refugiados en los poros, que se han enrojecido y dilatado. Se ovilla en el camastro.

En vano sería esperar que Robyn hiciera algún tipo de denuncia o solicitara un examen médico. Sabe que las violaciones son comunes y conoce la impunidad de los guardias. Si expresara tan solo una queja podrían negarle las visitas durante meses, y no dispone de ese tiempo. Todas las reas saben que después de una violación por parte de los guardias no hay peor escenario que el de tener que enfrentar las consecuencias de la denuncia. Por eso durante el mismo acto callan, y por eso el objeto más preciado, el que siempre piden a las visitas y el que atesoran en el lugar más protegido de la celda, es la pastilla de jabón.

A la misma hora en que Robyn escribió esas palabras, en el mundo sucedían infinidad de cosas tan ajenas como, en cierto modo, conectadas a su violación. Al sudeste de un país que se llama España, concretamente en la región de Murcia, se encuentra la granja El Escobar. Tres trabajadores acompañados del dueño de la granja entran en las porquerizas. Los tres van armados con largas estacas. Escogen a cinco cerdos, los arrastran, los agrupan y empiezan a darles golpes en la cabeza. Los gritos de los animales son tan intensos que hacen languidecer el fragor de las risotadas de los hombres, hasta que el volumen de cualquier sonido humano se diluye como la tos en el pulmón que muere. Tras cada golpe, los cerdos, lastrados por el peso de sus kilos sumado al peso del dolor, intentan levantarse y vuelven a caer, pero no mueren. Muchos de quienes vieran este espectáculo desearían que los cerdos murieran de una vez por todas, pero no mueren. Siempre hay un nuevo golpe que parece que es el motor del siguiente, de igual manera que en un péndulo de Newton basta un ligero toque a la bola de uno de los extremos para que la del extremo contrario se mueva y a su vez provoque el movimiento de la que la impulsó de manera indefinida: es el universo en expansión para siempre. Así podría ser la libertad, pero en este lugar es la tortura, el mantenimiento indefinido de una vida que quiere morir y no lo consigue.

En otra parte del mundo, a la misma hora y día en que Robyn escribió «Me han violado», también suceden cosas tan ajenas como conectadas a su violación. Estamos en otra granja, pero esta vez de personas: los sótanos de un hospital al noreste de China, en las riberas del río Liao, cuya existencia y contenido no saldrán a la luz de manera pública hasta algo más tarde, cuando una trabajadora del Departamento de Estadísticas y Logística de dicho hospital –a la que llamaremos Ying– relate su testimonio sobre los hechos que vivió.[17] Por aquel entonces Ying se encargaba de firmar las facturas de algunas de las compras que realizaba el hospital, y observó un aumento del suministro de alimentos, pero no dijo nada. Posteriormente se da cuenta de otros cambios: parte del personal encargado de la logística comienza a llevar comida a los detenidos miembros de Falun Gong, que por algún motivo que ella desconoce han pasado de las prisiones y los campos de trabajo a los sótanos del hospital. Al mismo tiempo advierte un gran incremento en las facturas de compra de equipo médico. Ying ignora a qué se debe la subida drástica de gastos, pero acata su lugar en la jerarquía del hospital y no expresa su desconcierto a ningún superior. La persona a cargo de comprar la comida y hacer que llegue a los detenidos de Falun Gong le dice a Ying que la cifra de estos en los sótanos de los hospitales se calcula en unos cinco mil o seis mil, pero no le explica los motivos por los que están allí. En cierto momento las facturas comienzan a decaer, y Ying piensa que los prisioneros de conciencia han sido liberados.

En la granja El Escobar los chillidos de los animales, que ahora a duras penas se mueven de medio lado en el suelo, han pasado de ser agudos a graves, de atravesar los tímpanos a penetrar la tierra endurecida por el peso de sus cuerpos estáticos, cuyo único movimiento permitido hasta ahora ha sido el de engordar y, en este preciso momento, el de agitarse de miedo, de agonía. Esta es la mayor libertad que hasta hoy han conocido, pues les han abierto el espacio de la finca que rodea las porquerizas para que puedan arrastrarse sin limitaciones.

Cuando los gemidos comienzan a mitigarse y dan paso a ese silencio vibrante con que toda muerte se despide de la vida, uno de los hombres se dirige a una hembra, aún temblorosa. El hombre tiene un rostro corriente, ni bonito ni feo, ni bondadoso ni malvado, no merece la pena describirlo, no destaca por nada, no lo adorna ningún atributo humano ni literario. Se para junto a la cerda, levanta la estaca y con fuerza se la clava en el pecho. Luego va deslizando el palo, abriendo una línea recta, hasta el vientre. Ahí se detiene, quizás cansado por el esfuerzo, tal como un labriego se apoya en el mango de una azada, y al cabo de unos instantes comienza a remover la estaca con movimientos circulares. Se abre un agujero en la panza del animal vivo. Salen las vísceras, que se deslizan en el suelo como anguilas en la cubierta de un barco. Pero en el vientre aún queda algo, las inmaduras crías, que el hombre saca con el mismo palo, donde también las ensarta. Se echa al hombro la estaca de la que penden los prematuros lechones y anda unos cuantos pasos, hasta llegar a un roble. Clava la estaca en el tronco. A veces, la rentabilidad comercial de la carne no lo es todo. Así se hacía en la guerra de los Balcanes: hombres sacaban del vientre a los niños y los pinchaban en los troncos de los árboles. Antes de arrancarlos del cuerpo de la madre hacían apuestas: «¿Niña o niño?» El hombre aprende del monstruo.

En el hospital de Liao, un colega de Ying, el doctor G, le cuenta que cuando su teléfono suena significa que un donante ya está listo para que él y otros doctores acudan a los sótanos. Entonces deben llevarlo de manera inmediata a quirófano. Así se entera Ying de que el descenso en el suministro de alimentos no se debe a que los presos hayan sido liberados. Se confirma lo que intuía, o lo que no había querido entender. Ying recibe algunos detalles que la confrontan con la realidad, información que ya no podrá obviar: en estas situaciones no se utiliza anestesia para que el órgano tenga mayores posibilidades de aceptación por parte del receptor,[18] al tiempo que el sufrimiento se aprovecha como parte del castigo, y el doctor G le ofrece a Ying una tercera razón: lo hacen para evitar gastos innecesarios, pues el único propósito es que el cuerpo sea vaciado desde los ojos hasta la pelvis, incluida, en muchos casos, la piel, así como el cabello, que se vende en forma de pelucas.[19] Del hombre y el cerdo todo se aprovecha. Solo más tarde sabrá Ying que los doctores involucrados reciben dinero en metálico, cantidades doce veces superiores al salario, que los guardias penitenciarios reciben la misma cantidad, y que no existe ningún tipo de registro que pueda ayudar a rastrear la identidad de los donantes. El doctor G le comenta a Ying que él solo cumple órdenes de una estrategia dirigida desde el Departamento de Salud del gobierno, y Ying, en ese momento, vuelve a callar.

En el suelo de la granja El Escobar yacen, por fin muertos, los cinco animales, las cabezas deformes, abultadas por las contusiones, y la piel salpicada por hematomas, unas manchas que les hacen parecer vacas de un siniestro anuncio de chocolate. Las arterias siguen regando el albero como mangueras de chorro cada vez más débil. Rojo y amarillo: los colores de una plaza de toros, la sangre que se seca al espléndido sol de las tierras de España.

Los habitantes de los sótanos del hospital donde trabaja Ying desconocen que en este momento su destino está a punto de verse afectado por el viaje de un hombre enclenque, al que se refieren como Mr. Asher. El avión donde viaja este hombre despegó de Jerusalén, y quince de los pasajeros se dirigen a Beijing en un viaje que el propio Mr. Asher ha organizado. Hay tres factores principales que estos quince hombres tienen en común: necesitan un órgano, tienen dinero para pagarlo y no les importa la procedencia. El teléfono del doctor G y de otros cinco doctores suena en mitad de la noche. Todos ellos se dirigen con premura a los sótanos del hospital.[20] Dan una orden a los guardas que vigilan un enorme portón de acero. Al abrirlo todo está oscuro y frío. Se oyen ruidos, algún susurro, respiraciones aceleradas, carreras sigilosas, el sonido de la multitud escondiéndose en una sala sin más bultos que ellos mismos. La luz se enciende sin dejar de parpadear, parece que también tiembla. El doctor G saca un papel del bolsillo y vocea los nombres de los inminentes donantes, aquellos que de acuerdo con las pruebas que les hicieron cuando ingresaron son compatibles con los quince pasajeros que en ese momento están ya desembarcando en el aeropuerto de Beijing.

La carne de los cinco cerdos adultos es comercializada. Tenían todas sus vacunas, todas las garantías de calidad. Se venden en unas bandejitas en el supermercado, con una etiqueta que dice «alimento natural, sin antibióticos ni hormonas». Unos días después un hombre esencialmente alegre disfruta de algunas de estas costillas a la barbacoa. Una semana más tarde entra en una depresión. Primero le cuesta levantarse de la cama, luego comienza a faltar al trabajo, deja de asearse, y cuando olvida la última cosa que solía alegrarle, comienza a pensar en el suicidio, y todo ello sin ninguna causa, tal como le asegura al psiquiatra: «No, doctor, yo solía ser feliz, no entiendo lo que me está pasando.» Tal vez fue el dolor ingerido, o tal vez esto es solo una estupidez y la carne torturada es tan sana como un tomate ecológico. En cualquier caso el hombre triste comienza a medicarse con antidepresivos. Los laboratorios agradecen cualesquiera que sean las causas de la depresión: la tortura de un cerdo o la vacuidad del alma moderna.

Robyn duerme. A veces, como en este momento, lo hace con los ojos entornados, sin cerrarlos del todo. Se diría que ni siquiera cuando está durmiendo quiere desperdiciar su vista recobrada, aunque no vea nada porque en el tiempo del sueño uno ve con otros ojos, los ojos del recuerdo, del deseo, de la insania, de la fiebre... Pero tal vez ella sí vea, y quizás por esa rayita que ha dejado entreabierta, protegida por las pestañas, pueda reparar en la polilla que ahora revolotea en torno al neón cuya luz azulada es algo menos intensa por las noches, pero que, como los ojos de Robyn, nunca se apaga del todo. La polilla da vueltas sin descanso, como si su cuerpo blando estuviera dotado de una energía eléctrica e infinita, y acaso Robyn, si la está viendo, la haya llevado a sus sueños, donde ella es una mujer que gira y gira alrededor del sol. Una mujer, con todas sus vidas.

O tal vez, tal vez Robyn, como otras noches, esté reviviendo en sus sueños el día en que le trasplantaron las córneas, ese entrar en la anestesia con plena confianza en los médicos porque aún no sabía que son médicos con las mismas cualificaciones que los que en unas horas le van a quitar la vida a un muchacho de una prisión militar cerca

180

de Dalian, en la península de Liaodong. Los médicos curan —es lo que Robyn ha creído siempre—, la policía protege —esto lo oyó pero nunca pudo creerlo—, pero lo de los médicos sí, eso sí pensó que sería una especie de ley universal, pues ¿por qué iba alguien a estudiar tanto para hacer algo tan simple como matar? Y en efecto, no sabe mientras sueña, no sabe mientras se entrega a la anestesia, lo que está a punto de ocurrir en algún furtivo lugar de la península de Liaodong, una intervención complicada que se ha planificado en un solo día:

Cuatro doctores y dos enfermeros, después de recibir instrucciones tan breves como turbias, entran en una furgoneta con la orden de no mantener ningún tipo de contacto con el exterior hasta después de *la operación*. Entregan sus teléfonos. Varios coches militares cargados con soldados les abren paso. Conducen a toda velocidad y nadie de ese improvisado equipo médico puede ver por dónde transitan porque los cristales han sido cubiertos con unas lonas azules. Al fin la furgoneta se detiene, salen del vehículo, miran alrededor y ven que están en un lugar rodeado de montañas. Los militares de los camiones que les habían abierto paso ya están formados en línea. Un oficial les comunica su ubicación, así los seis hombres se enteran de que están en la prisión militar cercana a Dalian.

A la mañana siguiente los seis vuelven a entrar en la furgoneta, que después de un tiempo breve se detiene en un lugar que no pueden ver, porque esta vez no les permiten salir. Entonces cuatro soldados meten a un hombre en el vehículo y lo tienden en un plástico negro de unos dos metros de longitud. Los pies del hombre están atados con una especie de hilo fuerte pero muy fino, como fibra, tan delgado que las vibraciones de la furgoneta, que se ha vuelto a poner en marcha, bastan para que se entierre en la carne, a la altura de los tobillos. Con el mismo hilo le han rodeado

181

el cuello y los brazos, amarrados tras la espalda, todo unido a su vez con la atadura de las piernas. Esto impide al prisionero la más mínima resistencia, porque cambiar de posición haría que el hilo le rasgara el cuello, que ya muestra una herida grave, a juzgar por la sangre que está saliendo.

Entre los doctores está el doctor Y, un urólogo del Shenyang Military General Hospital. Es a este a quien ordenan, al llegar al hospital, que se encargue de sujetar al hombre en la mesa del quirófano. El doctor Y le agarra las piernas, que están calientes. Los otros cinco profesionales médicos ya han cambiado su ropa por batas quirúrgicas y se disponen a proceder tal y como les ha sido ordenado. El doctor Y también estará a cargo de cortar la arteria renal, vena y uréter. Uno de los enfermeros abre con unas tijeras la camisa del hombre y le aplica desinfectante en el pecho y en la barriga, tres veces. Inmediatamente después otro de los doctores corta con un escalpelo desde la región subxifoidea (bajo el pecho) hasta el vientre. Aunque el reo está fijado a la mesa, los espasmos hacen que el doctor Y tenga dificultades para mantenerlo totalmente inmóvil. A pesar del dolor, de su garganta no sale ningún sonido. El mismo doctor que ha realizado el corte abre con las manos la cavidad abdominal. Sale mucha sangre y, como serpientes ciegas, los intestinos saltan fuera del cuerpo. El doctor los aparta y empieza a liberar el riñón izquierdo, mientras otro doctor procede de igual manera con el riñón derecho. El doctor Y oye, sin saber muy bien de quién es la voz, otra orden: es el momento de cortar la arteria. Corta. La sangre brota como agua de invierno en un manantial de montaña, fluye porque el prisionero sigue vivo.

Los doctores se mueven con eficacia y rapidez. Ponen los riñones en una caja térmica.

El doctor Y recibe otra orden, esta vez inesperada: «Proceda a extraer los globos oculares.»

182

El propio doctor Y contará años después el resto de la historia ante medios de comunicación internacionales:

«Situé mi cara sobre la de aquel hombre. Parecía muy joven y me miraba con un terror extremo.

»Sentí que realmente me estaba mirando a mí, que quería hablarme a mí, pero no hablaba. Parpadeaba como si buscara el modo de comunicarse con ese leve movimiento, y fijaba la mirada en mis ojos como si quisiera atraerme hacia sí, y volvía a parpadear. La mente se me bloqueó, empecé a temblar, me sentía sumamente débil y me quedé paralizado. Todo aquello estaba más allá de cualquier infierno imaginable. La noche previa había oído cómo un oficial se dirigía a nuestro responsable diciéndole algo que en aquel instante, con la rapidez e inconcebible naturaleza de los acontecimientos, no pude llegar a procesar:

»"Tiene diecisiete años, está sano y sigue vivo."

»Me pregunté si se trataba del hombre que estaba viendo en ese momento. Todo estaba sucediendo tan rápido y todo resultaba tan técnico y oficial que solo entonces comprendí que estábamos extrayendo los órganos de una persona viva y consciente.[21] Era algo demasiado espantoso y le dije al doctor responsable que me sentía incapaz de hacerlo. No hubo palabras. Inmediatamente otro doctor ocupó mi lugar. Con la mano izquierda presionó con fuerza la cabeza del joven contra la mesa del quirófano y con dos dedos le abrió el párpado tanto como pudo. Acto seguido, con unos pequeños fórceps en la mano derecha, arrancó el globo ocular.

»Después de aquello dejé de oír y no pude hacer nada más. Lo último que recuerdo antes de entrar en un estado de colapso es que no paraba de tiritar, y que estaba empapado en sudor.

»Cuando volví en mí –si es que llegué a perder el sentido– oí que alguien daba otra orden, entraron cuatro soldados y envolvieron el cuerpo, ya totalmente inerte, en una bolsa de plástico. Vi por la ventana cómo lo arrojaron a un camión militar.

»Antes de que pudiera darme cuenta, yo ya estaba en otro quirófano con nuevos doctores, que parecían listos para el trasplante.»

4. El corredor

20 de octubre de 2017
Unidad de Mountain View

Mi querido Zhao, no creas que la imposibilidad de morir libre es exclusiva del corredor de la muerte. En una prisión regular, en cualquier prisión fuera del corredor, todo está diseñado para que te quedes, nunca para que salgas, pues la locura inducida o agravada hace inviable esa otra mentira: la reinserción.

Por las noches, tanto en el corredor como en cualquier celda, el ruido es insoportable. Los guardias tienen sus formas de divertirse: a veces nos despiertan a las dos de la madrugada para entregarnos el desayuno, que deberían entregarnos a las seis. Si no lo recogemos porque intentamos seguir durmiendo nos castigan sin la siguiente comida, pero lo peor es ese ruido, ese despertarnos golpeando las puertas de cada celda en plena noche, con la consiguiente reacción de algunas reas, los insultos, amenazas, gritos desde la violencia de la enajenación mental. Encontramos formas de amortiguar el estruendo, pero nos destrozan los oídos: nos metemos papel mojado, luego trozos de tela, y presionamos. Después nos enrollamos la almohada a la cabeza y con la manta tratamos de sujetarlo todo, ajustándola lo más fuerte posible a nuestras sienes.[22] Pasamos frío, porque solo tenemos una manta, pero a veces conseguimos dormir un poco más. Otras veces los guardias sacuden las

187

puertas a cualquier hora solo para asustarnos. Y yo quisiera decir que esos guardias son tan simples como minerales de sílex, y que cada vez que tocan el cemento o el hierro que me rodea, yo –que en esos momentos soy yesca, hojarasca seca– suelto una chispa, y luego otra, y otra más grande, hasta que sale la primera llama. Quisiera decir que soy el fuego rojo y azul que la frialdad oxidada de los viles no hace más que avivar en múltiples colores. Pero no puedo decirlo, porque cuando me asustan no soy nada, no tengo color ni llama.

Aparte del oído, la vista se nos atrofia, aunque esto sí es más propio del corredor, donde no vemos la luz del sol en años, con lo cual están obligados a darnos cada día una pastilla de colecalciferol, para que no nos debilitemos en exceso. Aunque no veamos el sol siempre tenemos luz. La artificialidad es un estado que no nos deja, que nos recuerda que también nuestra vida es artificial desde el día en que nos metieron aquí. Hay una luz permanentemente encendida, que no se apaga siquiera por las noches. Es violeta, y cuando nos quitan el reloj en alguna redada es lo único que nos indica que debemos de estar en algún momento entre las ocho de la tarde y las seis de la mañana, hora en que encienden los demás neones, blancos, brillantes, que hacen de nuestros días el mismo día. Incluso si no existiera la tortura física en este lugar, incluso si no estuviéramos condenadas a muerte, todo está pensado, como te digo, para que nos quedemos, porque aunque nos dieran la libertad volveríamos a cometer un crimen aún peor que el que nos trajo aquí por primera vez, aún peor porque ahora conocemos estos ruidos, estos focos.

Me gustaría poder escribir sobre todo esto desde su verdadera y siniestra dimensión, pero a veces pienso que la escritura certera, la que es capaz de darnos un reflejo veraz del ser humano, es tan difícil como la libertad. Entrar en esta celda fue muchísimo más fácil que describirte mi vida en ella. Lo real interior se resiste a ser escrito, quizás esto se deba a la arrogancia de la vida, una especie de ímpetu vital que se niega a ser confinado por los límites de un papel (¿seré yo la escritura fallida de un dios enjaulado?).

Ya sabes que suelo guardar los recortes de noticias referidas al corredor de la muerte. Confirmar que hay personas que escriben sobre el corredor me da una especie de consistencia, de materia, una sensación de no estar del todo erradicada del mundo. Escondo los recortes en los libros, aunque muchos de ellos me los han quitado en esas redadas que hacen los guardias de vez en cuando en las celdas, sin ninguna otra razón que la de incrementar nuestra soledad y desamparo. Normalmente aprovechan las horas de visita, para castigarnos por los minutos de sosiego que vamos a tener con algún familiar, para que ni siquiera en ese momento podamos evadirnos del pensamiento de lo que podría estar pasando en nuestra celda mientras tanto. Las pocas veces que salgo siempre temo volver y encontrarme mis cosas patas arriba o destrozadas. El caos es algo que no soporto desde que me encerraron, y los guardias lo saben, saben que suele ser así para muchas de nosotras, porque solo el orden de nuestras pocas pertenencias nos da cierta estabilidad, no sé cómo explicarlo, pero es como ver el paquete de compresas siempre en el mismo sitio y sentir con certeza que mis ovarios siguen cumpliendo con su función. La última vez se molestaron incluso en desenrollar todo el papel higiénico y pisotearlo, y por supuesto que no se me habría ocurrido pedir otro rollo, pues si ya castigan el buen comportamiento, cualquier tipo de pregunta o reclamación de un derecho es tomado como desacato. Nos corresponde un rollo a la semana, pase lo que pase, una diarrea o una redada.

Dicen las personas libres que nos han visto andar por los pasillos que nuestra culpabilidad se manifiesta en cómo caminamos, con la cabeza gacha. Pero esta postura solo indica nuestra historia en el corredor. No podemos caminar erguidas, y no solo porque andamos engrilletadas y las cadenas que nos unen los tobillos con las muñecas son demasiado cortas, sino porque nos han roto las vértebras del espíritu. Así es como se conoce el método para domeñar a los animales de un circo: como *romper el espíritu*.

21 de octubre de 2017
Unidad de Mountain View

Padre, los asesinos en serie como Arthur Shawcross reciben cartas también en serie, abundantes, gruesas, como alimentadas por la curiosidad que un asesino de mujeres puede llegar a suscitar. Ya sabes que a mí también me escriben a diario, pero mucho menos. Para ser célebre fuera de estos muros hay que ser o muy bueno en lo que haces o aportar un toque de distinción, y mi crimen fue de lo más vulgar si lo comparamos con las cosas que se oyen aquí. Ni técnica ni creatividad. Seguramente por eso me escriben muchos psicólogos, pues prácticas como las de Arthur Shawcross deben de resultar demasiado sofisticadas para diseccionarlas sin arruinar un diagnóstico. Mi caso, en cambio, debe de antojárseles más sencillo de etiquetar. Los psicólogos prefieren tratar con asesinos de inteligencia criminal baja/media, saben de sobra que un hombre que ha matado a tantas mujeres sin ser apresado durante once años podría hacer juegos malabares con sus preguntas. Esto debe de frustrarles. Seguramente por ello la Asociación Americana de Psicología legitima la tortura de los presos y defiende que esta no conlleva ningún tipo de secuela o daño psicológico. Digamos que para algunos de ahí afuera los asesinos somos material de estudio, con ciertas ventajas que nos hacen más útiles que los asesinos sueltos: no iremos a ningún sitio, somos ejemplares que respiran pero estamos conservados en un entorno de formol, siempre disponibles, encerrados, sumisos, y además resultamos más complejos que un ratón y más baratos que un mono. Tampoco me gustan los psiquiatras, buitres de enfermedades inexistentes y usureros sin competencia para curar enfermedades reales. Sé que en la etiqueta de algunos productos puede leerse: «En contra de la experimentación con animales», pero aún no he leído un medicamento psiquiátrico que indique «En contra de la experimentación con seres humanos», al menos parece que, como mínimo, hay una cosa sincera en este mundo: las etiquetas.

Te cuento esto porque me he despertado acordándome de F, la presa que ocupaba la celda contigua, a la derecha de la mía, cuando me encerraron aquí. Me pregunté por qué, al contrario que las demás, permanecía siempre callada. Los primeros días me despertaron las voces de las otras reas con preguntas similares:

«¡Oye! ¿Sigues dormida? ¿No vas a hablar tampoco hoy? Piensa que pronto te callarán para siempre.»

Al parecer su silencio era algo nuevo e inexplicable para todas, pero en el presidio no hay casi nada que no se acabe sabiendo, parece que todo lo que entra aquí, ya sean personas o información confidencial, tiene dificultades para encontrar el modo de salir. Por ello puedo escribir punto por punto lo que pasó en el caso de F, como el prospecto de un medicamento, porque el orden de las palabras importa tanto como el de las drogas:

F era epiléptica.

F controlaba los ataques desde hacía años por medio de un antiepiléptico, Dilatin, y un barbitúrico, fenobarbital.

Pero a los guardias de la prisión se les ocurren otras propuestas para F.

Los guardias penitenciarios son la escoria de todo lo que se mueve.

192

Los presos nos guardamos de otros presos, es lo que el cine nos muestra. Verdad muy incompleta. El verdadero peligro es el guardia penitenciario.

Un guardia no debería tener el derecho de mirar a los ojos de un niño.

Un guardia no debería tener el derecho de caminar sobre la orina de un perro.

Pero vuelvo a F:

F silenciosa en su celda. F más muerta que viva. Todos aquí lo estamos, pero ella, además, lo parece.

El guardia le entrega unas pastillas que no se corresponden en tamaño, color y forma con las que F suele tomar.

F pregunta qué son esas pastillas, y el guardia responde con desaire: «Bah, es lo mismo que tomas, pero han cambiado el envase.»

F ha matado y sabe que alterar la forma altera el contenido. Así me lo terminaría confesando: «Por las noches sueño que su vientre abierto es el desagüe de su risa.»

F intuye que el alma está en la risa. El vientre acuchillado se deforma, y no las tripas sino el contenido de toda alegría y espíritu se deshace.

Tras comenzar con la nueva medicación F vuelve a sufrir convulsiones, esta vez diversas como las propias pastillas: pequeñas y grandes, rojas, verdes y azules.

Las caídas al suelo le rajan la cabeza más de una vez.

Las caídas al suelo suenan a la caída de una cosa, o al cerrarse, para siempre, de una puerta.

F vuelve en sí entre gemidos y sangre, como un bebé inocente que olvidó lo que hará siendo adulto.

F pregunta muchas veces más qué son aquellas pastillas, y deja de tomarlas, incluso deja de comer por miedo a que la estén envenenando.

F es epiléptica, no sufre paranoias. Son cosas distintas. F sabe que la envenenan.

F menciona a Emily Madison, repite varias veces el nombre de esta rea, que perdió el derecho de visitas desde 1996 hasta 2002. La causa: abuso de drogas. Las drogas: 800 miligramos de Motrin (ibuprofeno) que pidió a otra rea para aliviar los dolores de la menstruación, y unas pastillas de hierro que sí estaba autorizada a tomar debido a su anemia pero cuya fecha de caducidad, expirada, le valió el castigo equivalente a la posesión de cocaína.[23]

El castigo por no tomar la medicación equivale al castigo por posesión de drogas. F no puede imaginar seis años sin visitas.

F decide rendirse y tomar lo que le están dando, tanto comida como medicación.

En el corredor todas nos acabamos rindiendo y antes del envenenamiento por inyección letal seremos envenenadas múltiples veces, de una u otra manera.

Y así llegó el silencio en que yo la encontré, roto solo por los golpes y ruidos que hacía cuando le daba un nuevo ataque. Por los resuellos y bufidos parecía un animal rabioso y acorralado. Se diría que quería escapar. Pero era solo la epilepsia. La otra afección, la de la querencia de libertad, es mucho más grave y no se cura nunca.

A los ataques de F les sigue un dolor en el costado derecho.

F grita durante una noche. Grita durante dos. Tres. Cuatro.

A las que vamos a morir no nos gusta pasar la noche entre gritos. Hay muchas cosas que compartimos con los de afuera. No nos gusta que nos despierten cada media hora. Necesitamos la misma agua. Necesitamos el mismo aire. Necesitamos compañía. No queremos morir, aunque ya nos hayan dado por muertas.

A la quinta noche se llevan a F.

Biopsia en el hígado.

Se filtra y corre la voz del porqué de su agonía afásica:

Además del Dilatin y el fenobarbital, habían incluido tres medicamentos más.

¿Sadismo de los guardias? ¿Experimento de los laboratorios por medio del médico de la prisión?

Sí, el personal de la prisión es la escoria de todo lo que se mueve. No solo los guardias, sino también los médicos. La nueva medicación (Loxitán, Artane y Haldol) ha resultado en un cóctel fatal. F se debilita. F pierde la visión. F pierde el equilibro. Su hígado está tan inflamado que parece embarazada de un solo lado. Tal vez sea un castigo literal: ver de nuevo el relieve que dejó la muerte del hijo.

Siempre ha dicho que ella no mató al hijo ni al padre. Se declara inocente cuando está despierta, y grita culpable mientras duerme.

Algunas condenadas de aquí sí son inocentes. Todos lo saben.

Yo prefiero declararme *no inocente*, que no es lo mismo que *culpable*.

Pero vuelvo a F. Su silencio ha quedado aclarado; el cirujano, por el contrario, no pudo explicar cómo F logró sobrevivir con un hígado que fue henchido con la misma inclemencia con que un granjero francés engorda el órgano de una oca.

21 de octubre de 2017
Unidad de Mountain View

Amor, hoy me voy a dormir pensando que soy culpable. He leído algo que me ha hecho pensar que sí lo soy. Se trata de una escena de un libro que se llama *Papillon*. En esta escena, Papillon, después de tres décadas encarcelado, tiene una pesadilla en la que se ve a sí mismo caminando por un desierto hacia trece jueces, que parecen estar esperándole a una larga distancia. Papillon se va acercando, elegantemente vestido con un pulcro traje color crema, hasta que se sitúa frente al juez principal, que le dice en un tono solemne: «Papillon, ya conoces los cargos.» A partir de ahí el diálogo es como sigue:

Papillon: Soy inocente. No tenías pruebas contra mí, yo no maté a aquel tipo.

Juez: Eso es totalmente cierto. Pero tu verdadero crimen no tiene nada que ver con la muerte de aquel chulo.

Papillon: ¿Entonces? ¿Por qué estoy aquí?

Juez: El tuyo es el peor crimen que un ser humano puede cometer: Yo te acuso... de haber malgastado tu vida. Te declaro culpable, y la pena que te corresponde es la muerte.

Papillon: Entonces, soy culpable. Me declaro culpable, culpable, culpable.[24]

Así es, Zhao, no sé si cometí el crimen que me encerró,

196

pero sí he cometido el peor de los crímenes: he malgastado mi vida, la vida que tenía antes de entrar aquí. Nunca pensé que duraría tan poco, pero no tengo excusa. Yo me acuso y declaro culpable.

Culpable.

22 de octubre de 2017
Unidad de Mountain View

¿Sabes algo, padre? Aquí una de las pocas formas que tenemos de hacernos escuchar es la de morir a las afueras del
tiempo que se nos había programado, es decir, cuando ha habido un fallo en nuestro sistema de ejecución. Llegamos a los periódicos, a la radio, a las tertulias televisivas y a las conversaciones de metro cuando tardamos en morir mucho más de lo que
el decoro letal establece como dentro de los límites de una matanza rápida y civilizada.

Nos hacemos escuchar cuando ya estamos muertos. Fue
el caso de Horace Dunkins en Alabama. Tenía veintiocho años
cuando lo sentaron en la silla, y al parecer debido a una conexión incorrecta de los cables necesitó dos descargas eléctricas,
por lo que su muerte se demoró durante dieciséis minutos. Yo
aún era muy pequeña, pero imagino que este es el tipo de noticia que si un niño comprende no llega a olvidar nunca, uno
de esos casos que tienen posibilidades de llegar a los medios, y
que tal vez tú también recuerdes. Pero aquella ejecución ofrecía controversias adicionales: en 1989 el Tribunal Supremo había declarado que la Constitución no prohíbe las ejecuciones
en casos de discapacidad intelectual o locura, y un mes más
tarde la ejecución de Dunkins, cuya discapacidad era conocida
tanto dentro del corredor como por la opinión pública, vino a

ser una especie de inauguración de una larga temporada que acabaría llevando a la silla eléctrica a personas con retrasos cognitivos importantes.

Con la misma agilidad con que se consideró constitucional la ejecución de discapacitados psíquicos, a los pocos años se consideró inconstitucional en la mitad de los estados que aplican la pena de muerte. La teoría era injusta: bajo la misma Constitución y por el mismo crimen un recluso podía morir o vivir dependiendo del estado en que hubiera cometido el delito; pero la práctica era aún más cruel, pues la realidad es que ninguno de los estados exoneró de la pena de muerte a aquellos que sufrían algún tipo de disfunción mental o locura, es más, años después, cuando las pruebas de ADN pudieron demostrar que algunas de las ejecuciones se llevaron a cabo contra inocentes, se constató que muchos de ellos no contaban con los recursos mentales necesarios para apoyar su propia defensa. Tanto es así que algunos murieron sin ni siquiera ser conscientes de que estaban siendo ejecutados.

Cuando la mañana de su ejecución le preguntaron a Helen Johnson qué deseaba pedir como última cena, ella respondió que una tarta. Un par de horas más tarde, cuando el alcaide de la prisión entró en la celda dispuesto a prepararla para la inyección inminente, vio que la rea solo se había comido una pequeña porción de la tarta. Con sarcasmo le preguntó si no le había gustado. Ella, totalmente desarraigada de su realidad, respondió que sí, que le había gustado mucho, y que por eso había dejado el resto para después de su ejecución.

El alcaide soltó una carcajada, y una hora después la ejecutó.[25]

22 de junio de 2013
Unidad de Mountain View

Mi amor, yo nunca había visto un león. Si había visto alguna fotografía antes de mis siete años, lo olvidé por completo, claro que, como con tantas otras cosas, me habían explicado su apariencia. Pero uno no puede ver de oídas, por eso, cuando hace dos semanas me dijiste que ibas a visitar el zoológico del Bronx en Nueva York te pedí el favor de que fotografiaras a los leones. Ha sido emocionante ver la belleza de ese animal; sin embargo, me habían dicho que era altivo, majestuoso, de mirada desafiante, y no hay nada de eso en la fotografía que me mostraste. Su mirada me parece opaca, sumisa, triste. Si de algo sé, es de opacidad, de sumisión, de tristeza, así que sin duda puedo afirmar que la imagen del león no se corresponde con ninguno de esos rasgos principales que de este animal me han contado. He oído decir muchas veces que el león es «el rey de la selva», pero ahora pienso que tal vez es la selva la que le confiere su majestad, porque el animal del zoológico es un rey en su belleza, pero un rey sometido. No me gustaría entrar en ese zoológico, porque creo que se parece bastante al corredor. Al principio de la carta que le estoy escribiendo a mi padre puse una cita, es algo que encontré en un libro: «Aquellos que miran sufrir al león en su jaula se pudren en la memoria del león.» ¿Sabes que desde hace unos meses y aproximadamente una vez al mes recibimos *tours* de estudiantes guiados por sus profesores?[26] Nos miran en nuestras jaulas y el profesor les anima a que nos hagan preguntas para que luego puedan escribir una redacción sobre sus impresiones. Yo, me pregunten lo que me pregunten, les cuento que el día en que murió (¿la maté?) mi madre desperté abrazada a ella, y sentí que las dos éramos una, otra vez carne de la misma carne, sangre, yo como una bebé recién nacida, aún conectada a mi madre en un adiós que aún hoy me recuerda que al menos un día en toda mi vida, al menos el día de mi nacimiento, alguien se esforzó por poner mi cuerpo en el mundo. No sé si los chicos entienden todo lo que quiero decir con esto, tal vez incluso se burlen, pero a los profesores les encantan los detalles y a veces también a ellos se les escapa alguna pregunta. No me extrañaría que alguno viniera a verme en mi último día. Como sabes, es tradición del corredor que nos observen durante la ejecución, a través de un cristal que sirve de escaparate a los testigos, los familiares de las víctimas o periodistas que bajo la excusa de su profesión disimulan el disfrute de asistir al gran espectáculo del asesinato legal. Es más, desde hace unos años el Departamento de Justicia Criminal de Texas permite que los familiares de las víctimas inviten a cuatro amigos. Pero estoy segura de que todos los que en ese momento no se apiaden de una ejecutada se pudrirán. Sus rostros quedarán en las retinas de las que vamos a morir y en estas retinas sufrirán el mismo proceso de descomposición. Nadie se salva cuando decide presenciar una muerte. Tal vez yo misma sea imposible de salvar, pero no degeneraré en las retinas de un condenado. Tú, amor mío, también me estarás mirando, pero me mirarás porque yo te lo he pedido, porque sé que tu mirada tendrá la fuerza y la compasión de cerrarme los ojos de manera plácida. Este pensamiento me hace un poco más libre, un poco más animal y menos jaula, un poco más movimiento, más selvática, más pelaje, y más altiva.

30 de octubre de 2017
Unidad de Mountain View

Viví los primeros años de encierro con el miedo de que algún fallo en el protocolo de ejecución dilatara mi agonía. Es lo que se conoce como un *descontrol*, y los casos son frecuentes. No contaba con los recursos que otorga la madurez para atenuar la angustia por medio de alguna suerte de control mental. Hoy sé que mi caso no era una excepción, y que el once por ciento de los condenados a muerte cometieron su crimen antes de los diecinueve años.

Haber sabido en aquellos momentos que no era una excepción me habría reconfortado: ya no sería la única fruta que arrancarían inmadura, y tal vez –como he estado fantaseando en las últimas semanas– tras mi muerte podría germinar junto a otras como yo, a los pies de un frutal soleado. Cualquier compañía, aunque se trate solo de una ilusión, tiene la capacidad de aliviarme. Pero el caso es que cuando conocí la sentencia me sentí la persona más sola del mundo, y mis miedos y angustias se incrementaban día a día en mi celda, especialmente los que concernían al modo en que iban ejecutarme, la inyección letal, pues decidí aceptar el método más común en Mountain View, valorando la mayor experiencia que el verdugo debía de tener tras décadas de ejecuciones.

Me aseguraron que el proceso de muerte es exhaustivo, or-

202

denado, preciso, y que todo un equipo compuesto por los guardias, el alguacil, el capellán y el personal sanitario se esforzaría por cumplir al milímetro la apretada agenda de mis últimas horas. Pero aun así vivía con un pánico tenaz, y es que había escuchado otras versiones, historias, testimonios reales sobre equivocaciones constatadas y bastante comunes. Circulaban los rumores de casos concretos, como el de Alpha Otis Stephens, que, al igual que Horace Dunkins, sobrevivió a la primera descarga en la silla eléctrica. Pero en este caso se difundían además ciertos detalles, y en esos detalles se escondía el peor de los demonios. Como tras la primera descarga el cuerpo de Otis estaba demasiado caliente, el médico necesitó ocho minutos para que se enfriara antes de poder confirmar que seguía vivo y solicitar una segunda electrocución. Un oficial lo justificó diciendo que no había habido ningún fallo en el sistema, y que el único problema fue que el cuerpo de Stephens, simplemente, no había «resultado ser un buen conductor de la electricidad».[27] A menudo aquellos que son ejecutados en la silla eléctrica arden en llamas antes de morir, generalmente comenzando por los lugares donde hay más vello: la cabeza, las piernas o los brazos. Por eso la depilación previa es fundamental desde que el cabello de uno de los últimos reos se incendiara con llamas de hasta quince centímetros y una pantorrilla se calcinara por completo. Lo demás es inevitable: los ojos se salen, las uñas de las manos y de los pies saltan. En la horca se repiten los casos de cuellos estirados o cabezas cercenadas. Podrías acusarme de morbosa al escribir estos detalles, pero tú no podrías describirlo de otra manera, nadie podría describirlo de otra manera. O se cuenta, o se silencia. Aunque se trate de una tortura institucionalizada por el Estado no hay forma humana de describirla sin apelar al horror. Eso es todo. Cuando la cabeza del recluso se convierte en una bola de fuego es difícil decirlo de una manera más delicada. De hecho, no creo que ninguno de los testigos que de forma voluntaria vienen a presenciar las ejecuciones pueda describirlas sin dañar la sensibilidad de cualquiera. No puede existir algo así como un «trovador» de la pena de muerte.

Padre, el horror que me traía la idea de la muerte en la silla eléctrica me reafirmó, antes de conocerte, en mi decisión de no solicitar otro medio de ejecución que el de la inyección letal. Pero también se denunciaban fallos en este sistema, y oí de casos que algunos días terminaban por romper mis nervios hasta dejarme temblando en el suelo de la celda. Romell Broom llegó a recibir dieciocho pinchazos, ninguno de los cuales logró encontrar una vena que pudiera soportar la vía por la que circularían las drogas letales.[28] El proceso duró dos horas, en las que Romell trató de colaborar en la búsqueda de la mejor vena, hasta que comenzó a llorar. Los reos conocen estas historias y cuando les inyectan el primer fluido a veces preguntan agitados: «¿Está funcionando?» El gobernador de Ohio hizo una llamada para detener y aplazar la ejecución de Romell por ser una clara violación de la cuarta, la octava y la decimocuarta enmienda de la Constitución. Yo ni siquiera sabía cuáles eran esas enmiendas, pero pregunté, y cuando al cabo de unos días mi abogado me dio la respuesta, la conservé entre las hojas de un cuaderno: «Tampoco se pondrá a persona alguna dos veces en peligro de perder la vida o algún miembro con motivo del mismo delito. [...] No se exigirán fianzas excesivas, ni se impondrán multas excesivas, ni se infligirán penas crueles y desusadas.»

El Tribunal Supremo ya ha establecido una nueva fecha para Romell Broom, volverá a la camilla un día de junio de 2020. Será puesto más de «dos veces en peligro de perder la vida con motivo del mismo delito».

Por suerte, las tres cuartas partes de la tortura pasarán pronto, y por suerte también, y quizás deba decir *gracias a ti*, no se me aplicará ninguno de los medios penitenciarios de ejecución: moriré sobre la mesa de un quirófano. De haber sabido los cambios vitales que me traería el hecho de haberte encontrado le habría ahorrado a mi mente muchas horas de martirios, cuando no paraba de pensar que la inyección letal podría no penetrar la primera vez, ni la quinta o séptima, y la tortura llegara a estirarse como un elástico hasta que también mi muerte formara parte de esas pesadillas y angustias que otros presos recrean al pensar en su último día. Me aterraba imaginar que ni siquiera después de muerta cesaría mi muerte, pues mi nombre pasaría de rea en rea como ejemplo de «la que tardó muchas horas en morir». Me apenaba ser el ogro con que las reas adultas se asustarían las unas a las otras: «Robyn la de las venas duras», «Robyn la mil veces pinchada». En cualquier caso, independientemente de los detalles técnicos, mi día, padre, se acerca. La guadaña de un campesino sin respeto a los campos me llama.

Se te olvidó felicitarme en mi último cumpleaños, el último de verdad, el número treinta y dos. No llegaré a la edad de ese Cristo del que me hablas.

4 de noviembre de 2017
Unidad de Mountain View

Amor mío, me he dado cuenta de que a veces me refiero a la muerte de los que estamos en el corredor con la palabra *ejecución*. Voy a rectificar, de manera que sea, por otra parte, más acorde a la ley:

Hace años, en el certificado de defunción de un condenado a muerte en Texas, se marcaba una casilla incluida para tal propósito, esta casilla indicaba: «Muerte por envenenamiento letal». Pero ahora el certificado de defunción ha cambiado, y se ofrecen solo seis casillas, que deben compendiar las *seis formas de morir en Texas*:

– Muerte natural
– Accidente
– Suicidio
– Homicidio
– Desconocida / No se puede determinar
– Pendiente de investigación

Actualmente la casilla que el funcionario debe marcar en el caso de una ejecución es la de *homicidio*. Por tanto, los certificados de defunción que dejamos los condenados a muerte son el testimonio legal de que el Estado comete, de manera regular, homicidio. Ignoro por qué no existe una casilla para el asesinato. En el caso de que existiera, nuestra defunción debe-

206

ría marcarse con una cruz en esa casilla, pues la muerte que se nos impone se da bajo los agravantes de *alevosía* –el que va a morir no puede defenderse y el agresor no corre ningún riesgo–, *ensañamiento* –la agonía del que va a morir se aumenta deliberadamente– y *precio, recompensa o promesa* –el verdugo recibe una retribución económica por cumplir con su cometido.

Así pues, mi añorado Zhao, debería referirme a estas ejecuciones, y a la mía propia, por su nombre: asesinato. Así se lo he expresado también a mi padre en su última visita: seré asesinada por el Estado, el 11 de diciembre, antes de mi treinta y tres cumpleaños.

El día antes de que se llevaran a Ms. W, ella misma me explicó cómo sería nuestro asesinato, tal como se lo explicaron a ella, detalle a detalle. Me lo contó de una manera fría, pero no era una frialdad que procediera de Ms. W, sino de una coraza necesaria para sobrellevar el protocolo de muerte. De hecho, no creo que ni siquiera pensara en lo que estaba diciendo mientras me lo decía, pues su voz no tenía inflexiones, más bien sonaba a ese pitido monocorde con que un monitor cardíaco delata la caída del corazón. Ese protocolo final, la culminación del asesinato, sucede como sigue:

– Si el reo lo desea, el capellán estará junto al él las veinticuatro horas del día de su asesinato.

– El reo tiene derecho a recibir una visita de cuatro horas a partir del despertar de ese mismo día.

– Tras la visita, el reo es conducido a la ducha, y luego de nuevo a su celda.

– El reo solicita su última comida.

– El reo le dice al alcaide el modo en que desea que se disponga de sus pertenencias.

– El reo tiene derecho a hacer una última llamada, siempre que sea de ámbito nacional.

– Un poco antes de las seis, el director de la prisión, el capellán y un par de personas más entran en una pequeña habitación, junto a la cámara de la inyección letal. En esta habitación hay un teléfono y ahí se reciben dos llamadas; una es la llamada del despacho del fiscal general, que, en el caso de que no queden más aplazamientos, confirmará que el Tribunal Supremo da autorización para el asesinato inminente. Los aplazamientos pueden llegar en el último minuto, aun cuando el reo ya esté en la cámara de ejecución. La segunda llamada es del gobernador, e informará que, una vez revisado el caso, no va a intervenir. El gobernador casi nunca interviene, así que las posibilidades de un aplazamiento por su parte son mínimas.

– En el caso de que hubiera moratoria el hombre que sale de la cámara de ejecución ya no parece vivo. Camina de vuelta a su celda con cien años más a las espaldas, y parece que todo lo que no es materia, cuerpo, le ha abandonado.[29]

– Si tras las dos últimas llamadas no hay moratoria se le notifica al preso.

– El alcaide se acerca a la celda, dice el nombre del reo y un mensaje de tres palabras: «Es la hora.»

– Entra el equipo de amarre, formado por cinco hombres. Todos son voluntarios. Estos hombres estarán protegidos: casco, pechera, mentonera, codera, y el principal lleva un escudo de plástico. Deben llevar al reo a la cámara de ejecución y asegurarlo en la camilla en menos de un minuto. Si el reo no ofrece resistencia el amarre estará listo en menos de treinta segundos.

– La caminata final es de cuatro metros, pero los guardias aseguran que al reo se le hace muy larga.

– Se le pide al reo que se siente en la camilla y luego se recueste, como en un hospital.

– Cada miembro del equipo de amarre se encarga de asegurar la parte del cuerpo que le corresponde, que es la misma parte que amarran en todas las ejecuciones.

– En un cuarto contiguo el verdugo prepara los productos químicos.

– Los enfermeros o técnicos sanitarios entran en la cámara de ejecución. No hay ningún médico, pues de acuerdo con el código de ética de la Asociación Médica de Estados Unidos la participación de un médico en el proceso de la pena capital no es ética y, por tanto, se desaconseja.

–No es poco común que la preparación insuficiente de los técnicos haga más doloroso y largo este proceso, por ello se recuerda al reo la importancia de su buena disposición.

– Se abre una vía en el brazo izquierdo. El derecho se utilizará solo si sucede algún imprevisto con la vía del brazo izquierdo.

– El alcaide abre las cortinas de la cámara de ejecución, justo enfrente de la camilla. La cámara de ejecución queda así comunicada visualmente con la sala desde donde los familiares y testigos presenciarán el proceso de muerte. A un lado, las sillas para los familiares, testigos y amigos de la víctima, al otro, las sillas para los familiares del condenado.

– Una vez descorridas las cortinas de la cámara de ejecución, el alcaide asiente con la cabeza y entonces comienza a entrar el público: primero, los familiares de la víctima.

– El alcaide se sitúa a la cabeza del preso. El capellán, a los pies.

– Cuando todo el mundo ha ocupado su lugar, el director se asoma a la puerta y dice: «Alcaide, puede usted proceder.»

– Se cierra la puerta. Es muy pesada y hace un gran ruido. (Recuerdo que Ms. W subrayó una observación triste: esta puerta no se volverá a abrir hasta que el reo sea declarado muerto.)

– Se recuerda a los familiares y testigos de ambas partes que nadie podrá salir de la sala antes de la muerte del condenado. Es indiferente si alguien sufre un ataque de pánico o un ataque al corazón, las puertas no se abrirán hasta que el proceso se haya completado.

– El alcaide pregunta al reo si desea hacer una última declaración. No debe superar las cien palabras. Tras la declaración, si la hubiere, al reo le quedan solo dos minutos de vida.

209

– Cuando el reo termina de decir sus últimas palabras, se procede con las inyecciones.

Dicen que durante este proceso se podría oír el batir de las alas de una mosca. Pero este protocolo, como ya sabes, Zhao, no se llevará a cabo conmigo, y aunque voy a morir de todos modos, sin duda el método que me aplicarán será más *humano*, si es que se me permite utilizar este término en cuestiones de tal índole.

10 de noviembre de 2017
Unidad de Mountain View

Padre, no creas que, a veces, cuando necesito algo de cariño o, mejor dicho, cuando soy incapaz de controlar esa necesidad replegándome en la placa de plástico frío que tengo por colchón, no he intentado justificar tu absoluto desapego diciéndome a mí misma que, tal como me escribiste en tu carta, no supiste de mi existencia hasta que yo ya tenía casi dieciséis años. Pero cuando tengo estos pensamientos me asalta la ironía que sumó otra desgracia a mi encierro, y es que si yo no hubiera querido conocerte quizás tú nunca habrías sabido que existo y, por tanto, no me habrías pedido nada. Es posible que nunca te hubieras preocupado por averiguar qué había pasado con el contenido de la probeta que entregaste tras firmar que, si de tu esperma se conseguía un *nacido vivo*, ese nacido vivo tendría derecho a un encuentro con su padre biológico al cumplir los quince años. Así es como las clínicas de fertilidad actuales publicitan su éxito: de acuerdo con lo que llaman *nacidos vivos*, es decir, aquellos casos en que el esperma del donante fertiliza el óvulo y llega a cigoto, mórula, blastocisto, embrión, y a todos los estadios antes de arribar al llanto de un niño sano. Yo fui ese milagro de la concepción sintética, y al cumplir la edad indicada no sentí mucho interés por conocerte, pero estando básicamente sola decidí hacer uso de ese de-

211

recho. En mala hora. O tal vez en buena hora. A veces ya no lo sé. A veces aceptar mi muerte o preferir la vida depende de un extraño viento que pasa por esta celda, una brisa que no mueve ni un vello de mi cuerpo, un aliento que susurra palabras de ánimo o desánimo sin que pueda ponerle rostro o encontrar las razones de por qué seguir, o por qué pararme. Solo eso, un viento soplado por los labios de nadie.

Hoy quiero escribirte sobre un detalle que encendió aún más mi pánico al sufrimiento causado por el sistema letal. Fue cuando supe que tras la muerte el condenado pasa a una sala de autopsia. No entendía la necesidad de practicar la autopsia a un cuerpo cuya causa de defunción no solo es conocida, sino que está registrada en cada paso desde 1819. Entonces me informaron de los motivos: es necesario comprobar la cantidad de tiopental sódico, el componente que debería anestesiar totalmente al condenado. Al parecer, 20 mg de tiopental por cada litro de sangre debería ser suficiente para llevar a cabo una operación, pero esto depende del individuo y diversas circunstancias. Si el reo ha abusado de las drogas en el pasado, su tolerancia al tiopental podría ser extraordinaria y, por tanto, la dosis debería ser mucho mayor. Al no haber médicos implicados en el proceso, ni mucho menos interés en el estudio de las particularidades de cada caso, cabe la posibilidad de que el condenado no quede realmente inconsciente, pues según informan las autopsias, hasta un 43 % de los ejecutados mostraron niveles de tiopental demasiado bajos, y, con seguridad, sufrieron. Como la segunda inyección, el bromuro de pancuronio, paraliza cada músculo, aunque el condenado haya despertado de la primera inyección no podrá expresarse de manera alguna, las cuerdas vocales se endurecen, sus párpados están como sellados, su lengua pesa toneladas, con lo cual para los testigos parece estar plenamente dormido, si bien el progresivo color púrpura de la piel indicará que el reo se está asfixiando. De esta manera el 43 % de los condenados podría recibir la tercera inyección, el cloruro de potasio, básicamente sin anestesia, o con una dosis muy inferior a la necesaria, y el sufrimiento que provoca el cloruro de potasio ha sido descrito por los propios médicos con este símil: «Es como ser quemado vivo, pero desde dentro.»

Más allá de esto, en Arkansas y hasta hace cinco años, la ley permitía que el personal de la prisión pudiera elegir *el producto o los productos químicos* con los que sería ejecutado el reo, y esto incluía cualquier tipo de sustancia, lo que quiere decir que si al alguacil se le ocurría inyectarnos lejía o veneno para ratas estaba en su derecho. Hoy me siento aterrada. Ojalá me quisieras en el último instante y yo tuviera modo de saberlo. Y ojalá que los que van a morir mantengan grabados en sus retinas los rostros de los que les están mirando, y se lleven con ellos sus maltrechos espíritus:

«Aquellos que miran sufrir al león en su jaula se pudren en la memoria del león.»

11 de noviembre de 2017
Unidad de Mountain View

Buenos días, padre. Queda un mes exacto para tu trasplante. He entrado en lo que llaman *la vigilia de la muerte*, el periodo que comprende las cuatro semanas previas a la ejecución. Por momentos tengo tanto miedo que temo que para cuando me extraigan el órgano confundan los latidos con el temblor. Si fuera así, tendrías que vivir aterrado para que mi (nuestro) corazón no se detuviera. Imagino que estoy escribiendo algo que no tiene sentido, pero ya no puedo distinguir muy bien lo lógico de lo absurdo. Hoy los sueños siguen siendo una de mis pocas vías de escape. Algunas veces, las peores, son pesadillas *de orden inverso*, es decir, lo que para otro sería un sueño placentero, para mí implica que la pesadilla comienza al despertar. De manera recurrente sueño que estoy libre, y paseo por un parque en el que me cruzo con personas que lucen la libertad en sus expresiones y movimientos. Entonces abro los ojos y al darme cuenta de mi encierro comienza la pesadilla. Soy una enferma terminal que sueña que está sana, y en mi dormir vivo segundos o minutos de salud, pero mi agonía, la más larga, la que durará hasta mi última bocanada de aire, empieza cuando despierto. Yo soy la vigilia de la muerte, soy el final de todo principio. Para aquellos de destino miserable como el mío casi todo lo bello sucede a la inversa. Por eso prefiero las pesadillas convencionales, las que me trasladan a circunstancias que reclaman el alivio del despertar:

– He muerto de sed en una ciudad llena de fuentes. Y al despertar me he alegrado de estar en esta celda.

– Me han lapidado mientras veía que, entre la multitud que me arrojaba piedras, también estaba yo arrojándome piedras, a mí, que me veía entre la multitud que me arrojaba piedras. Y al despertar me he alegrado de estar en esta celda.

– Al final de un callejón sin salida me he visto tirada en el suelo polvoriento, desangrándome durante días, durante meses, durante años, como si los litros de mi sangre fueran infinitos solo para permitirme perder sangre ilimitada. Y al despertar me he alegrado de estar en esta celda.

Otras veces tengo sueños en los que yo no aparezco, que no excitan demasiado mis emociones respecto a mi encierro, y en ellos suelo mezclar las noticias que esporádicamente nos permiten leer en el periódico, genocidios, guerras. Pero la muerte multitudinaria no es lo más importante que habita estos sueños. Lo más sustancial parte del hecho de que, según creo, ahí afuera la muerte individual o colectiva, por sí sola, ha dejado de ser un argumento de interés en las conversaciones. Mi visión de la realidad está hoy bastante mermada, pero no creo equivocarme en esto: la vida ya no importa, y esta es otra de las razones por las que nunca tuve demasiadas esperanzas de salir de aquí, pues si la muerte de miles de inocentes forma parte de un flujo habitual, ¿qué pobre diablo sería capaz de interesarse genuinamente por una parricida? A mi abogado le interesaba el caso porque todos los crímenes que implican la pena capital, especialmente si se trata de menores de edad y de mujeres, son un reto atractivo para la carrera profesional de cualquiera, pero ni una vez, ni una sola vez, se me pasó por la cabeza que quisiera salvar mi vida por otra razón más allá que la de ganar un juicio tan mediático.

Pero te estaba hablando de esa vía de escape que para mí

suponen algunos sueños. No solo me liberan durante el tiempo que duran, sino que cuando despierto me permiten pasar unos minutos más en un estado de bienestar en el cual me parece poder entrever la realidad por unos instantes. Así pasó esta mañana: un vecino coincidía en el ascensor con una vecina y, para amenizar el corto pero incómodo trayecto, ambos aludían a las últimas muertes anunciadas por el telediario. Se veían jóvenes, y a juzgar por las miradas que solían intercambiarse las veces que se habían cruzado en el portal, ambos sabían que la atracción era mutua. Podrían haber aprovechado el trayecto para desnudarse, olerse, chuparse; dos lenguas, dos sexos y ocho extremidades en un ascensor, dilatando los diez segundos de elevación de la carne y la máquina en un tiempo a las afueras del tiempo. Pero el disfrute de los cuerpos sigue siendo más escandaloso que utilizar a los difuntos para pasar el rato. El placer resulta ser más obsceno que el aburrimiento, y al parecer solo hay algo más aburrido que el parte meteorológico: las muertes de todos los días, mucho más rutinarias, certeras y predecibles que los pronósticos del hombre del tiempo. Pero muerto arriba, muerto abajo, lo inédito de mi visión se abre paso en el momento en que el cuerpo de una adolescente naufraga, junto a otras setenta y seis personas, frente a las costas libias. Después de planear como una pluma desde la superficie, la joven se posa en el suelo marino, a ciento veinte metros de profundidad. Sus ojos abiertos en dirección al cielo mantienen aún por unos segundos el brillo de su sueño: paz. Y luego, la paz del deseo cede paso a la paz de la muerte, y en el instante en que ese fulgor ocular se vela como las cataratas que opacan el cristalino de un anciano, el presidente de los Estados Unidos, que en ese exacto minuto roncaba en la cama junto a su mujer (yo lo veo, puedo verlo), sin ni siquiera despertar por la transmutación, se convierte en cerdo. He aquí algo nuevo, por fin, dirían algunos: un hombre se convierte en cerdo, y no un hombre cualquiera, sino el presi-

216

dente de este país maldito. Es algo tan nuevo que su mujer, la mujer del presidente, que no ha notado el cambio del ronquido al gruñido, supone que se trata de una broma macabra, que alguien le ha metido al animal en su cama, cuando en realidad es su marido quien la ha despertado hocicando entre las sábanas que la cubren, aterrado al verse preso en ese nuevo cuerpo. Ella le echa a puntapiés de la casa, y así el magnate comienza a deambular bajo la luz lánguida de las farolas, con la desesperación y el miedo de un hombre y las cuatro patas de lo que, a los ojos del camionero que lo arrolla, es un auténtico cerdo, que inexplicablemente caminaba por las siempre aseadas calles de aquel prestigioso barrio de Frankfurt (no sé por qué veo Frankfurt). Su esposa, la señora T, temiendo despertar una alarma innecesaria, espera veintiséis horas para denunciar la desaparición, cómo va a imaginar que al cabo de cuarenta y ocho el cuerpo de su marido estará ardiendo en uno de los vertederos a las afueras de la ciudad. Pero, padre, lo mejor es la última escena, con la que cierro mi bienestar: sucede cuando también la señora T se transforma en cerdo. Está en una granja, sé que es ella porque tiene los ojos un poco oblicuos, como de loba, unos ojos que la distinguen de las demás cerdas, y también sé que es ella porque en las cerdas se advierte una suerte de nobleza en la mirada que la señora T no tiene. Seguramente por eso, por parecer especialmente innoble, el granjero la ha escogido para su felación diaria. No lo puedo asegurar, pero yo diría que parece que a la cerda con ojos de loba, a la mujer del presidente de los Estados Unidos, le gusta el sexo del granjero, pues los días que él no viene ella no come, se da cabezazos contra la cancela, se desespera, y esa desesperación la lleva a revolcarse en la mierda, dado que no puede tirarse de los pelos.

Lo más parecido a una prisión es una granja, lo más parecido al corredor de la muerte es un matadero.

Pesadillas de orden inverso:

217

He muerto de sed en una ciudad llena de fuentes. Y al despertar me he alegrado de estar en esta celda.

He soñado con hombres-cerdo. Al despertar me he visto acorralada como el ganado. Y me he alegrado de no estar en la cama del presidente de este país.

14 de noviembre de 2017
Unidad de Mountain View

Me pregunto, padre: ¿cuántos pensamientos delirantes habré tenido desde que estoy aquí?, ¿cien?, ¿trescientos?, ¿mil?, ¿uno por hora?, ¿uno por día? No los podría contar, pero sí puedo afirmar que, por muy delirantes que parecieran, casi todos se hicieron realidad. Yo creo que en este lugar vive Aladino, pero no ese genio de la lámpara mágica que cumple tres deseos, sino su gemelo, que ya en el vientre de su madre mordió el pie del Aladino bueno. El ángel Luzbel cayó y el mal genio se agarró a su espalda como un parásito, rogándole en la caída que le permitiera ser su asistente en la tierra. El descenso duró varios días y durante todo ese tiempo y a pesar de las grandes tormentas, y pájaros y aviones y nieblas, Aladino no se despegó, sino que le retiraba a Luzbel los rizos dorados de la cara para que no le impidieran admirar los incendios del ocaso, acercaba los labios azules a sus finas orejas y le susurraba palabras de alabanza a sus malas artes, así como elogiaba la bellísima factura de su cuerpo. Luzbel aceptó a Aladino como asistente. El primero se encargó de los hombres libres y el segundo de los condenados. Por eso en el corredor nuestros pensamientos delirantes son órdenes, pues el tenebroso, el malvado, el Aladino parásito, pone la mano en nuestra frente cada noche y lee los miedos de nuestras pesadillas, y para

219

cumplirlos frota la lámpara con nuestras legañas, que guarda bajo su lengua seca, y dice: «¡Froto una vez, dos, tres: terror cumplido!»

El Aladino parásito sabe que la ira que tensa los pechos de los hombres de hoy es la misma que fluye por el pulso de aquel Calígula que obligaba a los padres a presenciar la ejecución de sus hijos, que violó a sus hermanas y que nombró sacerdote a su caballo. Se aprovecha de que el hombre, como individuo, no ha evolucionado en sus instintos, aunque sí ha logrado establecer ciertos preceptos morales que actúan como un perro pastor: ladra al rebaño para que se mantenga recogido y dócil. Pero no, la humanidad no ha conseguido domeñar su cólera a través de los siglos, y el antiguo asiático que aplastó una cabeza por unos cuantos granos de arroz salvaje estaba regido por los mismos impulsos de muerte que el verdugo que me matará a mí porque es su trabajo. La ingeniería genética ha logrado crear pollos sin plumas, pero ha sido imposible diseñar pollos que no se den picotazos unos a otros, por eso les cortan los picos, porque se podrá hacer de un animal algo irreconocible, se podrá arrancar las garras a las fieras, pero no su vehemencia de ataque en la lucha; tampoco será posible mitigar la angustia del lobo, ni su contento ni su tristeza, por eso podrán apalearlo, dispararle, encerrarlo, pero no le quitarán el aullido que transmite de generación en generación.

Ya el miedo no me abandona. Miedo de que cuando me tiendan en la camilla el Aladino parásito se acerque al anestesista, le toque el hombro con un solo dedo y le susurre administrar la dosis insuficiente de anestesia. Todo el equipo médico sonreirá, todos estarán de acuerdo. Alguien frotará la vena de mi brazo izquierdo. Frotará una vez, dos, tres: «Sentirás la retirada de tu corazón.» Terror cumplido.

220

16 de noviembre de 2017
Unidad de Mountain View

Amor mío, ¿es posible que la cercanía de mi ejecución me esté alejando de ti? Cada vez pienso más en el 11 de diciembre y menos en nosotros. Esto significa que ya empiezo a sentir cómo la muerte me alejará de todo. Quisiera tener el ingenio de burlar al sistema. Quisiera ser una cabeza que habla cuando mi corazón ya no esté en mi cuerpo. No es algo tan extraño, pero yo no he tenido la audacia de Jack Greene.[30] Su cabeza sí hablará cuando su corazón haya dejado de latir, gracias a su último deseo. Greene tiene sesenta y dos años, es el preso con más edad del corredor de Arkansas. Muchos de los que le han tratado a lo largo del tiempo han testimoniado que tiene daños cognitivos y neurológicos severos que le mantienen en un estado de delirio, algo que debería eximirle de la muerte, de acuerdo con la ley —nunca cumplida— de que un reo no puede ser ejecutado si no está en condiciones de comprender su castigo o circunstancias. Pero él ha sido más listo, más listo a pesar de su condición mental, más listo que yo, que no soy capaz de formular una última voluntad que, de algún modo, ponga en jaque a la justicia. El abogado de Greene declara que debido a su psicosis este se llena la nariz y las orejas de papel higiénico hasta que empieza a sangrar, tratando de encontrar alivio para su dolor psíquico a través de las hemorragias. El propio Greene asegura que debido a unas insoportables punzadas del lóbulo frontal del cerebro tiene que clavarse el dedo en un ojo. Pero sí, amor mío, su cabeza hablará después de su muerte, pues ningún abogado ni doctor tiene tanto poder para demostrar el estado de su cerebro como lo tiene él mismo, y es que, como último deseo, Greene ha solicitado una petición muy precisa: quiere que tras la ejecución la cabeza le sea quirúrgicamente separada del cuerpo y sea transportada fuera del estado, y que llegue, de manera más específica, a manos de un médico independiente, la doctora Jan Garavaglia, para que esta evalúe los daños cerebrales. Este es el poder absoluto de Greene, morir para demostrar los errores sistemáticos del corredor. Morir para declarar que de acuerdo con la ley no debería haber sido ejecutado. Morir para exhibir, mediante el estudio de su cerebro tras su ejecución, que ha sido precisamente el Departamento de Corrección de Arkansas y los abusos por parte de los guardias penitenciarios lo que le ha causado el daño cerebral y una demencia severa. Otorgarse el derecho a vivir después de su ejecución, una bella incongruencia: ¿puede acaso imaginarse mayor acto de autonomía que el de no aceptar la vida que nos pertenece como sentencia? Es como decirle a la libertad: ya no te necesito, porque soy libre también de ti. Este es el testamento de Greene: donar su cerebro para conseguir lo que aparentemente es una paradoja: poder redimirse de su muerte una vez que ya nadie podrá revertirla. Así es, la libertad suprema.

Veo que la historia no cambia, o tal vez debería decir que los episodios bíblicos, en especial los más crueles, vienen a repetirse de manera cíclica. La historia de Greene me recuerda a ese episodio en que Salomé exhibe los volúmenes de su cuerpo en una danza que excitaría a las mismas piedras, tras lo cual Herodes Antipas confirma que le concederá, tal como había prometido, cualquier deseo que le pida. Salomé pide la cabeza de San Juan Bautista, que le es entregada minutos más tarde sobre una preciosa bandeja. La historia se repite. Los familiares de las víctimas consiguen la presentación del cuerpo muerto, colgado, guillotinado, tiroteado, gaseado, porque han elegido pasar su duelo contoneándose como hembras en celo ante esas autoridades que les prometen la entrega de la cabeza solicitada. En este caso, podría ser que los familiares de la víctima de Greene tengan que aceptar que esa cabeza siga hablando después de muerta. Hoy Salomé pediría otro deseo si supiera que la cabeza que exigió podría hablar en su contra, tal vez pediría la lengua cercenada en una bandeja. Piensa una última voluntad para mí, Zhao, una última voluntad que me aplaque siquiera un poco ante esta impotencia de no poder hacer nada que haga oír mi queja. Si yo fuera la bailarina más sensual en estas tierras y existiera un rey que me prometiera el cumplimiento de un deseo a cambio de mi baile, no sabría qué pedir. Hace tiempo que la libertad dejó de parecerme una cosa de los hombres, de los jueces, de los jurados, y tengo la sensación de que se trata de una imposibilidad física. Tal vez si me pidieran que bailara a cambio de mi libertad me caería al suelo, y me volvería una mujer invertebrada, dependiente de la sujeción de los demás, mendicante por un esqueleto. Entonces tendría que bailar para pedir un armazón para este cuerpo, otra incongruencia. Piensa una última voluntad para mí, Zhao. Un deseo que me sobreviva y baile en contra de los que me van a matar.

19 de noviembre de 2017
Unidad de Mountain View

Veintidós días para tu trasplante, y me aterra que nadie llore mi muerte. El pensamiento de que nadie más que Zhao me llore me produce más terror que el que siento cuando visualizo la fecha de esa muerte en la lápida: 11 de diciembre. Y, junto a la fecha, una equis, que indica que ahí yace una ejecutada. Qué terrible excepción formamos aquellos que conocemos cómo serán los detalles de nuestra lápida.

Seré enterrada mientras gran parte de este continente se prepara para las fiestas navideñas. Los adornos de las calles ya estarán encendidos, guirnaldas, campanas, renos, uvas, estrellas. Árboles de Navidad gigantescos se inaugurarán con coros de niños en las grandes metrópolis, ante la admiración de locales y turistas. A las afueras de las ciudades, las casas cubiertas con miles de pequeñas lucecitas parecerán un reflejo de un cielo cuyas estrellas no solemos ver en tanta abundancia: la Navidad es la época de las estrellas en la tierra. Las parejas que acaban de enamorarse sentirán que por coincidir su amor con estas fechas su relación estará bendecida por la magia de la luz y la música, que, independientemente de las creencias, a la fuerza tiene que favorecer a los amantes. En los parques los niños patinarán sobre pistas de hielo al ritmo de villancicos clásicos, a la salida les esperará un padre que les quiere, con una manzana glaseada, o un pretzel, o un enorme algodón de azúcar, y siempre la ilusión de las vacaciones, del reencuentro con los primos lejanos, de los vasos llenos de leche para los nueve renos que tiran del trineo de Santa Claus. Pero qué tipo de animal cargará conmigo cuando ya esté rígida. Con qué tacto tratarán a mi cuerpo. Si al menos pudiera escuchar un último villancico..., tal vez así se desencadenaría una sucesión de misteriosos encantamientos y seguiría estando aquí pero volvería a ser niña, y le pediría a Santa Claus que me sacara de esta celda, y cuando me sacaran creería que me fue concedido el regalo que pedí, y como sería niña no sabría nada de ejecuciones, y me dormirían para siempre mientras yo pensaría que lo que están haciendo es dormirme hasta mañana, como a cualquier niño, porque tengo que volver a la escuela y hay que descansar, para estudiar –dirían ellos–, para jugar –pensaría yo–. Pero no, para mí nunca existieron los encantamientos. Seré enterrada mientras los padres ya estarán escondiendo los juguetes en los armarios, disfrazándose de rojo y con barbas, cifrando conversaciones, la mentira mayor y centenaria que casi todos concuerdan en seguir alimentando. Me gusta esa mentira. ¿Por qué nadie puede mentirme a mí y ocultarme la verdadera situación de que cuando el niño Dios nazca yo llevaré unos días bajo tierra, como el juguete muerto por la tristeza de una niña que no vivió lo suficiente para atenderlo?

20 de noviembre de 2017
Unidad de Mountain View

Mi querido Zhao, en tu última carta me preguntas qué hago en estos días para matar el tiempo. Lo que hago es fantasear. Mi máximo delirio es imaginar que desayunamos juntos cada mañana, y que cuando nos vamos a dormir lo hacemos sin conflictos mayores. Pero últimamente el miedo ha hecho que haya tenido que entretenerme en una tarea que me ocupe más tiempo, por eso estoy levantando un laberinto, uno donde me gustaría encontrarte después de que golpeen mi puerta con las tres palabras: «Es la hora.»

Echo simientes en la tierra y largos tallos con sus hojas comienzan a brotar desmedidos, como si también las pepitas ansiaran liberarse, y jugar fuera de los límites de un jardín, de un parque, de un diseño paisajístico sometido al presupuesto imperial y al concurso de los mejores arquitectos de la siempre ordenada ciudad. Es bonito ver cómo las plantas se entrelazan, enredándose unas con otras para formar estas tapias vegetales que te darán sombra sin reclamarte que justifiques dónde estás ubicado en ese momento preciso. Tampoco nadie sabrá localizarte, pues he construido este lugar como punto ciego, ángulo muerto para los ojos arrogantes de la ley, de los satélites, del espacio, y hasta de Dios.

Un poco después de las tres palabras, «Es la hora», podrás

226

ver la entrada de mi laberinto, presidida también por palabras, pero de una naturaleza muy distinta, que colocaré justo antes de perderme por los corredores vivos:

Yo no temo la flecha del amor.

Escogí estas palabras porque quiero evitarme así el trabajo de expulsar a otros hombres que, al contrario que tú, son enamorados indecisos, aprendices de tiro, neófitos que temen atravesar el centro de la diana. No, no seré nunca diana en la que otros templan su puntería, sino tu blanco certero, blanco de ti, mi amante rotundo y decidido. Lo escribiré, también, para cazadores que, a falta de la mejor arma —el corazón—, llevan rifles para someterse a la tarea absurda de la búsqueda. Me conoces bien y sabes que no soy yo presa de jauría, liebre obcecada en cansar a los perros. El cazador que encuentra más placer en la persecución que en el sabor de la carne no podría conocer jamás la proteína sin procesar de este cuerpo mío que se ofrece sin olor a estrés, a trauma, a huida. No soy entrenadora (venado, gacela, mujer en celo) de hombres vacilantes.

Mi querido amor, has de saber —cuando ya me haya ido— que dentro de todas las complejidades de esta cabeza mía, dentro de todos los muros orgánicos de mi cerebro —un laberinto dentro de otro laberinto—, me aparté del amor concebido como la lucha entre un hombre renqueante y una mujer esquiva, y por eso, de un segundo al otro, me entregué a ti, porque si alguna vez me hicieron daño, ya lo había olvidado, o lo quise olvidar, que es igual. Me di a ti, siempre, por primera vez.

No olvides, pues: *Nunca temí la flecha del amor.*

Quisiste estar a mi lado y no hice que consumieras tus fuerzas en conquistarme. «Aquí me tienes», dije, «me doy por conquistada», y antes de terminar la frase ya estaba tendida, con mil puentes que extendí por si entre tu cuerpo y el mío hubiera —como suele haberlo entre todas las personas— algún abismo.

Te agradezco que jamás dejaras que mi ilusión se viera disminuida por un sí pero no, por un tal vez luego o acaso mañana o quién sabe si nunca, por cualquiera de esas reticencias con que dejamos que la vida se nos vaya –aunque la mía ya estuviera casi ida–, ignorando que debemos venerar el improbable momento en que una flecha recorre las galerías de un laberinto, y rompe de manera inexplicable la trayectoria recta de la lógica para llegar a encontrar ese espacio entre muslo y muslo de donde mana el agua con que rocío estos caminos, cántaro de una mujer que tiene que regar la mayoría de las noches (y qué remedio) sola.

Sueño con el día en que llegues al otro lado. «Arquero, ¿has visto lo que hay escrito a la entrada?» Te preguntaré como si no te recordara. Tú asentirás con la cabeza, y yo me dejaré apoyar sobre las hojas verdes con que durante años he adornado esta casa de muros sin techo, y te miraré:

«Bienvenido seas.»

Pasarás la mano por las paredes de rosas salvajes entre la enredada yedra, yo me pondré de rodillas, y antes de que tu arma roce mi cuerpo interrumpiré su ascenso en el aire y zas, la agarraré para posar su punta en el espacio que separa mis cejas. Así comenzará mi placer: fijaré el pulso de tu arma erótica en mi frente, con mis pensamientos aliviaré tu inquietud, aseguraré tu puntería, y los dos juntos terminaremos de tensar el arco.

Arrancarás una rosa y limpiarás la punta de la flecha con la flor. Cuando vuelvas a insertármela dentro de mí germinará un mar (esta manía que tengo de ver vida en todo). Cuando me amas, no hablas. Está bien. El lenguaje no es tan importante: una gota de tu saliva, una papila inflamada por la sal de tu sudor ordenará la sintaxis de este laberinto mío: que germine la flecha del amor (esta manía que tengo de ver vida en todo).

Te esperaré en el laberinto a partir de la madrugada del 11 de diciembre. Es fácil de encontrar. Si duermes bocabajo basta con que te des la vuelta para que me veas tendida sobre ti, como la rama liviana de un olivo que descansa:

Yo soy la parte suave del árbol.

Es 11 de diciembre. Ha llegado la fecha de ejecución de Robyn, que espera en una celda contigua a la cámara donde se administra la inyección letal.

Lo insólito del caso de una condenada a muerte que se ha prestado como donante cardíaca ha traído a decenas de periodistas a las inmediaciones de la Unidad de Mountain View y de la Unidad de Huntsville, donde será ejecutada. Tampoco faltan los habituales que viven pendiente de cada ejecución y que se han desplazado –algunos de ellos desde muy lejos– solo para poder disfrutar de la mínima posibilidad de que Robyn escuche sus deseos: que la muerte le duela, y que en pocas horas se encuentre ardiendo en los infiernos. También han llegado al lugar, igualmente bulliciosos, los detractores de la pena de muerte. Pero las multitudes, sean del tinte ideológico que sean, no bastan para eximir a Robyn del protocolo dirigido por el alcaide, que ha de ser lo más igualitario posible con respecto a las demás compañeras del corredor. Así lo solicitan también los gritos y pancartas que sujetan aquellos que han acudido al lugar para exigir que Robyn no sufra menos de lo que sufre cualquier asesino que va a ser ejecutado. El alcaide de la prisión hace unas declaraciones para templar a las masas, y asegura que, para simular el proceso hasta donde lo permitan las particulares circunstancias, lo último que verá Robyn será la cámara de ejecución. Garantiza que Robyn será sedada en la misma camilla en la que se ejecuta a los demás condenados, con la única diferencia de que no saldrá de ahí muerta, sino en un sueño inducido, y ya no despertará, a pesar de la sirena de la ambulancia que ha de conducirla con premura al hospital, y a pesar –esto no lo dice el alcaide– de sus ganas de despertar. El alcaide ofrece detalles más concretos, tal vez para dar una imagen más transparente del proceso: el corazón de la rea seguirá latiendo hasta que en el quirófano un médico lo desconecte de su cuerpo y con sumo cuidado lo traslade al cuerpo de su padre, que estará esperando el órgano a pocos metros de distancia. No olviden –añade antes de regresar al perímetro de la prisión– que todo esto permitirá salvar la vida de un buen ciudadano.

Robyn ha tenido derecho a una visita de cuatro horas. Zhao acaba de marcharse, pero le ha prometido que presenciará, junto a la abuela materna de Robyn y al resto de los testigos, el momento en que la duerman. Tal como Robyn le ha pedido, la mirará a los ojos hasta que se le cierren los párpados.

Robyn ha rechazado la presencia del capellán.

Robyn no ha podido pedir la hamburguesa con la que un día fantaseó. No solo la última cena, sino la comida y bebida de todo el día de ayer han sido elegidas por el equipo médico. Robyn ha comido, no tiene apetito, pero no se siente con fuerzas de contrariar de nuevo al sistema.

Robyn tampoco ha podido ver el amanecer de su último día, como deseó cuando recuperó la vista. Por razones de seguridad, le han dicho. Ella ha contestado que se conforma con verlo desde una de las celdas con ventana fuera del corredor. Pero el guardia ya no estaba ahí, ya nadie la escuchaba.

Robyn ha notificado al alcaide cómo disponer de sus pertenencias: finalmente ha decidido que solo las cartas destinadas a su padre sean para él, lo demás para Zhao. Ella misma ha ordenado los objetos: dos cuadernos en blanco, una libreta con apuntes de sus lecturas o algún pensamiento, un lápiz, los diarios de su madre, dos pastillas de jabón, la correspondencia con Zhao, con su padre y alguna que otra carta de personas que la han apoyado, recortes de periódicos, algunas fotos, un pequeño reloj y una flor amarilla seca.

Robyn ejerce su derecho a una llamada. Llama a su padre y le dice: «Hoy es mi último día, solo tú puedes hacer que viva un poco. Te deseo suerte en el trasplante y te pido que si transcurre con éxito cuides de mi corazón, es bueno, aunque no lo creas.»

Van a dar las seis de la tarde. Aunque ya se sabe que no habrá llamada del fiscal general ni del gobernador, el director y otros funcionarios cumplen meticulosamente con el protocolo y entran en otra habitación contigua a la cámara de la inyección letal, donde está el teléfono. El aparato permanece mudo.

También en cumplimiento del protocolo, se avisa a Robyn de que no hay moratoria.

El alcaide se acerca a la celda: «Es la hora.»

Todo se parece tanto a los procedimientos habituales –como en las incontables noches de insomnio– que Robyn teme que su muerte no se produzca a manos de un equipo médico.

Entra el equipo de amarre, ella sabe bien que se compone de cinco hombres. Van protegidos como siempre: casco, pechera, mentonera, codera, y uno de ellos lleva además un escudo de plástico.

Conducen a Robyn a la cámara de ejecución.

Robyn no opone resistencia. El trayecto hasta la cámara todavía pertenece al mundo y, en cierto sentido, lo admira. Por una cuestión visual se marea un poco al no poder ajustar la vista desde el encierro a un espacio más holgado, pero sus nuevos ojos se adaptan rápidamente y Robyn puede apreciar lo que ve: uno de los hombres va delante de ella, en dirección a un pasillo que se estrecha conforme se aleja. Ella sabe que el pasillo es igual de ancho en todas sus partes, y vuelve a admirarse de los misterios de la perspectiva. Piensa que ojalá también ella pudiera perderse a medida que se aleja.

Se le pide a Robyn que se siente en la camilla y luego se recueste.

Cada miembro del equipo de amarre se encarga de fijar una parte del cuerpo.

Robyn queda amarrada en la camilla en veintinueve segundos.

Robyn no tiene motivos para pensar que la han engañado, que su muerte será como la de todos los demás reos, pero aun así tiene miedo. Encuentra algo de tranquilidad al fijarse en una de las diferencias más significativas que vienen a distinguir este proceso del proceso letal: en este momento sí hay un médico en la cámara de ejecución. Pero a simple vista pocos lo advertirían, y las disparidades le parecen brevísimos chispazos en un universo paralelo cuyo colapso será idéntico.

No hay verdugo que prepare los productos químicos, aunque para Robyn el médico anestesista viene a cumplir las funciones de verdugo. Entonces valdría decir que sí hay verdugo y este es médico.

La ética de la Asociación Médica de Estados Unidos no se verá comprometida, al fin y al cabo se trata de restituir una vida a partir de un cuerpo ya sentenciado.

Se abre una vía en el brazo izquierdo de Robyn.

El alcaide se alisa el pelo, se estira el uniforme y abre las cortinas. Da una muestra de consentimiento con una leve inclinación de cabeza y comienzan a entrar los testigos.

El alcaide se sitúa a la cabeza de Robyn. Un flash le ciega e inmediatamente hace que el periodista en cuestión salga de la sala. No se permiten fotos.

El director se cerciora de que todo el mundo ha ocupado su lugar, y entonces da la orden: «Alcaide, puede usted proceder.»

El alcaide pregunta a Robyn si desea decir unas últimas palabras.

No.

Robyn ve a su padre, erguido, ciego, impasible. Le extraña que haya venido, pues a esas horas hace ya tiempo que debería estar ingresado en el hospital a la espera de su corazón. Vuelve a temer que algo no esté funcionando como estaba previsto, pero aleja el pensamiento. Por un momento le gustaría que su padre pudiera verla, por un instante quisiera volver atrás aun a costa de renunciar a la capacidad de ver de los últimos años, todo a cambio de que su padre pudiera estar mirándola ahora. Pero el padre está ciego. Y no llora. Al menos a ella le parece que no llora. Si tuviera ojos tal vez lloraría, quiere pensar Robyn, aunque sabe que el conducto lagrimal es independiente de los ojos.

Cuando el anestesista inicia su trabajo, la mirada de Robyn ya se ha posado en la de Zhao. Se prometieron mirarse fijamente, pero ambos mueven los ojos dentro del perímetro del ojo del otro, como si acabaran de inventar un nuevo lenguaje al que nadie más tendrá acceso. No se sabe lo que se están diciendo, los ojos de los que van a morir son indescifrables porque ya pertenecen a otro mundo y no pueden entenderse con los códigos de este. Cuando Robyn, adormilada, empieza a cerrar los párpados, Zhao le dice algo que también queda exclusivamente entre los dos, entre los dos y el sueño ligero, entre el sueño ligero y el sueño pesado.

Como ha quedado referido, hoy es 11 de diciembre, y Robyn está pasando por el mismo protocolo de muerte que pasa cualquier otro condenado. Sin embargo, el lector no debe confiar solo en una lectura literal de estos capítulos, pues la realidad de Robyn sucede en múltiples planos. Robyn está viviendo ese día no como un día imaginario sino como un día que sucede y sucedió, y no una, sino interminables veces, cada vez que lo recreó durante dieciséis años. Así ha de ser narrado, porque el que cuenta esta historia, el que conoce el presente y el futuro de Robyn, no ofrecería una visión veraz de los hechos si presentara únicamente el desenlace que se corresponde con la realidad final, y es que la realidad diaria de Robyn, como la de todos, se encuentra en su presente, y además esa realidad, también como todas, sucede en dos ámbitos: aquel que todos ven y aquel que cada uno vive en la incertidumbre solitaria de sus pensamientos. Lo que se siente tiene la misma consistencia emocional, y aún más, que lo que sucede. Así, debo ser fiel a dos narraciones: la que ocurre de acuerdo con el sentir de Robyn y la que ocurrirá como desenlace inesperado para todos, también para ella. De esta forma, la justificable tristeza de Robyn también puede equilibrarse con mi promesa de que, a pesar de lo que parece evidente –y como suele decir el optimista en situaciones de incertidumbre–, *todo va a salir bien*. Lean el presente que ella está sintiendo, pero tengan fe en el futuro que no puede sentir hasta el final de este relato, cuando ambas realidades –la exterior y la interior– converjan. Hasta ese momento, pues, consideren esta narración desde la suspicacia más positiva: la del incrédulo que tiende a desconfiar del poder real del infortunio que tiene ante sus ojos:

Todo va a salir bien.

5. El corazón

21 de noviembre de 2017
Unidad de Mountain View

Mi querido Zhao, me he imaginado muchas veces mi corazón metido en una bolsa con un líquido de preservación. ¿Recuerdas? Hace unos meses y a petición mía me informaste de todo el proceso, y en una de tus cartas me adjuntaste aquella foto que también te pedí. La he mirado infinidad de veces: el médico saca de una nevera portátil una bolsa con un corazón en su interior. Me resulta hermoso, se parece a un pez anaranjado que siendo niña gané en un juego de feria, estaba también en una bolsa, y aunque era más pequeño, me parece que al igual que el corazón tenía el poder de llenar el amplio espacio acuático, ese universo creado para un ser nacido de antemano cautivo y solitario. La fotografía me hizo recordar también algunos detalles, como que yo misma traspasé el pez de la bolsa a una pecera redonda. No me acuerdo de cuánto tiempo vivió el pez, lo cual me entristece, porque desearía que su diminuto corazón siguiera flotando como una carpa colorida en la memoria eterna de la niña que fui. Tal vez tenga suerte y algo parecido esté por sucederme a mí: he sido una pecera temporal, una bolsa con un nudo que podría haber pinchado en cualquier momento, un organismo vulnerable, y es mejor que la vida que llevo dentro pase a una pecera de verdad, al cuerpo de mi padre, de paredes inflexibles, frías, resistentes. A pesar de todo, a

239

veces preferiría terminar de latir para siempre, olvidar el trasplante, que por momentos me hace creer la quimera de que me permitirá vivir en otro. Ahora que mi fecha ya está realmente cerca el solo pensamiento de mi padre me produce rechazo, y creo que si fuera un pez naranja saltaría hasta caer al exterior de la pecera, y me ahogaría a mí misma en la sequedad del suelo mil veces pisado. Pero tristemente no tengo ese poder, porque no soy el pez, sino la bolsa, no el contenido, sino el plástico de piel frágil y efímera.

24 de noviembre de 2017
Unidad de Mountain View

Padre, tu petición me dio algo positivo: era la primera vez que alguien esperaba algo de mí.

Nada más sentarme al otro lado del cristal me preguntaste si era cierto, si de verdad te estaba pidiendo un precio por mi corazón. Me hiciste sentir mal. Te contaré algo. Cuando era pequeña mi madre me regaló un hámster. Yo solía meter el dedo en la jaula y el animal me mordía. Lo hacía siempre, me atravesaba con esos dientes tan finos y yo, también de manera invariable, ya con el dedo sangrando fuera de la jaula le decía: «Tú no eres malo», y entonces volvía a meter el dedo y él volvía a morderme en la herida ya abierta. Siempre metía el mismo dedo, como si cambiar de dedo pudiera cambiar ese hámster por otro, y yo quería que ese, y no otro, cambiara, que no me mordiera. Como los dientes eran tan afilados se me acabó por formar una cicatriz que aún conservo. Hoy me enternece recordar mi perseverancia en la búsqueda de la bondad de ese animal, porque otra vez y otra vez y otra vez metía el dedo diciendo lo mismo: «Tú no eres malo.» Pues bien, padre, aquel día, cuando me preguntaste si de verdad te estaba pidiendo algo a cambio de mi corazón, sentí algo muy parecido al comprender la absoluta falta de conciencia que tenías acerca de lo que tú me habías pedido a mí: tú eras la rata que estaba en la

241

jaula, y yo metía el dedo para comprobar si volvías a morderme, y sí, me mordiste, me hiciste sangrar, me heriste, y me dejaste una herida sobre la que pasaste muchas veces más para asegurarte de que se convirtiera en la cicatriz que me recordara que jamás dejarías de morderme.

El caso es que aquel día, cuando me preguntaste si de verdad no iba a entregarte mi corazón a cambio de nada, cogí fuerzas para articular un «de verdad» como respuesta. Solo dije eso, y tú diste un golpe tan fuerte en el cristal que uno de los guardias tuvo que sacarte de la sala. Luego supe que te habías roto cuatro dedos. Imaginé que para ti yo era la rata rabiosa que nunca cambia, y estuviste un mes sin dar señales de vida. Me avergüenza reconocer que te eché de menos. Es curioso, cuando leas esto es probable que yo ya no esté, y sin embargo aún me avergüenza escribir ciertas cosas. Escribo como si pensara que los muertos también tienen amor propio, cierta timidez, dignidad, ¿será esto la intuición que un mensajero ingrávido me envía para decirme que me espera algo más allá? Y si existe una bienvenida para mí, ¿me dejarán pasar o solo tendré identidad de muerta cuando muera mi corazón, es decir, cuando mueras tú? Imagino que esto último es una idea estúpida, es algo que me contó Zhao, una creencia de su familia o de su país en la que él jamás creyó, en fin, supersticiones de una condenada a muerte.

Durante el mes que desapareciste, temía tanto que no volvieras y tener que entregarme a la ejecución que me anunciaron el día del juicio que comencé a vivir solo para esperar noticias tuyas. Una posible carta con tu nombre llegó a ser sinónimo de alegría y vida, porque así como tu existencia y lo que querías de mí hacían de ti un visitante casi siempre indeseado, no había nada tan terrible como la certeza de morir tal como el juez me detalló el día de mi sentencia. Donarte el corazón me abría a un abanico de posibilidades, y ya el mero hecho de no conocer, segundo a segundo, el protocolo de mi muerte durante el trasplante me parecía una gran conquista en mi libertad individual, pues nadie tendría por escrito los horarios de mi defunción, y solo las reacciones de mi cuerpo, acaso también mi conciencia, marcarían a los doctores el acabamiento de mi vida. No ellos, sino yo, la coordinación de todos los órganos con mi cerebro, fijaríamos mi último minuto, mi último segundo. En algún momento yo estaría clínicamente muerta, pero apoyada por cuidadosos soportes vitales y, cuando me retiraran esos soportes, mi corazón seguiría latiendo. La diferencia entre asesinarme de un modo u otro era la diferencia entre la certeza de que la vida acababa o, de algún modo, seguía. Y luego estaba el respeto al cuerpo: tengo entendido que en un trasplante hay que ser cuidadoso con el cuerpo del donante, en este caso el mío. Hay una persona encargada de que las cicatrices sean lo más discretas posible, de que la piel del donante se mantenga tersa, sus párpados y boca cerrados, su expresión amable, e incluso puede susurrarle al oído alguna frase de despedida de parte de sus seres queridos; en definitiva, alguien se encarga de que el cuerpo le sea devuelto a sus familiares después de todo un proceso de respeto por el mismo. En una ejecución, en cambio, se trata solo de agredir al reo con tóxicos letales de modo que ni los gusanos se atrevan a penetrarlo. La imagen de los gusanos habitando mi cuerpo me parecía aceptable si la comparaba con esa seguridad que tenía de que tras mi ejecución no habría vida, ni siquiera una bacteria, por insignificante que fuera, que no se alejase de mi carne envenenada.

28 de noviembre de 2017
Unidad de Mountain View

Algunas de las pruebas médicas ya pude verlas, no solo sentirlas. Vi que las agujas desaparecen en la carne de un modo totalmente distinto a como lo había sentido. Cuando estaba ciega era capaz de determinar la longitud de la parte de la aguja que entraba en mi vena, pero cuando recuperé un alto grado de visión dejé de ver los detalles de lo que no estaba a mi vista, era igual que si la parte de la aguja bajo mi piel dejara de existir y solo permaneciera un picotazo inexplicable, anónimo. Tal vez sea por eso por lo que llevo tantos años sintiéndome, yo misma, invisible: lo soy porque este mundo es un mundo de videntes que no ven esa parte encubierta que conforma todo lo que existe, todo lo que vibra y escuece. Soy la aguja que se pierde tras la carne, la aguja que deja de imponer en el momento justo en que cumple con su razón de ser: pinchar, extraer. Hay mucho dolor soterrado, muchas alegrías, mucho que decir desde las regiones más ciegas de nuestro cuerpo.

A las primeras pruebas de sangre para comprobar los valores básicos que irían completando el camino hasta establecer si mi corazón tenía posibilidades de ser aceptado por tu cuerpo siguieron otra serie de mediciones básicas, como el peso. Cuando me pusieron en la báscula caí en la cuenta de que hacía ocho años que no me pesaban, y que la última vez

244

fue en esa misma báscula, cuando ingresé en prisión. Antes de entrar pesaba cincuenta y cinco kilos, lo recordaba, pero no me sorprendió saber que había perdido diez kilos. Por lo visto, debía engordar hasta llegar a los cincuenta para poder estar en condiciones de ser donante, así que durante los últimos meses las raciones de comida no han sido más sabrosas —sería una ingenuidad por mi parte esperar eso— ni tampoco más abundantes, pero sí más compactas; una cucharada de puré pesa como una piedra, imagino que lo que marca la diferencia es la harina y la mantequilla, todo se mezcla en mi lengua como arena y grasa sin sabor. Si me hubieran dado, siquiera una vez por semana, esa hamburguesa adiposa que aún me gustaría pedir como última cena, estoy segura de que habría engordado antes y por el mismo precio. Pero en la prisión, y más allá de mi caso tan particular, es importante no concedernos ningún privilegio, e incluso privarnos de tanto como sea posible, de cualquier atisbo que pudiera llevarnos al pensamiento de que un día, ya muy lejano, tuvimos instantes de bienestar.

Para narrar la escena que sucede en este momento recurriré a algo que dijo Robyn anteriormente, en referencia a la importancia de ver lo que se nos oculta. La aguja con que nos van a pinchar nos impone mucho más cuando podemos verla fuera de nosotros y en todo su tamaño que cuando, de hecho, cumple con la función que tememos y se inserta en la vena. Es al pincharnos cuando la aguja empieza a parecer menos aguja, a perder entidad, hasta se diría que es más corta. *Lo que se nos oculta significa,* podríamos resumir. Y hace tiempo que, como narrador, no puedo contar datos de vital importancia para esta historia, un recurso destinado a ofrecer una visión mucho más integral de lo que pasa en el interior de Robyn. Silencio una parte de la verdad para revelarla al completo, y dejo a cargo de la elipsis la posibilidad de una información más precisa y verdadera. Baste por ahora en insistir en que *lo que se nos oculta significa,* y debo recordar de nuevo que en este caso lo que se nos oculta nos llevará a un desenlace –discúlpenme el lugar común– feliz.

Cómo explicar esta imagen. Si en el quirófano hubiera un insecto –pongamos, una libélula– y esta libélula es-

246

tuviera justo en el techo y centro de la sala, y si nosotros pudiéramos ver a través de los miles de facetas hexagonales que componen sus ojos, no solo veríamos dos mesas quirúrgicas con sendos cuerpos, sino que podríamos registrar a la vez todos los detalles, lo grande y lo pequeño: no solo un padre tendido en una mesa, no solo una hija tendida en una mesa, no solo un equipo de seis personas, sino un corazón quieto en una bandeja mientras que una máquina asume sus funciones, conectada –como hace solo unos minutos lo estuvo el mismo corazón– a un hombre. Pero el ojo humano no puede ver todo el entorno al mismo tiempo, y así hay que mirar lo global por partes:

Hay dos cavidades torácicas, separadas por unos tres metros de distancia. Así vistos, hombre y mujer con un hueco en el pecho, se diría que no son cuerpos biológicos sino artificiales. Rodeados de cables y con personal uniformado de verde que opera sobre ellos como obreros en una fábrica, con movimientos precisos y mecánicos, el hombre y la mujer parecen últimos modelos de androides, con miembros biónicos que están siendo ensamblados como piezas frías de automóviles en serie. Vivir con un agujero en el pecho no es natural, de modo que el pensamiento intenta buscar soluciones, y nos ofrece datos de acuerdo con experiencias previas, el ojo envía al cerebro información cinematográfica: no son personas, son tecnología de un siglo venidero.

El cerebro no sabe reconocer la verdad de una imagen en apariencia contraria a la vida: una mujer, un hombre, con un hueco en el pecho, y uno de ellos vive a pesar de ese hueco. Por ello, para entender mejor esta escena hay que ofrecerle información al cerebro, permitir que comprenda la sucesión de imágenes anteriores:

Un cirujano le abre a Robyn un corte a través del esternón.

El padre, aunque sedado, percibe ese primer sonido que conlleva la ablación del órgano de su hija. Pero esto último no se ve, puesto que el proceso de oír no es visual, aunque a juzgar por un leve cambio en la expresión de su rostro semidormido, el padre siente miedo, o tal vez –como habría deseado Robyn, y siquiera remotamente– algo cercano al cariño.

Un cirujano retira el corazón de Robyn mediante un corte transversal de las válvulas y una parte de la aurícula cardíaca.

Otro médico ha supervisado la parada cardíaca de Robyn. Sin dolor, Robyn ha sido oficialmente ejecutada.

El mismo médico apunta la hora de defunción, que deberá ser entregada al verdugo de Huntsville.

Seguidamente se comunicará la muerte a quienes en circunstancias normales habrían sido los testigos, y los periódicos informarán de esa hora de ejecución, con su minuto preciso.

Ahora también el padre está anestesiado, y conectado a la máquina de circulación extracorpórea, esa suerte de enorme corazón artificial y exterior al cuerpo.

Se empieza a preparar el corazón de Robyn.

Un cirujano verifica que es del tamaño adecuado: lo mira como si calculara el peso de un bebé prematuro, lo cual otorga al órgano mayor trascendencia vital, pues esa mirada no solo borra el paso de los treinta y dos años de Robyn por su corazón, sino que lo hace más nuevo que nuevo, no nacido, sino un poco antes de nacer. Es un corazón prenatal.

El corazón de Robyn se ajusta al hueco de su padre con sumo cuidado, el cirujano parece un artificiero tratando de desactivar una bomba para lograr justo lo contrario: la chispa que reinicie la vida, el engarce que burle a la muerte.

248

Se conecta el corazón de Robyn a la aurícula izquierda del receptor. Es la primera vez que Robyn logra llegar a su padre.

Al corazón de Robyn se le elimina la parte izquierda, pues el cuerpo del padre conserva todas sus venas, que se conectarán para el acoplamiento perfecto.

Nuevas conexiones: Se monta la cava inferior y se une a un segmento de cava del corazón del padre, se adapta la arteria pulmonar, se continúa con la cava superior y se concluye con la vena aorta.

Ya están ensamblados los corazones: el de la hija y el padre. Es el corazón de ambos, que se une y se sutura con una técnica que parece demasiado artesana.

Se desconecta la máquina de circulación extracorpórea y el corazón empieza a inundarse de sangre. Parece un rostro vuelto a la vida, de la palidez al color.

Pero ahora queda lo más importante: el color no basta, el órgano resucitado debe moverse. Por unos instantes ninguno de los médicos ni enfermeros parece respirar. Todo es silencio, y por el estatismo extremo este silencio sí puede verse, no es solo una cuestión de oído, es un silencio óptico, visible. Ansían el primer latido. También la tensión puede verse. Esperan tres segundos y entonces el músculo da un pequeño salto, pero vuelve a quedarse quieto: uno-dos-tres, no se mueve durante el tiempo que ocuparían tres latidos. Más tensión, ansiedad en los rostros semienmascarados del equipo médico. Y entonces vuelve a saltar, una vez, y otra, de manera inconstante, arrítmica, hasta que finalmente estabiliza el tiempo entre las sístoles.

La máquina se ha reiniciado. La máquina funciona. Pero que no nos engañe el cerebro: no es una máquina, es el corazón de Robyn, que vivió tan poco que podría decirse que nació para dar vida a su padre.

Así como el titán Cronos, al saber que su destino era ser derrocado por uno de sus hijos, decidió devorarlos nada más nacer, el padre de Robyn debió de ser advertido: su hado dispondría para él la muerte temprana si no lograba sustituir su corazón por el de un hijo. Tal vez guiado por algún astro propicio, el padre encontró esa laguna Estigia que le haría invulnerable: las aguas gélidas y espermáticas de las que nacería Robyn, la creadora de su corazón.

6. La despedida

Es 11 de diciembre, y esta es la realidad sin elipsis, la realidad de Robyn y la de todos, la global, la que nos acerca a la resolución de esta historia:

Robyn sigue en su celda de la Unidad de Mountain View. Son las tres de la tarde y en lo que va de día ha recreado decenas de veces lo anteriormente expuesto: primero ha vivido el proceso de sedación en la cámara de la inyección letal, y luego el traslado de su corazón desde ella hasta su padre, paso a paso, en el quirófano. Todo esto fue contado por la misma voz que ahora narra, pero es Robyn quien lo ha padecido, no se trata pues de uno de esos trucos de ficción y farsa con los que se hace que la protagonista viva algo y luego se nos descubre la trampa: que simplemente lo soñó. No. Robyn no lo ha soñado, lo ha vivido en su mente despierta, en la percepción de todos sus sentidos. Y si se ha narrado con la pulcritud y detalle de lo que sí sucedió es porque para Robyn esta ha sido la realidad durante muchos años y, especialmente, en los últimos días. *Lo que se nos oculta significa.*

En el corredor se muere el primer día, lo demás es un limbo de vidas alternativas hasta la ejecución. Las leyes físicas del tiempo y del espacio de los que van a morir no

253

se corresponden con las leyes de quien habita sin fecha de expiración, con libertad de movimiento y decisiones. Del mismo modo que en la mente y el entorno de Robyn las diferencias entre lo excepcional de su caso y el de una ejecución regular se presentaban como chispazos de universos paralelos de idéntico colapso, Robyn mira alrededor y duda de que esté viviendo en el transcurso de un día 11 de diciembre, instante previo a la hora establecida. Ha acariciado tantas veces la realidad de su muerte que desconfía de la realidad de su vida. Ha releído en tantas ocasiones cómo sucede un trasplante cardíaco que se lleva la mano al pecho, una mano al final de un brazo delgado como la manecilla del reloj de una iglesia. Late deprisa como un segundero, y entonces lo confirma en su pequeño reloj: son las tres de la tarde, es 11 de diciembre y nadie ha venido a darle explicaciones sobre los motivos por los que aún está en su celda. A las tres y media deberían servirle su última cena. Vuelve a poner la mano en su pecho, no suenan campanadas. Aún no. Se levanta del camastro y se mira en el espejo: no parece un fantasma; de nuevo: sí, son *ya* las tres de la tarde pasadas y es *todavía* ella.

Las compañeras llevan horas gritándole que tal vez esto signifique una moratoria. Robyn permanece callada, sabe que no es posible que le dilaten la vida cuando ella misma ha solicitado que se la interrumpan. Tiene ese derecho, que no admite vuelta atrás, y lo ha ejercido. Se sienta en una esquina de la celda con la cabeza entre las rodillas, se balancea y recrea sin cesar su ejecución, como si así pudiera hacer que le duela menos, como si así pudiera exorcizarla porque un exorcismo no es más que un enfrentamiento. Esto hace que un par de veces más vuelva a dudar de su realidad. Finalmente el ruido de un guardia que se acerca, los pasos contundentes, las llaves que tintinean. Todas las compañeras se callan, al igual que lo hacen cada vez que los guardias vienen a llevarse a una de ellas. En ese momento se desvanecen las disputas anteriores que hayan podido tener a través de los años, y se produce el respeto de cada una de las reas en el silencio más absoluto, interrumpido solo por el avance del guardia. Este se para junto a la celda, y Robyn se tapa la cara con las manos esperando las palabras: «Es la hora.» Pero el guardia no pronuncia esas palabras, sino que ha venido a decirle que ha recibido una carta. Se la pasa por la ranura de la celda y Robyn oye cómo se aleja. Debido al sudor tiene el pelo pegado a la cara. Se vuelve a sentar en el suelo y cierra los ojos antes de ver el nombre del remitente de la carta. Cuando los abre se extraña al comprobar que la carta es de Zhao, porque ese mismo día tenían concertada la que sería su última visita y, de hecho, ya debería haber llegado. Hace una semana que no lo ve, pero Zhao nunca falta, así haya tormenta, así estén todas las carreteras cortadas, durante todos estos años siempre se las ha ingeniado para llegar, de un modo u otro. Por eso Robyn se sorprende al recibir la carta cuando ya habían acordado que ese mismo día ella pasaría el tiempo permitido entre sus brazos y, llegada la hora, él la miraría a los ojos mientras sus párpados se cierran. Lo primero que siente Robyn es una mala intuición, una oleada de angustia, dificultad para respirar, pero luego, cuando trata de racionalizar una posible explicación, piensa que tal vez, además de la inminente llegada de Zhao, él ha querido enviarle también una carta de despedida, al fin y al cabo, jamás escatimó atenciones hacia ella.

Antes de abrir el sobre, Robyn lo contempla, vuelven las dudas, el desasosiego, pero también la esperanza de que este sea uno más de los atentos detalles de Zhao. Tan impaciente que no puede siquiera controlar el temblor de sus

manos, se frota los ojos varias veces, en un gesto que parece indicar la intención de prepararse para leer de la manera más nítida y cruda posible el contenido de la carta, de
la cual mostraremos antes la reacción que le produce a
Robyn:

31 de diciembre de 2017
21-24 30th Avenue
Astoria, NY, 11102

Maldito Zhao:

No pienso llamarte Xinzàng, tu verdadero nombre, pues es evidente que el falso te hace mejor justicia. Espero que esta carta te llegue, porque no tenías derecho a quedarte con la última palabra. Ni siquiera yo, que seducida por ti llegué a darte el poder de representarme legalmente, te habría regalado ese derecho. Todo lo que me escribiste podrías habérmelo dicho en persona para que yo pudiera, al menos, encontrar el alivio de responderte, ¿o tal vez creías que la conmoción de lo que me revelaste sería tan grave para mí que me quedaría muda? Tengo tantas cosas que decir ahora que soy libre, más o menos instruida y mucho más comunicativa que melancólica, que ni siquiera a ti te dejaré en ese ámbito del silencio que oprimió mis pensamientos durante dieciséis años. De todos modos, no podré decirte todo lo que quisiera porque tengo que ser breve. Jamás perderé mucho más tiempo por voluntad propia.

Hoy es 31 de diciembre y estoy en el zoológico del Bronx. Sin grilletes, sin uniforme blanco, sin (tanta) palidez. Estoy, más concretamente, frente a la jaula de los leones que por ahora apenas puedo adivinar, pues se encuentran en una pequeña cueva, artificial como su libertad. Tal vez se protegen del frío. Mis piernas aún están débiles por la falta de ejercicio

257

y te escribo sentada en mi bolso y un par de periódicos. No hay casi nadie por aquí. Pero a lo lejos se oye a gente cantar, quizás son canciones propias de estos días de fiestas, esas canciones que pensé que nunca más llegaría a oír. El ambiente festivo que se esboza en la distancia también me motiva a acelerar la escritura de esta carta, pues quiero ser partícipe de la celebración de este último día del año.

Ya he visto a los estorninos de los que me hablaste, justo ahora mismo acaba de posarse uno frente a mí, y recuerdo cada detalle de la historia que me contaste. Aquel Eugene Schieffelin que, un día nevado de 1890, liberara sesenta estorninos en Central Park, creando uno de los mayores desastres naturales de América del Norte, pues aquellos sesenta pájaros y otros cuarenta liberados al año siguiente se multiplicaron tanto que hoy vuelan más de doscientos millones. Schieffelin se había propuesto colonizar Estados Unidos con todos los pájaros que nombrara Shakespeare, pero hoy, allá donde miro en Manhattan, no veo los pájaros de Shakespeare, sino mi liberación de ti. Hace unos días averigüé que una de las razones por las que los estorninos se multiplican, al parecer, hacia el infinito, es que tienen unos músculos muy potentes en el pico, lo cual les permite abrirlos bajo tierra para poder alcanzar la presa invertebrada. Nunca les falta comida. No puedo imaginar cuán grande es la presión de la tierra que debido a ti estuvo a punto de sepultarme. Pero hoy siento en mi boca la fuerza del pico musculado de todos estos pájaros, el pico poderoso contra el cual nada puede la presión de este mundo, ni el dolor que me causaste.

Ahora que se ha hecho pública mi inocencia todos quieren pasar tiempo conmigo, especialmente en estos días tan señalados, y he recibido muchas invitaciones de familiares y amigos que ya me habían olvidado, y también de personas totalmente desconocidas. Quieren que celebre las campanadas con ellos. De un día a otro han abierto las puertas de sus casas a esta asesina que ya no lo es. Me dejarían sostener a sus bebés en mis brazos como muestra de confianza, me dejarían cortar la carne de la cena con el cuchillo más afilado. Ayer un grupo de chicos me pidió que me hiciera una foto con ellos en plena calle. Pero mi celebración tendrá lugar aquí, en este punto preciso, frente a la jaula de esos leones que, tal vez, quieran salir en algún momento.

Me pregunto por qué me lo confesaste todo. ¿Lo hiciste para que yo fuera tu propia tumba y cargara con tus miserias? Atesoraste misterios para nada, más te hubiera valido enterrarte cubierto de oro, porque este metal, más humilde que la mentira, al menos te habría acompañado para dorarte la piel como ese sol que tal vez ya nunca más verás salir para ti. Óyeme, si la tierra aún no se te ha colado en los oídos, si ahí, en ese pozo con fondo donde ya podrían haberte arrojado, la acústica de lo hueco es superior a la afonía de la muerte, dime: ¿te habla?, ¿te habla la muerte como me hablaba a mí cada noche y cada uno de los cinco mil ochocientos cuarenta y un días que pasé en Mountain View, o mueres en silencio? Te cuento que aquí afuera, en esto que llaman *la sociedad*, muchos hablan de ti y de mi padre en los peores términos. Hablan de ti como antes hablaban de mí. Pero hay algo peor, y es que pronto también el recuerdo de ti pasará, y cada una de las letras de tus muchos y desconocidos nombres se disolverán en todas esas bocas. Entonces serás nada. Esta mañana me sorprendí cambiando la costumbre del rezo matutino de tu antiguo nombre por una pregunta: ¿a cuánto está hoy el kilo de tomates? Y al salir del mercado he cogido uno y, como si fuera una manzana, lo he mordido. Tenía tanta agua que me he manchado toda la camisa de rojo. Pero no es sangre. No es la sangre con que mis dedos te recibían en la celda los días que me bajaba porque en esos días del ciclo te deseaba más fieramente.

Óyeme, si la tierra aún no ha enraizado en tus oídos: lo sé todo, quiero decir, sé más de lo que me revelaste. Tu ordena-

259

dor, como el último hijo de la estirpe de Pandora, te descubrió íntegramente, y salieron a la luz tus contradicciones: en efecto parece que me querías, aunque no sé cómo puedo llegar a creerlo. Yo estaba en la montaña cuando el abogado me llamó, creyendo que en algo me consolaría, para leerme parte de lo que al parecer habías escrito en esa suerte de diario. Imagino que puedo creer aquellas palabras porque nunca llegaste a mostrármelas, por tanto no estaban escritas para que yo las creyera, como sí lo estuvieron todas tus cartas, y porque aquí y allá las letras se mezclaban en el desagüe de la conciencia asumida de tus crímenes confesos. Cuando oí eso, eso que mostraba que sí me quisiste, no sabía cómo bajar de esa montaña. Me sentía cargada con una mochila de doce kilos de vacío, o de rabia, o de asco, pero también de esperanza, pues aunque no quería, no paraba de decirme «Me amó, es cierto que me amó». Una prima estaba conmigo. Durante los días siguientes, mientras caminábamos por la ruta rural que habíamos planeado para empezar a fortalecerme, mi prima me metía almendras en la boca para que comiera algo. Sin ella no sé si aún seguiría en esa montaña, o tal vez habría tomado el atajo más corto para bajar: el salto. Pero si hubiera saltado estaría contigo, y yo no quiero estar contigo, ni siquiera cuando tú ya no estés en ninguna dimensión porque nada existe. No quiero que nadie nos vincule por nada, mucho menos porque estamos muertos, como si la muerte pudiera unir lo que la vida separó hasta más allá de la muerte.

Ahora lo veo, uno de los leones ha salido. Lanza un bostezo al aire y comienza a caminar como si no tuviera depredadores. Pero sí tiene depredadores: los que le miramos. No sé si será el mismo que el de la foto que me enviaste. Por ahora pareciera que quiere darme la espalda. Me gustaría poder transmitirle un mensaje: no estoy aquí para observarle en su encierro. Estoy aquí para que él me mire a mí y compruebe que yo jamás me pudriré en las retinas de un preso. Estoy aquí para despedirme de la condenada que fui. Estoy aquí para preguntarme en voz alta qué crimen podría haber cometido un león.

Pero, óyeme, si la tierra aún no te ha enfangado los oídos: sé que fuiste muchos hombres, y que yo solo conocí a uno, y por eso ahora mi llanto es menos. ¿Podría culparme alguien por ello?, ¿podrías culparme tú por no saber llorar a todos esos hombres que murieron contigo, si no me dejaste conocerlos? Así es como te pienso:

En tan pocos días ya has perdido tu salud, y eres un obeso sin apetito, engordas y engordas sin pasar por el placer de nada de lo que ingieres.

También eres el padre cuyo hijo aprende a andar para alejarse de ti, un niño sin apenas pelo ni estatura camina para huir de tu simiente.

Y otras veces eres el pezón de la madre que el bebé rechaza, empujando con toda la fuerza de su pequeña lengua.

En ocasiones no eres un solo hombre, sino muchos: todos aquellos cientos de miles que fallaron al intentar conseguir el fuego, y perecieron de frío.

Estás solo como un galgo decrépito.

Y también eres el hueso ahuecado por el cáncer.

El médico que nunca salió de la morgue.

Un lugar tan triste que no permite llorar.

Y una segunda oportunidad desperdiciada.

Y el dedo que se gangrena al intentar atravesar el himen inmaduro.

Y el mensajero que comunica una muerte falsa.

O la náusea con que tu madre te lava.

El embarazo que se detuvo al escuchar tu voz.

La buena noticia que no alegra a nadie.

En todas estas formas y en muchas más te me manifiestas en mis pensamientos, y susurro: «Ojalá yo hubiera nacido para amargar tu muerte.»

Suenan petardos, risas, y acaba de pasar un avión cuyos

pasajeros estarán admirando la ciudad en la que han venido a despedir el año. Estoy ahora mismo en una ciudad a la que la gente de todo el mundo acude a despedir, nada menos, que un año de vida. Soy afortunada.

Y a pesar de ser afortunada aún no puedo evitar pensarlo: «Ojalá hubiera nacido para amargar tu muerte.» Pero aun ahora te quisiera vivo, sí, vivo, porque te amé, vivo por quienes te quieren aunque no pueda imaginar quién podría quererte, vivo porque todo lo vivo merece seguir viviendo, pero vivo sin mí. Entonces óyeme, si la tierra aún no te ha tapado los oídos con su losa húmeda: no me persigas con tu imagen quimérica, porque más que nunca soy esa química que me precede, esa vida verdadera por etérea, deseo que huye de la muerte para colarse, algún día, en el sexo de un hombre que atesore más secreciones (entrega, fluidos, besos) que secretos.

Mi verdadero nombre tampoco es Robyn, es Mujer-Viva-Vital-Viviente-Erótica. Y mi apellido es *Libre*.

El león se ha acercado, erguido, y me ha mirado fijamente. Pido un deseo:

Que los presos que observen la libertad de una condenada se liberen conforme esta se aleja.

Celebramos el nuevo año.

6 de diciembre de 2017

Lejana Robyn:

Espero que, tal como le he pedido al alcaide, te entregue esta carta el día 11 de diciembre, cuando estaba programada tu ejecución.

Recibirás mi carta cuando ya debería estar contigo, pero de entre todas las cosas que sabrás al terminar de leer, mi ausencia te resultará lo más fácil de perdonar. Lo que vas a descubrir a continuación te dará uno de los golpes más duros que hasta ahora hayas recibido, y yo ya estaré muy lejos de ahí, de hecho esta noche vuelvo a mi ciudad natal en China, no es mi intención regresar jamás a Estados Unidos, y no solo no volveremos a vernos, sino que a partir de hoy intentarás borrar de tu mente mi simple imagen, y luego, cuando veas que no puedes lograrlo tal como un hombre como yo merece, me maldecirás a mí y maldecirás también la distancia que te impide descargar tu furia justificada contra mi cuerpo. No me matarías, porque no eres una asesina, y eso, Robyn, ni siquiera tú lo has sabido nunca, pues solo yo y otra persona supimos siempre la verdad, mejor que tú, que llevas pagados dieciséis años de confinamiento, innumerables injurias y las cargas de tu propia conciencia, a veces segura de haber matado, y otras veces –en los días de despertares más

263

optimistas– incapaz de considerarte culpable sin atisbo de duda y esperanza.

Habrás de perdonarme este comienzo de carta tan escarpado, que con un solo párrafo te habrá hecho saltar el espíritu como lanzado desde una cumbre que nunca intuiste. Ahora, justo cuando esperas mi llegada, no solo te digo que no me esperes, sino que cuando leas esto estaré tan lejos que ya no podría llegar aunque quisiera. Lo siento, siento no encontrar el modo de empezar esta carta de manera más delicada, llevo escritas tan solo unas líneas y no sé cómo continuar. Discúlpame también si resulto confuso, pero has de pensar en la posibilidad de que no haya modo de contar lo que tengo que contarte de forma que puedas comprenderlo al mismo tiempo que vas leyéndome.

Empecemos por aquella última noche de libertad en que llegaste a tu caravana. Mientras tú yacías, henchida de drogas y alcohol junto a tu madre ensangrentada, yo ya sabía de tu existencia, es más, yo mismo te había buscado. Es decir, supe de ti cuando tú tenías dieciséis años, pero tú no supiste de mí hasta que comencé a enviarte mis cartas a Mountain View, nueve años más tarde. He de reconocer que durante nuestros primeros tiempos de relación, tanto en nuestra correspondencia como en las visitas, simulé casi todos mis sentimientos, y digo *casi* porque de veras no los simulé todos, pero sí cualquiera que tuviera que ver con ese gran *amor* del que hablábamos. En esos comienzos yo estaba demasiado obcecado con una encomienda que mi padre había heredado de mis abuelos, y que a la vez yo había heredado de mi padre, una obsesión que tenía que ver íntegramente contigo, de modo que también podría decirse que no solo yo sino mis respetados mayores te buscaron, a pesar de que nunca llegaron a saber que la persona que buscaban serías tú, tan lejana, tan joven, tan vulnerable y extranjera. Sí, ya sé, aún no comprendes, pero comprenderás, tan solo concédeme el tiempo que dure

264

esta carta y te prometo que al final podrás encajar cada una de las piezas.

Al principio, la profundidad de nuestra relación no fue para mí más que un modo de asegurarme el derecho a verte y escribirte, con una única motivación: cerciorarme de que tus intenciones de renunciar a una moratoria no decaerían y, en el caso de que así fuera, persuadirte de que fijar la fecha de tu muerte sin más preámbulos era lo que debías hacer por tu propia dignidad y por el fin de tu sufrimiento. Yo quería, yo necesitaba después de tantos años de búsqueda, terminar con la promesa que heredé, y para ello tú debías poner el punto final con tu propia vida. Fue fácil saber que había ganado tu confianza y máximo afecto, porque siempre, desde el principio, te abriste a mí, siempre fuiste expresiva, me contaste tus sentimientos más complejos, y yo estaba seguro de que me llegaba en tiempo real lo que tú ibas sintiendo, pues tu generosidad y entrega a mí me mantenían en una continua actualización de tus temores, dudas y alegrías. Hiciste que yo fuera como una pizarra en la que escribías tus pensamientos tal como iban surgiendo, y yo jamás borré una letra, sino que llené mi mundo con tus trazos de tiza y cotejé los cambios de humor, de opiniones, tus momentos de miedo ante la muerte, y todo para lograr un mapa cuya imagen pudiera garantizarme que, efectivamente, estabas decidida a dejar de vivir. Tanta fue tu confianza en mí que pusiste en mis manos tu propia representación legal, y a partir de entonces no hubo documento o palabra de tu abogado que antes de llegar a ti no pasara por mí. También las cartas que le escribías a tu padre pasaban antes por mí.

Te ruego que llegada a este punto de la lectura confíes en que lo que está por venir seguirá siendo duro, pero tendrá su recompensa, es lo mínimo que puedo hacer para limpiar en algo mi conciencia después de haberte robado tantos años de libertad. La vida, Robyn, va a cambiarte, aunque no puedas vivirla

265

conmigo como tantas veces soñabas en tus fantasías de excarcelación; vivir junto a mí es algo que ya no querrías, pero tampoco podríamos cumplir ese proyecto, porque a partir de ahora seré yo el que viva el resto de mis días encerrado, ya sea en una celda, ya sea dentro de mí, pues llevo años cometiendo todo tipo de delitos, desde el que te metió en Mountain View y te condenó a la inyección letal, hasta toda una serie de crímenes destinados a mantenerte ahí, a ocultar la verdad y, desde luego, a conseguir que tu muerte se llevara a cabo más pronto que tarde. He consagrado mi vida a intentar quitarte la tuya, y cuando ya casi la tenía en las manos he comprendido que he malgastado muchos años, y que he sido peor asesino, peor hombre, peor criminal por empeñarme en asesinar a una mujer cuyo amor hacia mí ha sido lo más sincero que he llegado a conocer, aunque tampoco estoy seguro de ser capaz de entender muy bien el verdadero alcance de lo que significa eso que suele llamarse *amor*.

Trataré, ahora sí, de comenzar por el verdadero principio, anterior a ti:

El 9 de febrero de 1984 mi padre recibió una factura: se trataba del coste de la bala con que ejecutaron a mi abuelo en el centro penitenciario de Guangzhou. Tenía cuarenta y cuatro años, había estado preso solo una semana antes de su ejecución y no hay constancia de que existiera un juicio. Por esa factura la familia supo que mi abuelo, a quien durante esa semana consideraron desaparecido y buscaron sin descanso, había sido ejecutado. Solo mi padre, el mismo día que recibió la factura, tuvo acceso al cuerpo.

Mi padre había cumplido veinticuatro años, era viudo pero ya me tenía a mí, que en aquel momento estaba en mi tercer año de vida. La última vez que mi padre vio a mi abuelo fue en la morgue, después de que le avisaran para que se llevara el cuerpo. Y en ese momento, en ese preciso instante en que mi padre retiró la sábana para besar el rostro frío de su padre, comienza nuestra historia, la historia que me llevó a ti, que nos unió, y que ahora nos separa, porque aunque aún no lo entiendas te diré que ya estábamos destinados a conocernos desde esta circunstancia: mi padre no pudo llegar a rozar con sus labios la piel de mi abuelo ante el sobresalto de descubrir que el cuerpo tenía un hueco en el pecho: le habían quitado el corazón.

China venía practicando con éxito trasplantes de corazón desde la década de los sesenta, pero fue a partir de 1984 cuando se aprobó una ley que permitía extraer los órganos de los condenados a muerte, así que cuando mi familia se enteró de ese cambio en la gestión de los presos pensó que mi abuelo Zhou Hongqing había sido uno de los desventurados que inauguraron aquella ley. La ejecución en el patio del centro penitenciario de Guangzhou ocurrió a primera hora de la mañana y ante la mirada de muchos otros reos, uno de los cuales me contó años después que aquel día había amanecido especialmente helado, y que cuando sacaron a mi abuelo al patio este iba prácticamente desnudo, por lo cual aun de lejos se notaban sus temblores, sin duda de frío, pero también sin duda de miedo. El tiro fue por la espalda para intentar no dañar el corazón y que, en la medida de lo posible, este siguiera latiendo a temperatura corporal hasta ser trasplantado al nuevo cuerpo. El testigo me contó que no pudo dormir durante meses ante la siguiente imagen: cuando recogieron a mi abuelo del suelo aún se movía, y aún temblaba..., esta vez, imagino, del terror de ver su propia vida abandonándole, toda su historia reptando ante él, despacio, a medida que se extendía el charco espeso en el suelo.

Años después salieron a la luz cifras más exactas: si bien antes de que contáramos con la información completa suponíamos que mi abuelo había sido una de las primeras víctimas de las extracciones de órganos entre los presos, lo cierto es que las ejecuciones fueron tan masivas que él fue uno más de los once mil ejecutados en China durante los años ochenta y, por consiguiente, uno más de tantos otros miles de donantes forzados. Antes de que se filtraran los datos de las extracciones de órganos, la gente ya empezaba a murmurar, y mi padre había tenido tiempo de pensar en la existencia de dichas operaciones, actos de barbarie que en principio parecían estar lejos de la realidad. Para mi padre lo bárbaro de tales actos no radicaba solo en una cuestión de orden humanitario, sino metafísico y trascendental: era su creencia, y también la mía –o tal vez ahora debería decir que *era* creencia mía en aquellos tiempos–, pensar que la muerte no se culmina hasta que el corazón entrega su último latido; por tanto, encerrar el alma de una persona en el pecho de otra persona desconocida le parecía una sentencia muy superior en su dureza a la sentencia de muerte. Por ello mi padre, aun antes de llegar a creer del todo la práctica de las extracciones en serie, destinó su vida a un único propósito: encontrar el corazón de mi abuelo, y detenerlo allí donde latiera para poder honrar su corta vida y su largo acabamiento.

Al poco tiempo de iniciar las pesquisas de la búsqueda mi padre encontró la primera indicación importante en aquel cruce de cientos de caminos, y es que supo que era muy posible que el órgano estuviera fuera de China, pues en mi país hay algo que no ha cambiado desde aquella época: los principales receptores de órganos son pacientes internacionales con importantes recursos económicos. En China no existe un sistema de coordinación de trasplantes, las cifras son difusas, pero lo que sí se sabe es que un niño de escasos recursos en China morirá esperando el riñón de otro niño chino, órgano que será vendido, por un precio astronómico, a los padres de un niño de Israel.

Mi padre averiguó, con relativa celeridad, que el corazón de mi abuelo había pasado a Estados Unidos, pero a partir de ahí las indagaciones se hicieron espesas, lentas, y tuvo que invertir años en lograr, mediante sobornos y humillaciones hacia

268

sí mismo, el paradero concreto: pertenecía a un tal Edward Peterson, que vivía en Austin, Texas. Cuando ya tenía preparado el viaje para embarcarse hacia Texas, llegar a la casa del señor Peterson y recuperar lo que le correspondía por derecho biológico y familiar, fue mi padre quien murió de manera súbita.

Pero yo, que en ese momento tenía veinte años, ya sabía lo que debía hacer, no en vano me habían explicado desde que tengo uso de razón cuál era mi herencia, mi promesa, mi destino principal en la vida, porque desde pequeño mi padre me durmió con historias sobre la importancia de que el *shen* –como nosotros llamamos a algo parecido a lo que en Occidente se conoce como *alma* o *espíritu*– se retire a dormir a su corazón, al que le corresponde. Si el corazón no está tranquilo el *shen* no logra descansar, con las consecuencias que el desasosiego del espíritu tiene en nuestra salud y estado de ánimo. Asimismo, el *shen* permanecerá vivo mientras el corazón siga latiendo, y es por ello por lo que me angustiaba tanto como a mi padre el hecho de pensar que el espíritu de mi abuelo estuviera a merced de otro cuerpo, sujeto a las emociones o malos hábitos de una persona extraña, siendo su alma una suerte de exiliada, en el mejor de los casos o, en el peor, maltratada. En mis vigilias de adolescente la ansiedad solía envolverme ante el pensamiento de que el corazón de mi abuelo hubiera sido profanado no solo una vez, sino dos: la primera con su extracción, y la segunda con su compra y encierro, como si fuera un artículo de lujo, sin vida, sin movimiento. Y así, a los dos meses de la muerte de mi padre aterricé en Houston, y te ahorraré los detalles de las encadenadas indagaciones, baste decirte que allí mismo supe que el señor Peterson había fallecido hacía un año.

Recuerdo que en aquel momento tuve la fugaz sensación de que mi abuelo, que siempre había deseado viajar lejos de su aldea sin lograrlo, fuera el verdadero responsable de los viajes de su corazón: mi abuelo, de espíritu aventurero, irreverente, siempre soñador y curioso, podría haber sido quien decidió jugar con los hilos del destino para saltar de cuerpo en cuerpo. Pero pronto abandoné esas hipótesis románticas, propias de mi juventud en aquella época, y agradecí que el final de mi viaje hubiera llegado así, tan rápido, mucho antes de lo que había anticipado. Solo quedaba reconciliarme con el hecho de que el corazón y el *shen* de mi abuelo tuvieran que descansar tan lejos de mis antepasados y, principalmente, de mi padre, que tantos años había invertido en buscarlo. Hacerme a la idea de ello sería cuestión de poco tiempo, pues la tarea principal, el reposo del espíritu familiar, estaba cumplida. De haber sido esto así, tú y yo no nos habríamos conocido. Pero pronto sabría que en realidad mi viaje más largo no había hecho sino comenzar.

Una información adicional vino a comunicarme que, muy al contrario de lo que pensaba, el paradero del *shen* de mi abuelo aún me quedaba muy lejos, y es que a diferencia de lo que mi padre averiguó, Edward Peterson sí había tenido un hijo: James T. Peterson. Dado que el *shen* reposa en el corazón y dado que ciertos atributos del *shen* se transfieren de manera periódica a los hijos, el *shen* de mi abuelo, que tras el trasplante pasó a Edward Peterson, habría pasado también a su hijo James T. Peterson. Por ello debía detener el corazón de James, para descanso de mi abuelo, y de su espíritu.

Imagino que aunque aún no podrás anticipar la conexión que todo esto tiene con tu encierro, ya habrás empezado a atar los primeros cabos. Siento no poder ser más hábil y conciso. Pero ahora que conoces los antecedentes intentaré ser lo más breve posible. Tampoco es que yo esté en condiciones de escribir como si mi vida no pudiera acabarse.

Conocí al hijo del señor Peterson, lo seguí durante semanas, me aprendí cada uno de sus pasos, sus rutinas, las excepciones también rutinarias de cada uno de sus hábitos, y cuando al fin tuve su pecho a mano y nadie podía vernos, decidí, antes de abrirle como habían abierto a mi abuelo, darle el derecho a conocer los motivos. Fue entonces cuando James T. Peterson, el verdadero nombre de tu padre, entre gemidos atemorizados, me dijo que él no era el último eslabón de la cadena, y en ese momento supe por primera vez de ti, esa hija que sí era y es la última vida que existe en este mundo como albergue ilegítimo del *shen* de mi abuelo. En un principio dudé, pensando que podría ser una estratagema de tu padre, pero entonces me pidió que le permitiera ir a coger una carta que tú le habías enviado poco antes. Era una carta breve donde le comunicabas tu existencia, solo eso, una primera toma de contacto y, en cambio, con esa carta (cómo imaginarlo) le ofreciste el final de tu vida.

Aunque el hecho de que tu padre te denunciara me pareció vil, matarle ya no tenía nada que ver con mi cometido. Fue tu vida la que pasó a interesarme. A cambio de salvarse, tu padre aceptó idear conmigo un plan cuyo secreto se ha ido manteniendo durante muchos años, como a estas alturas ya sí habrás comprendido, y cuyo objetivo era llegar a ti y hacerte la extracción.

El plan se puso en marcha. La noche en que encontraste a tu madre en la caravana, tu padre me hizo una llamada, tal como acordamos, para entregarme tu corazón. Serían las seis de la madrugada cuando me pasó el órgano en una pequeña nevera. Estábamos en un callejón oscuro y yo estaba aterido de frío. Pensé que sería un frío semejante al que sintió mi abuelo cuando, también de madrugada, alguien le disparó para quitarle la vida pero mantenerle vivo, la paradoja más perversa. En el momento en que tu padre me pasó la nevera noté en sus ojos cierto descanso, seguramente pensó que el trabajo estaba concluido, su vida a salvo, así como yo di por culminada esa ardua labor que había heredado.

Aquella noche dormí como no había dormido desde hacía años y al despertar atribuí mi profundidad de sueño y gran descanso al *shen* de mi abuelo, que por fin reintegrado estaba

271

camino de retirarse a reposar al lugar que le correspondía. Pero los motivos de mi bien dormir debieron de ser otros muy distintos y menos místicos, porque el plan había tenido un desastroso contratiempo: en las noticias del desayuno me enteré de que la mujer que había sido asesinada esa misma noche en una caravana no tenía tu edad, dieciséis años, sino treinta y nueve. Entre la oscuridad, el miedo y la confusión, tu padre pensó que te acuchillaba a ti durante cada una de las cuchilladas que le dio a tu madre, convencido también de que el corazón que desligó del cuerpo era el tuyo. Cuando años después me escribiste que aquella fue una de las pocas veces que tu madre había ido a verte a la caravana, pensé por qué poco no pudimos terminar aquella noche con tu corazón en la nevera, pero también, de algún modo, me alegré, sin saber que aquella sensación de contento a la que no quise prestar mucha atención sería parte del inicio inevitable de cuánto llegaría a quererte, sentimiento en el que, lo doy por hecho, tal vez nunca llegues a creer.

Sin encontrar sospechoso con mayores indicios de culpabilidad que tú, el gobernador de Texas anunció por televisión que este era uno de los casos más fáciles que se había encontrado en su carrera, pero también uno de los más terroríficos por tratarse de un parricidio a manos de una adolescente de dieciséis años cuya perversidad parecía no haberse saciado matando a su madre, pues le había quitado el corazón, y cuya evidente ausencia de cualquier resquicio de sentimientos humanos la había llevado a insistir en ocultar el lugar donde había escondido el órgano. Tras las declaraciones del gobernador, los periodistas pasearon sus micrófonos por algunas de las personas que habían ido expresamente a escuchar el comunicado, y cada una de ellas te dirigió insultos ominosos y toda clase de maldiciones, como si todos hubieran presenciado la muerte de tu madre a tus manos. Unos decían que esperaban que la ejecución no fuera más que el comienzo de tu sufrimiento, otros, los más apocalípticos, veían en ti uno de los diecisiete diablos que encarnan las peores lacras de la tierra: desde epidemias hasta desastres naturales. También hubo quien se atrevió a especular con lo que habías hecho con el corazón, con las propuestas más delirantes. Luego vino lo que ya sabes, tú sin abogado, tú aún en las drogas, tú firmando una confesión. No hacía falta mucho para convencer al jurado. El retrato de tu culpabilidad parecía perfecto. Te hicieron un juicio rápido y al poco tiempo ya estabas en Mountain View.

Con tu sentencia surgió el segundo revés de mi plan, pues tuve que idear cómo sacarte de allí, como sacar del corredor a una condenada a muerte o, mejor dicho, cómo, sin tener acceso a ti, llegar a ser poseedor de tu corazón antes de que el estado de Texas te lo detuviera del mismo modo indigno en que se lo quitaron a mi abuelo: la ejecución, método que ni mi abuelo, ni la lucha de mi padre ni la mía propia merecían. Fue entonces cuando tuve que idear otra estrategia. Meses después de que tu padre me entregara el corazón equivocado, me cité con él para transmitirle el nuevo proyecto. Estaba nervioso, visiblemente aturdido ante mi presencia. No le culpo, durante esos meses sabía que vivía de prestado y que en cualquier momento yo, el perro incansable en la búsqueda obsesiva del hueso que reservó para más tarde, volvería, con mi olfato infalible y mi avidez por encontrar, al fin, la codiciada médula. En aquella ocasión estábamos sentados en una terraza, donde le conté su papel en esta función: él debía escribirte, contarte sobre su enfermedad y hacerte la propuesta, una propuesta que hasta a mí cuando la ideé y en aquel momento me sonaba descabellada, pero también era consciente de que aquellos que estáis en el corredor no os regís por las convenciones deslustradas de los vivos, y que lo que suena irracional a una persona libre puede sonar liberador a una encerrada. Debo resaltar un detalle de vital importancia antes de proseguir: tu padre estaba y está enfermo del corazón, pero en el momento en que te escribió

273

aquella carta su estado no era lo suficientemente grave para hacerle candidato a un trasplante. Si bien los doctores le habían informado de que en algún momento lo necesitaría, esta necesidad no llegó hasta años más tarde. Como padre tuyo consiguió el derecho a acelerar el trasplante por medio de tu corazón, pero era también su derecho conservar su lugar en la lista de espera estatal, lugar que aún hoy conserva y que con casi toda seguridad podría proporcionarle un nuevo órgano a tiempo. Ahora bien, él desconocía mis verdaderas intenciones. El motor que regía mi plan era sacar el corazón de Mountain View cuanto antes, y el único modo que pude idear para sacarlo fue el del trasplante. Sin embargo eso no habría resuelto el problema por completo, pues el *shen* de mi abuelo, que habitaba en ti como última portadora, habría pasado a tu padre durante el trasplante. Es por ello por lo que mi plan original terminaba con la muerte de tu padre, que nunca supo de la creencia familiar, tan solo obedeció mis órdenes: sacar tu corazón de Mountain View. No hubo más explicaciones, el terror que tu padre me tenía las hizo innecesarias, porque también has de saber que el Zhao que te mostré a través de nuestra correspondencia no tenía nada que ver con el que conoció tu padre, un Zhao que no habría dudado en cumplir con su herencia: acabar con una vida para el descanso del *shen* familiar. Cuando pensaba en ello me invadía la ira y la violencia, y mi mente siempre estuvo entrenada en el pensamiento de que algún día tendría que matar.

Es evidente que nunca imaginamos lo que tú pedirías a cambio, pero tu padre prefirió vivir ciego que morir pronto y a mis manos. Al cabo de unos días ya había escrito la carta que conoces, y que yo mismo supervisé antes de enviarla a Mountain View. Era una carta desabrida, es cierto, que no ocultaba una especie de aversión natural hacia ti, pero no quise adornarla porque tal como estaba resultaba verosímil. Estaba claro que no podría sacarte jamás de allí, pero tal vez sí podía sacar tu corazón, puesto que si en China –socia de Estados Unidos y pocas veces cuestionada por la comunidad internacional en materia de ejecuciones y extracciones de órganos– los reos eran donantes involuntarios, no resultaba inconcebible que pudiera darse un primer caso similar en Estados Unidos, en primer lugar porque hacer de ti una donante voluntaria sorteaba cuestiones éticas, y en segundo lugar porque tanto en China como en Estados Unidos la justificación moral que sustenta la pena de muerte es de la misma naturaleza, un sistema que se asienta en la venganza: en Estados Unidos un criminal debe pagar con su vida, ojo por ojo, diente por diente, en China un criminal debe pagar con su vida, ojo por ojo, diente por diente, y si además puede reponer la vida que se llevó salvando la de otra persona, el sistema chino parece tornarse siniestramente benévolo, con ese mismo tinte que muchas veces adquiere el Estado norteamericano cuando dice matar para promulgar el bien.

Empezaron seis años de negociaciones, pero necesitaba comenzar a ganarme tu confianza. Por eso te escribí desde el principio y no esperé a que me concedieran la primera carta blanca para lo que sería el primer caso de donación de órganos de manera voluntaria por parte de una prisionera en el corredor de la muerte. Con todo, los trámites se acortaron porque se trataba de una donación entre familiares, pues esto sí era y es legal en Estados Unidos. Se consideró que lo que tu padre, por medio de mí, pedía, entraba dentro de los parámetros más justos: la donación voluntaria de hígado o de riñón entre miembros vivos de la misma familia ya era posible, por razones obvias la de corazón era inviable, pero teniendo en cuenta que tú ibas a perder la vida de todos modos, el dilema dejaba de ser tal, es más, acabó presentándose en los medios del mismo modo en que se habría justificado en mi país: algo así como «una asesina reintegra la vida que se llevó salvando la vida de su propio padre».

En cuanto a mí, ya lo sabes, empecé a visitarte después de tu trasplante de córneas, cuando ya el mecanismo de intercambio estaba más o menos garantizado y tú decías estar convencida de no recurrir tu fecha de ejecución. Mis verdaderas intenciones residían en asegurarme de que no cambiaras de idea, de que los días en que dudaras continuar con el proceso yo estuviera ahí, mediante visitas o en forma de carta, animándote con mis razones a abreviar la tortura de la vida en el corredor al tiempo que podías beneficiarte de una circunstancia sin antecedentes entre las otras presas, haber recuperado algo para lo que habías perdido toda esperanza desde los siete años: tu vista. «Gracias a que ahora puedes ver», seguramente recuerdas que te escribí en estos términos en más de una ocasión, «el tiempo que te quede te resultará mucho más dilatado que si vivieras más años dentro de la misma oscuridad.»

Lo importante siempre fue que el *shen* de mi abuelo descansara, y para eso no bastaba la muerte de tu corazón, sino que esta no se produjera en el espacio ignominioso de una prisión. Por ello no quise permitir una nueva moratoria que retrasara tu muerte. Lo que nunca supiste es que, al contrario de lo que yo te aseguraba, tu abogado habría podido conseguir hasta quince años más, como suele ser habitual en aquellos reos que ingresaron en el corredor siendo menores. Siento haber traicionado la confianza que depositaste en mí como tu representante legal. Toda disculpa suena hueca.

Tengo que dejarte ahora. Déjame revelarte, por último, algo más: mi verdadero nombre. No me llamo Zhao, sino Xinzàng, que en chino mandarín significa «centro», «núcleo». No sé si habré traicionado a mis mayores por no cumplir mi cometido, pero creo hacer mayor honor a mi nombre eligiendo la vía de la compasión. Sé que te he causado mucho daño, sé que ese daño perdurará mucho tiempo, sufrirás por mí aun cuando no me pienses, y desde luego cada vez que necesites confirmarte que todas mis cartas, mis atenciones, mis palabras y gestos durante

276

las visitas fueron una mentira. Tengo casi la certeza de que una vida no bastará para que puedas creerme, pero considera que ahora soy yo el que, seguramente, será ajusticiado. Sería de un heroísmo ridículo decir que con esta carta doy mi vida –cuando menos mi libertad– por ti, pero lo mínimo que puedo hacer es restituir parte de ese futuro que pensaste que nunca llegaría. Ojalá que el *shen* de mi abuelo encuentre la manera de reposar en tu cuerpo, y que a ti te esperen largos y prósperos años, con la libertad que te otorgarán los datos, nombres, fechas, facturas, billetes de avión, evidencias que nos inculparán a tu padre y a mí, y otras pruebas detalladas e irrefutables sobre el asesinato de tu madre, que adjunto al final de esta carta y ya están en manos de un abogado que te sacará de ahí. Considérate libre, libre de mí y de la peor de las *seis formas de morir en Texas*,

Xinzàng

NOTAS

1. Damien Echols, *Life after Death*, Nueva York, Plume, 2013.
2. Datos proporcionados por el Death Penalty Information Center: https://deathpenaltyinfo.org/costs-death-penalty-costs-texas-outweigh-life-imprisonment.
3. Profesor David Dow, Law Center, University of Houston.
4. http://eu.tennessean.com/story/news/crime/2015/01/22/tennessee-prison-guards-menstruation-lawsuit/22183565.
5. *Inside this Place, Not of It. Narratives from Women's Prisons*, editado por Robin Levi y Ayelet Waldman, San Francisco, McSweeney's and Voices of Witness, 2011.
6. Supe por primera vez sobre este «sistema de educación» y los títulos de sus cursos gracias al libro de Jean Casella, James Ridgeway y Sarah Shourd, *Hell Is a Very Small Place. Voices from Solitary Confinement*, Nueva York, The New Press, 2016, p. 207.
7. Robert Kurson, *Crashing Through*, Nueva York, Random House, 2007.
8. Ibídem, p. 81.
9. Ibídem, pp. 86-87.
10. Aunque me he basado en el libro de Kurson para relatar algunos casos de personas que recuperaron la vista después de pasar casi toda la vida siendo invidentes, considero que para la documentación en este tema hay una lectura obligatoria, el estudio de Oliver Sacks, «To See and Not to See. A Neurologist's Notebook», *The New Yorker*, 10 de mayo de 1993.
11. Richard Held y Alan Hein, «Movement-produced stimula-

tion in the development of visually guided behavior», *Journal of Comparative and Physiological Psychology,* vol. 56, n.º 5, 1963, pp. 872-876.

12. Esta escena es una referencia al documental *La cueva de los sueños olvidados,* de Werner Herzog, 2010.

13. Al mediodía almorzaban con sus amigos y familiares y de noche cenaban con sus ancestros en el otro mundo. Es una cita del *Decamerón* de Boccaccio.

14. Una de las muchas noticias, en este caso perteneciente al *Washington Post,* sobre la caducidad del midazolam como justificación para ejecutar con mayor premura a los condenados a muerte del corredor de Arkansas: https://www.washingtonpost.com/news/post-nation/wp/2017/04/07/with-lethal-injection-drugs-expiring-arkansas-plans-unprecedented-seven-executions-in-11-days/?utm_term=.b46-099ba106d.

15. World Organization to Investigate the Persecution of Falun Gong.

16. Los testimonios referidos en estas páginas se corresponden con diversos documentales, así como con las investigaciones de Wang Zhiyuan, David Matas, David Kilgour y Ethan Gutmann. Los diálogos son un recurso literario para dar a conocer dichos testimonios. He mantenido el nombre original del doctor: Wang Zhiyuan, si bien el diálogo con Xinzàng es ficticio, como su propio personaje.

17. David Matas y David Kilgour, *Bloody Harvest. The Killing of Falun Gong for their Organs,* Ontario, Seraphim Editions, 2009, pp. 113-122.

18. Los testimonios de la ejecución y posterior trasplante sin anestesia son comunes. Un preso referido como Mr. Chen declaró que había visto cómo disparaban a otro preso cerca de la oreja, de modo que quedara inconsciente pero no muriera; a continuación le extrajeron los órganos y por último volvieron a dispararle: «Witness to China's Organ harvesting», NTDTV, 21 de noviembre de 2008.

19. Ethan Gutmann, *The Slaughter. Mass Killings, Organ Harvesting, and China's Secret Solution to Its Dissident Problem,* Nueva York, Prometheus Books, 2014, p. 250.

20. Ibídem, p. 222. Un cirujano del hospital de Sujiatun le confiesa a su mujer que «hay "pacientes" extra en los sótanos del hospital, y también algunos quirófanos improvisados. Cuando el teléfono suena significa que un paciente ya está preparado. Entonces él y otros docto-

res, cada uno de una especialidad y siempre disponibles, acuden para extraer los órganos del paciente. Lo que queda del cuerpo se lleva a las calderas, donde el personal puede quedarse con un reloj o un anillo... como propina» (traducción de la autora).

21. A pesar de la suma improbabilidad de que un médico no sea consciente hasta este momento del estado de la víctima, se ha decidido respetar la declaración original de dicho médico.

22. Métodos habituales, en este caso me baso en el testimonio de Uzair Paracha.

23. *Inside this Place, Not of It. Narratives from Women's Prisons*, editado por Robyn Levi y Ayelet Waldman, San Francisco, McSweeney's and Voices of Witness, 2011.

24. En realidad esta escena, tal como está descrita, corresponde a la adaptación cinematográfica de 1973, a cargo de Franklin J. Schaffner.

25. Historia basada en un testimonio real. Damien Echols, *Life After Death*, Nueva York, Penguin Group, 2012, p. 358.

26. Damien Echols describe estos *tours* en el corredor de la muerte de Arkansas: «Hoy los guardias han traído otro *tour,* como cada mes, aproximadamente. A veces traen a adolescentes a los que quieren asustar y someter [...] los guardias les dicen que si continúan viviendo el tipo de vida que han escogido, acabarán aquí antes o después. Aseguran que el Corredor de la Muerte es lo peor, y les dicen a los visitantes de otros *tours* que en estas celdas hay prisioneros que asesinarían a sus hijos y violarían a sus abuelas» (traducción de la autora), *Life After Death,* p. 198.

27. Austin Sarat, *Gruesome Spectacles. Botched Executions and America's Death Penalty,* California, Stanford University Press, 2014.

28. Información perteneciente al Death Penalty Information Center (DPIC): https://deathpenaltyinfo.org/executions/botched-executions.

29. En palabras de Damien Echols, tras haber pasado dieciocho años en el corredor de la muerte de Arkansas: «Incluso si la ejecución se cancela en el último minuto, el hombre que iba a morir no será ya el mismo. Cuando alguien vuelve de la casa de la muerte, regresa mucho más viejo de lo que entró [...] es como si todo, menos el cuerpo, hubiera muerto» (traducción de la autora), *Life After Death,* p. 353.

30. https://www.nbcnews.com/storyline/lethal-injection/arkansas-death-row-inmate-wants-brain-examined-if-executed-n817481.

ÍNDICE